中华散文百家

主编◎乔继堂
编委◎鄢晓霞／李剑霞／李晓丽／崔人元

中华散文百家

康有为◎著

乔继堂◎选　编

康有为散文

上海图书馆·馆藏经典阅读

上海科学技术文献出版社

出版说明

在中国文学史上，散文具有突出的地位，这恐怕是谁也不能否认的。在文体以有韵无韵区分的时代，散文与韵文相对，固然得占大半壁江山；即使是到了诗歌、散文、小说、戏剧四大文学体裁齐备的时代，散文亦是一方重镇。近世以来，其他文学样式尤其是小说等长足发展，但散文依然焕发着耀眼的光彩，不但有作家钟情此种文体，专事散文随笔的创作而卓成大家，即使以其他体裁创作为主的作家，也或多或少地从事过散文写作；而且由于散文体裁较为广泛的适用性，众多不以作家名世的人也留下了丰富的散文作品。这些散文作品不仅是我们的文学遗产，也是我们的思想文化遗产，其所蕴涵的滋育我们的营养真可谓“无穷无尽”。正是为了较为系统地整理这笔宝藏，挖掘其丰富营养，我们编辑出版了这套丛书。

这套丛书计划以二十世纪初为起点，以人为单位，从我国历代散文作家中选取名家精品，汇成丛集。入选作者除专门的散文家之外，自然也包括其他作家，甚至不以作家名世的作者；与此相应，不仅选取狭义的纯粹散文作品，也选取那些在历史上曾经影响甚巨但不那么纯粹的大散文作品，从而不仅体现散文的文学价值，更体现散文创作在思想文化方面的价值。也可以说，这是这套散文丛书最为突出的特色——不仅是文学的，更是思想文化的；不仅关乎写作技巧，更是关乎素质养成；不仅可供了解作家作品，更可以由此体察历史洪流、社会巨变的大风景……

丛书所选各家散文的编排，或按其原集编排，或重新分辑编排，一视作者原作情况而定。选文除作必要的技术处理外，其余一仍其旧，以见作品原貌。为了阅读的方便，对一些于今天的读者不太熟悉的专门术语等作了适当的注释。关于具体的编选情况，以及作者及其作品的情况，每一集后缀以编后语，给以简略的说明。

丛书计划分批相对集中出版，先期推出二十世纪上半叶的名家名作，随后向两个方向延伸，陆续成其规模，期于有所贡献。

愿广大读者襄助之；愿广大作者襄助之。

上海科学技术文献出版社

目　录

康子内外篇（节选）[1]

阖辟篇

天下移人最巨者何哉？莫大于言议、觉议矣。父子之亲，天性也，而佛氏能夺之而立师徒；身命之私，至切也，而圣人能夺之而徇君父。夫以其有之身，及其生身之亲，说一法、立一义而能夺之，则天下无有不能夺者矣。故明此术者，何移而不得？故善为君师者，明于阖辟之术，塞其途，墐其户，令之梯而登天，穴而入地，诱于其前，鞭于其后，若驱群羊然，积之既久，则习非成是，而后道义名焉。颛颛由之，不能自舍，虽反其道以易之，非百数十年不可矣。然欲驱之，不能不依于势，无其势不能为也。明于时势，通于人心，顺而尊之，曲而致之，而才智足以操驭焉，则若决江河之堰，放湖堤之波，积巨石大木于高山之上，惟其意所欲为，无不如志矣。

天伦之大，身命之重，犹可以虚言易之，况以政事束民，而礼乐润色之，焉求而不可。匹夫倡论，犹能易风俗，况以天子之尊，独任之权，一嚬笑若日月之照临焉，一喜怒若雷雨之震动焉，卷舒开合，抚天下于股掌之上，但精神能运之，气魄能镇之，则意指所属，顾盼自定。故居今日地球各国之中，惟中国之势独能之，非以其地大也，非以其民众也，非以其物产之丰也，以其君权独尊也。

---

① 《康子内外篇》成书于1896年，内篇言天地人物之理，外篇言政教艺乐之事。

其权之尊，又非势劫之、利诱之，积于二帝三王之仁，汉唐宋明之义，先圣群贤百千万人、百千万年讲求崇奖激励而成之。故民怀旧俗而无外思，臣慕忠义而无异论，故惟所使也。故挟独尊之权，诚知阖辟之术，则人才之乏不足患，风俗之失不足患，兵力之弱不足患。一二人谋之，天下率从之，以中国治强，犹反掌也，惟此时之势为然。

或曰："子之学得无近于管、商乎[①]？"答之曰：不然。子之所谓管、商者，其迹也。夫管子之治民曰"衣食足而知礼节，仓廪实而知荣辱"，是即圣人厚生正德之经、富教之策也。天下为治，未有能外之者也。王霸之辨，辨于其心而已，其心肫肫于为民而导之以富强者，王道也；其心规规为私而导之以富强者，霸术也。吾惟哀生民之多艰，故破常操，坏方隅，孜孜起而言治，以不忍人之心，行不忍人之政，虽尧、禹之心，不过是也。所以不能不假权术者，以习俗甚深，言议甚多，不能无轻重开塞以倾耸而利导之。若人心既服，风俗既成，则当熙熙皞皞，以久导化之，为之君相，只以为吾民无所利焉，此非迂儒所能识也。昔武侯治蜀[②]，有取于管子、韩非，岂非以治国所当有事耶？且圣人岂能无开塞之术哉！殛四凶，塞之术也；举十六相，开之术也。式商容间，表比干墓，开之术也；诛飞廉，杀华士，塞之术也。圣人妙于开塞之术，塞淫邪之径，杜枉奸之门，而为礼以束之，为乐以乐之，开人于为善之途，使天下之民，鼓舞轩鼚而不自知，故曰："民可使由之，不可使知之也。"

民不可使知，故圣人之为治，常有苦心不能语天下之隐焉。其施于治也，意在彼而迹在此，不能无畸轻畸重之迹焉。其始为也，可以犯积世之清议，拂一时之人心，蒙谤忍垢而不忍白焉。及其端绪成，规模范，然后从容反之于中和之域，其操纵启闭，当时不能知，后世亦或不能知，惟达识之君子知之。

---

① 管、商：指管子和商鞅。

② 武侯：指诸葛亮。

光武以汉末士之无节[①]，颂符命者十余万人，知国之必有与立也，故奖崇节行之士，礼严陵，傅卓茂，相伏湛，故卒获节义之报。党锢之士，断脰伏节，以抗奸佞，蔚宗以为汉百余年之不亡，实诸公之力，光武明于开之之术也。魏武既取跅弛之人[②]，弃节行之士，以苟立大业，及其得国，又不知塞之故，不旋踵而国亡，昧于塞也。

康熙十七年，吴三桂叛逆半天下，而圣祖开鸿博之科，明之耆宿，既尽网之，则天下之民归心矣。雍正中，世宗诏举技勇之士，开二十石弓、举刀千斤者得数千人，号勇健军，于时盗贼无警。是故人主挟富贵之权，临亿兆之众，苟或好之，必有以应之，况用意深远，有折冲于庙堂者哉，视其开塞之道何如耳。

魏文帝将迁洛阳而云伐宋，以开塞之术行之也。勾践将灭吴，而俯首事之，以开塞之术行之也。日本明治皇之变西法也，并其无关政事之衣冠正朔而亦变之，所以示民有所重也，所以示泰西有所亲也，以开塞之术行之也。

魏之奋击，齐之铁骑，秦之武士，能负六钧之甲、百石之重以趋，其君尚武开之也。梁之时举国事佛，晋之时举国谈玄，其君尚谈开之也。故楚灵王好细腰，宫人多饿死；齐桓好紫，一国之人皆紫。汉武开功名之路，而司马相如、主父偃、严助、吾丘寿王、卫青、霍去病之徒进，傅介子、陈汤、班超犹其余风也；唐太宗好谏说之徒，而魏徵、刘洎、马周、伏伽之类出，褚遂良、魏元忠、宋憬、张九龄犹其余风也。故《传》有风草之喻，马皇后有高髻广袖之譬也[③]。今功令以制艺取士，其为科第也微矣，而天下士人千亿，穷力敝命白首赴之，此未有祈向标的而轻重之也，然犹缚人而顿掣之如是，况有所祈向而树之标、立之的者乎？

---

① 光武：即后汉光武帝刘秀。下文“蔚宗”指《后汉书》的作者范晔。

② 魏武：指魏武帝曹操。

③ 《传》：指《左传》；风草之喻：指风行草偃。马皇后：指东汉明帝马皇后。据记载，她好高髻广袖，影响京城，故民谚有“城中好高髻，四方高一尺，城中好大袖，四方全匹帛”。

凡言治者，非徒法先王、法后王可以为治也，当酌古今之宜，会通其沿革，损益其得失，而后能治也。损益其沿革得失，确然可以施之为治矣，不知施之之术，不足为治也。施之之术，有先有后，有轻有重，有宜先而后，有宜轻而重，有忽先忽后、忽轻忽重，在审时势、通民心，挈而抑之，顿而制之，举之九天之上，沈之九地之下，震之以雷霆，润之以雨泽。妙其控纵，而天下惟我所欲为，天下之治惟我所欲求，盖开塞之道得也。

有大不忍人之政，施之又不可以不忍人之心，必有大忍人之心而后可。明太祖之爱民也，则剥赃吏之皮；诸葛武侯之爱其师，则杀败军之将。要与为治，则朝超进而暮戮之。洪武三十年，戮六卿之长部数十人，而天下蒸蒸，百事修举矣。故今将为治，刑乱国，用重典，非大加生杀黜戮其尤者自亲贵始，无以耸耳目而整洿风，励精神而贞百度也。及吾政制已行，化令已成，然后以宽大养之。

天下之能立功立事者，惟其热气为之也。凡挟才智艺能之人，其下者利禄富贵之欲必深，其高者功名之心必厚，寡有淡泊者，盖其热盛也。淡于爵禄，淡于功名之士，虽有德行志节，其于趋事赴功也必迟且钝。吾方欲有为也，德行志节之士，苟非遁世无闷者，亦将俯首从我，而吾视其德器之大小而礼貌之。自馀才智艺能之人，则惟我操纵所欲为，其树之标也高，其求之途也广，登而进之也骤，弃而罚之也重。导以不测之恩，临以不测之威，不肖颓懦无才之人，畏惧而不敢来；聪明峻特之人，屡踬而仍思进。毋冷其热，毋散其气，广开功名之路，吾因招而抚之，一二年而风化成、事功立矣。

知此道，而天下之才不可胜用也；天下虽无才，而吾可激而厉之，养而成之。是故以之顾问，而聪明辩智，足以拓吾之见闻；以之使令，而干局才敏，足以应吾之指挥。百务百司，翘首企足，洗涤濯祓以赴事。人主欲垦地，则地无不垦矣；欲兴水利，则水利无不开矣；欲富农，则农足矣；欲阜商，则商兴矣；欲精百工、利器械，则百工器械无不精矣；欲开一切之学校，明一切之礼乐，则学校、礼乐无不修明矣；欲炼水陆之兵师，则无不炼矣。运百里于指掌，抚小民如子孙，使天下愿为吾民者，靡有饥寒乞丐僵仆愚蒙者。民富矣，而后风俗可厚；内治修矣，而后外交可恃，此欧洲大国之所畏也。三年而规模成，十年而本末举，二十年而为政于地球，三十年而道化成矣。于以雪祖宗之愤耻，恢华夏之声教，存圣伦于将泯，维王教于渐坠，威乎威乎，千载一时也。

未济篇

康子深思天人之故，叹曰：呜呼！《易》其至矣。《易》始于乾坤，中于咸恒，而终于既济未济，《易》其深于理矣。夫有天地而有万物，有万物而有男女，而有君臣父子，而礼义措焉。虽然，剥则有复，泰则有否，治乱相乘，有无相生，理之常也。然君子之于治，欲其尽之也，故艰难而缔构之。然尧、舜而有洪水，禹、启而有羿、浞，汤而有桀，武而有幽，孔子兴而诸子出，经学盛而老、庄鸣，心性昌而考据起，譬之大疾痿痹，虽有和、缓、扁鹊、仓公[①]，少瘳而已，其终亦不治之证也。天不能使人皆圣贤，即使人皆圣贤，不能使无疾病贫夭。人之愿望无穷，则人之望治无已，然则徒唤奈何而已。况天之生，善人少而恶人多，风雨寒暑之不时，山川物质之不齐。人之气质，受成于地，感生于山川物质，触遇于风露寒暑，争欲相炽，心血相构，奈之何哉！躁者不知察此，急于一时以赴事功。事功有天焉，即天眷助之，其成也于人之益无几矣。圣人知此，故知消息进退存亡之理，潜龙则发挥遁世无闷，乐行忧违，无入而不自得，盖知天人之故也。故曰：《易》终未济，深矣哉！

朱子尝曰："看来天下事，终于不成，事何必求其成。"亦未济

① 和、缓：即医和、医缓，春秋时秦国名医。扁鹊：战国时名医。仓公：即淳于意，西汉时名医。

之理也。盖成则毁随之矣，亦安见其成之有？嗟夫！凡人穷思，便入于佛，朱子于此，盖近佛矣。虽然，佛道固出于《易》也。

何言佛与《易》近也？以象为教，一近也。地狱天堂，诸佛国土，罗刹夜叉，即“载鬼一车，见矢张弧”之象也。以无为有，空诸所有，即屯、否之象，发剥、革之义，陈亢极之悔，终未济之卦也。华严八地，不舍诸有，随喜顺受，即进退消息、居身涉行之义也。故曰：佛与《易》近，其所异者，佛说无生，故欢喜而游戏；《易》入人伦，故恐惧以寡过耳。

理 学 篇

夫万物之故，皆有所以然之理，天固与之具，自为调护，自为扶持。其精为人，神明独运，然亦仅以自营。推其同形，其神明愈大者，其所推愈大，亦及其同类而已。及同类者，仁也；有所断限者，义也。其断限之等，以及其大小远近，皆自其识为之，所谓智也。智也者，外积于人世，内浚于人聪，不知其所以然，所谓受于天而不能自已也。学也者，穷物理之所以然，裁成辅相，人理之当然而已。然当然之理，未易言也。内外有定而无定，方圆、阴阳、有无、虚实、消长相倚者也，犹圣人之与佛也；义理有定而无定，经权、仁义、公私、人我、礼智相倚者也，犹中国之与泰西也。然则人何就何去？曰行其有定，观其无定，通之而已。何谓行？曰先王制为君臣、父子、兄弟、夫妇、朋友，吾生于其中，则循其故常，君者吾君之，臣者吾臣之，父者吾父之，子者吾子之，兄弟、夫妇、朋友犹是也，衣服、宫室、正朔、文字、义理犹之人也，所谓行也，夫道要于可行，学出于不能，道之与学，相反而相成也。若夫上下百年，鉴古观后，穷天地造化之故，综人物生生之理，探智巧之变，极救治之道，则义理无定，有可得而言焉。观其变之动，知后之必有验也；求其理之原，知势之必有至也。

爱恶篇

人禀阴阳之气而生也。能食味、则声、被色，质为之也。于其质宜者则爱之，其质不宜者则恶之，儿之于乳已然也；见火则乐，暗则不乐，儿之目已然也。故人之生也，惟有爱恶而已。欲者爱之征也，喜者爱之至也，乐者又极其至也，哀者爱之极至而不得，即所谓仁也，皆阳气之发也；怒者恶之征也，惧者恶之极至而不得，即所谓义也，皆阴气之发也。婴孩沌沌，有爱恶而无哀惧，故人生惟有爱恶而已。哀惧之生也，自人之智出也。魂魄足矣，脑髓备矣，知觉于是多矣。知刀锯水火之足以伤生也，于是谨避之。婴儿不知刀锯水火之足以伤生而不避也，禽兽亦然。圣人之知更多，故防害于未至，虑患于未然，曲为之防，力为之制。故其知愈多者，其哀惧愈多；其知愈少者，其哀惧愈少。其有无不能终穷也，以分数计之。

圣人智之极也，然其类也，亦见近而不见远，见牛未见羊也。凡有哀必有界，哀今人而不暇哀古人，哀其亲而不能哀其疏也。凡有惧亦有限，惧女谒而不及夷狄，惧夷狄而不及乱民也。盖气质有穷，智亦有穷，而哀惧亦有穷也。圣人以有知而哀惧生，以有知而哀惧节，故哀惧者爱恶之变，而实愚智之端也。

人之有生，爱恶仁义是也，无所谓性情也，无所谓性情之别也。爱恶皆根于心，故主名者名曰“性情”，造书者从“心生”，要知其生于心而已。存者为性，发者为情，无所谓善恶也。后人有善恶之说，乃谓阳气善者为性，阴气有欲为情（《说文》），于是以仁义为阳而善者，以爱恶为阴而欲者。夫仁之与爱，义之与恶，何异之有？今之所谓仁义者，积人事为之，差近于习，而非所谓性也。若夫性，则仁义、爱恶无别也。善者非天理也，人事之宜也。故以仁义为善，而别于爱恶之有恶者，非性也，习也。

自人不知人生仅有爱恶之端，其爱恶存者名为性，其爱恶发者名为情，于是异说纷纷矣。乃谓性有五，于仁义之外，有礼智信焉。夫礼信者，人事之不得不然，自其智为之，以顺仁义者也；以礼信为性，是不识性也。又谓情有七，于爱恶之外，有喜惧哀乐欲焉，《白虎通》言六情无欲[①]，异《礼运》矣。夫喜欲乐哀，皆爱之属也；惧怒，皆恶之属也，有浅深常变而无别殊也。犹耳目鼻口在首之中，指掌腕臂在手之内。若以耳目口鼻与首并提，指掌腕臂与手偕论，则为不智也，奈之何言性情者类此也？不知爱恶、仁义无异于是，天下以性情言善恶者纷纷矣。孟子言性善，荀子言性恶，扬子言善恶混，韩子强为之说曰三品，程、朱则以为性本善[②]，其恶者情也：皆不知性情者也。程子曰："论性不言气不备。"夫性者气质所发，犹一子也，但于气质中别名之耳，安所谓不备哉？譬如附子性热，大黄性凉，气质之为之也。礼者，法制其药性也。药性凉热有分数，制法亦有轻重，要宜于人而已，何所谓善恶耶？善乎孔子之言曰"性相近，习相远"，言相近者谓出于禽虫之外，凡为人者必相近也，不称善恶；至于习于善、习于恶，则人为之矣，故相远也，其言至矣！《召诰》曰[③]："节性，惟日其迈。"性待乎节，非善可知也。漆雕开、子贱、世子亦言性有善恶；《礼纬》："性，生之质也。"《春秋繁露》曰："性比于禾，善比于米，米出于禾中，而禾未可全为米也。善出于性中，而性未可全为善也。"《韩诗外传》曰："茧之性为丝，弗得女工燔以沸汤，抽其统理，不成为丝。卵之性为雏，不得良鸡覆伏守育，积日累久，不成为雏。"此二说似善为喻矣，亦非也。夫禾虽未为米，卵虽未为雏，而禾必为米，卵必为雏，虽有失不为他物也。茧丝之说为近之，然亦未至也。尝试譬之，性则丝帛也，善则冕裳也，织之染之练之丹黄之又复制之，冕裳成焉，君子是也；弗练弗织，弗文弗色，中人是也；污之

---

① 《白虎通》：又名《白虎通义》，东汉时记述讨论五经异同的著作，由班固撰述。

② 扬子：指西汉扬雄。韩子：指唐代韩愈。程、朱：指宋代程颐、朱熹（下文称"朱子"）。

③ 《召诰》：《尚书·周书》中的一篇。

粪秽，裂为缯结，小人是也。告子曰“食色性也”，“性犹湍水也”，是也。曰“以人性为仁义，犹以杞柳为杯棬”，则未至也。夫人性本有仁义，特非仁义之至耳。其为之又有分数之异，其分多者为之顺，其分少者为之逆。故夫告子之意近是，而言未至也。虽然，在诸儒中盖近理矣。

虽然，爱恶仁义，非惟人心有之，虽禽兽之心亦有焉。然则人与禽兽何异乎？曰：异于其智而已。其智愈推而愈广，则其爱恶愈大而愈有节，于是政教、礼义、文章生焉，皆智之推也。故人之性情，惟有智而已，无智则无爱恶矣。故谓智与爱恶为一物也，存于内者智也，发于外者爱恶也。岂徒禽兽，草木亦有爱恶，特愈微耳。

或谓曰：针芥磁石，无知之物也，而能相引，是有爱恶之质、无智之质也，智固与爱恶异也。答之曰：智无形也，见之于爱恶。其爱恶大者，见其智之大；其爱恶少者，验其智之少，皆物质为之也，何别焉？彼昧于理者，以仁智为理，以物为气质，谓理气有异，不知天下舍气质岂有异物哉！

抱爱质多者，其于人也无所不爱，肫肫其仁，有莫释于其怀者焉，其弊也贪；抱恶质多者，其于物也无所不恶，矫矫其义，有莫适其心者焉，其弊也激。其爱恶均而魂魄强者，中和之美质也。周子曰：“柔善为慈、为顺、为巽，柔恶为懦弱、为无断、为邪佞。”此偏于爱质多者也。刚善为义、为直、为断、为严毅、为乾固，刚恶为猛、为隘、为强梁，此偏于恶质多者也。隐括之，揉化之，以变于中和，此则学之事也。是故圣人贵学。

性学篇

中国五帝三王之教，父子夫妇君臣兄弟朋友之伦，粟米蔬果鱼肉之食，诗书礼乐之学，士农工商之民，鬼神巫祝之俗，盖天理之自然也，非人道之至也；顺人性而教之也，非学而为之也。非独中国然也，何也？夫人类之始，有雌雄牝牡之合，即有父子兄弟之亲；有欲而有争，则有豪长以治之；有冥而合精，则有鬼神以临之。以强陵弱，则茹毛饮血，食肉莫先焉；以智取食，则耕田凿井，农事莫先焉。有制作而后有百工饬八材，有米粟什器而贾商阜通焉。人治而后有士，诵言以教之，则最后者也。三人具，则豪长上坐，而礼生焉；声音畅，则歌谣起，而诗出焉，同时而起者也。土鼓蒉桴以为乐，立法约章以为书，更其后者也。此五者，人类未有能外之者也。故欧洲之先，伦食学俗必同也，罗马之政是已。即以印度之先，其伦食学俗必同也；即墨西哥之先，其伦食学俗必同也，未有能外之者也。

凡言乎学者，逆人情而后起也。人性之自然，食色也，是无待于学也；人情之自然，喜怒哀乐无节也，是不待学也。学所以节食色、喜怒哀乐也。圣人调停于中，顺人之情，而亦节人之性焉；惟佛则不然。人好食则杀禽兽，不仁甚矣，圣人知其不可，阴食之而阳远庖厨以养其仁心，欺矣；佛则戒杀生，不食肉焉。人好色则争夺杀身忘亲，圣人知其不可，阴纵之而阳设礼教以束缚之。夫色心之盛，岂能束缚，必至不义矣；佛则戒淫以绝之。自六根六尘、三障二十五有，皆人性之具，人情所不能无者；佛悉断绝之。故佛者，逆人情、悖人性之至也，然而学之至也。圣人性恶兼之，为子莫执中焉，未可谓学之至也。故学之至也，于佛而止矣，蔑以加矣。

天地之理，惟有阴阳之义，无不尽也，治教亦然。今天下之教多矣，于中国有孔教，二帝三皇所传之教也；于印度有佛教，自创之教也；于欧洲有耶稣；于回部有马哈麻；自馀旁通异教，不可悉数。然予谓教有二而已。其立国家、治人民，皆有君臣父子夫妇兄弟之伦，士农工商之业，鬼神巫祝之俗，诗书礼乐之教，蔬果鱼肉之食，皆孔氏之教也，伏羲、神农、黄帝、尧、舜所传也。凡地球内之国，靡能外之。其戒肉不食，戒妻不娶，朝夕膜拜其教祖，绝四民之业，拒四术之学，去鬼神之治，出乎人情者，皆佛氏之教也；耶稣、马哈麻、一切杂教，皆从此出也。圣人之教，顺人之情，阳教也；佛氏之教，逆人之情[①]，阴教也。故曰理惟有阴阳而已。

然则此二教者，谁是谁非，谁胜谁负也？曰：言不可以若是也。方不能有东而无西也，位不能有左而无右也，色不能有白而无黑也。四时无上下，以当令为宜；八音无是非，以谐节为美。孔教之伦学民俗，天理自然者也，其始作也；佛教之去伦绝欲，人学之极致者也，其卒也。孔教多于天，佛教多于人；孔教率其始，佛教率其终；孔教出于顺，佛教出于逆；孔教极积累，佛教极顿至；孔教极自然，佛教极光大。无孔教之开物成务于始，则佛教无所成名也。狗子无佛性，禽兽无知识、无烦恼，佛可不出。人治盛则烦恼多，佛乃名焉，故舍孔教无佛教也。佛以仁柔教民，民将复愚，愚则圣人出焉，孔教复起矣，故始终皆不能外孔教也。然天有毁也，地有裂也，世有绝也，界有劫也，国有亡也，家有裂也，人有折也，皆不能外佛教也，故佛至大也。是二教者终始相乘，有无相生，东西上下，迭相为经也。当其时则盛，穷其变则革，智人观其通而择所从，或尊或辟，非愚则蒙者也。此二教非独地球相乘也，凡诸星有知之类，莫不同之；非徒诸星为然也，凡诸天莫不同之也，相乘相生而无有止绝者也。

不忍篇

天地生于无极之中，至渺小也；人生于天地之中，又渺小之至也。以为身则七尺，以为时则数十年，而又疾病困之，境遇限之，少嬉老衰，蚀之蠹之，中间有为之日亦几矣。极其大者言之，我所以为千万年者，不有以为顷刻者乎？自其小者言之，我所以为顷刻者，不有以为千万年者乎？极其功业之大，不过数千里；极其名声之远，不过三千年，置于无极之中何如乎？然苦身焦思而为之，未

---

① 马哈麻：即穆罕默德，伊斯兰教的创始人。

易至也，则亦何取乎？故夫吾之为我，已将丧其我也，而何名声之垂乎？既无名之可动，而何名之可好乎？吾忘吾矣，不知所为，而何功业之昭乎？吾以功业名声之及于万里千年者，犹不及分寸耳，顷刻之间耳，而何足羡乎？诚如是，则吾何所学也？曰：尽予心之不忍，率吾性之不舍者为之，非有所慕于外也，亦非有所变于中也。前乎我者数千年之治教，吾辨考而求之，存其是非得失焉；后乎我者数千年之治教，吾揣测而量之，听其是非得失焉。夫非有所为已，心好之而已，亦气质近之耳。若使余气质不近是，则或绝人事，入深山，吾何恋乎哉？吾故以人道归之气质也。

凡为血气之伦必有欲，有欲则莫不纵之，若无欲则惟死耳。最无欲者佛，纵其保守灵魂之欲；最无欲者圣人，纵其仁义之欲。我则何为哉？我有血气，于是有觉知，而有不忍人之心焉。以匹夫之力，旦夕之年，其为不忍之心几何哉，余固知此哉！无如有不忍人之气，有不忍人之欲，虽知所就有限，始亦纵之，小则一家，远则一国，大则地球。其为不忍人之效哉几何哉，余固知之哉！无如不能断制不忍人之欲，亦姑纵之，竭吾力之所能为，愿吾性之所得为而已。若能如佛降伏其心，视欲如毒蛇猛虎，大火怨贼，能力挫之，则吾亦不参预人事矣。其如不能何，则姑纵之已耳。故夫制之者血气也，纵之者血气也。

康子燕居，目若营，神若凝，心若思，眉间蹙蹙，常若有忧者。或问之曰：人生不易，佳日难逢，行乐无荒，以逸厌生，如何出囚以自戕贼也？曰：予非不乐生也。予出而偶有见焉，父子而不相养也，兄弟而不相恤也，穷民终岁勤动而无以为衣食也。僻乡之中，老翁无衣，孺子无裳，牛宫马磨，蓬首垢面，服勤至死，而曾不饱糠核也。彼岂非与我为天生之人哉？而观其生平，曾牛马之不若。予哀其同为人而至斯极也。以为天之故阨斯人耶？非然；得无政事有未修，地利有未辟，教化有未至而使然耶？斯亦为民上者之过也。使人人皆得乐其生，遂其欲，给其求，则予之好乐，将荒于人万万矣，虽日歌舞，岂所恶哉！若坐视其兄弟颠连困苦，睊睊侧目，而己方纵逸焉，亦何乐之有？或曰：子不好流连于风月之夜，徘徊于林泉之胜，怿愉于声色之观乎？曰：然。乃咏曰："沉饮聊自遣，放歌始愁绝。"或人悕然而退。

知言篇

凡文字之美恶，不易知也。各有其心术之本，不可不察也。有以高简为文者，夫文岂高简之谓哉？有以详赡为文者，夫文岂详赡之谓哉？凡人有忠爱之心缠绵于中，其发于言也，必谆谆繁复，重碎亹亹，其不可已也；有裁制之心蕴结于中，其发于言也，必严简短朴，剪截敏断，其有节也。此发于心形于外者也，不可强为也。忠臣之告君，慈父之诲子，良吏之教民，若是者，岂能自已哉；英主之发诏，猛将之下令，直史之载笔，若是者，岂能使之繁复也？此仁义有所厚也。以六艺言之，诗书乐者，仁之发也，故有长言依永之神，咏叹舞蹈之节，"参差荇菜"凡三言，"采采芣苢"凡六咏，皆爱乐之意也。清庙之瑟，一唱三叹，亦乐之也。《离骚》之文，重之乱之；《出师》之表，谆之复之，缠绵而莫解于怀也。寡妇之夜哭，如往而复，爱慕之深也。若夫《春秋》之笔，记礼之文，严重庄简，无言外之咏叹，立制裁法、尚节度义之类也。佛典之言，必为重复，如智则言智慧，勇则言勇猛，清则言清净，恼则言烦恼，慈则言慈悲，安则言安稳，其余皆是，不可枚举。昔尝疑之，徐味其文，率则繁而不厌，复而不竭，叠而不止，意本小而言甚多。何也？嗟乎，此佛之能仁也！若无悲悯之心，使强而为繁重之言，安可得哉？推之泰西文字，亦尚详赘，恐人不解。

觉识篇

凡人度量之相越，岂不远哉！其相远之故，习半之，学半之，以其习、学之殊而觉识殊矣。夫与野人言论之异，此习为之也；学人与常人器抱之异，此识为之也。故有仅爱身者，其识周于一身者也；有爱一家者，其识又周于一家者也。有推而爱其乡族者，其识稍大矣；又有推其爱而及于邦邑者，识益大矣。其以天下为一家，中国为一人，血气相通，痛痒相知，其觉识益大，其爱想之周者益远，尧、舜、禹、汤、孔、墨是其人矣。视其爱一身者亦远矣，然实不远也，其识之殊也。今有人焉，一涉想而周于天下焉，凡天之内，其想所及，即其爱所及，非骛远也。彼以为我四支百体之近而小也，特其尺寸大小之殊。夫形影尺寸大小何常也？瞽者无预于丘山之观，短视者逾寻丈不辨人与木石，告以前有险石横蛇，则瑟然惊；诳以前有美人遗金，则欣然喜。常人见十余里而不能辨，若扩之以千里显微之镜，则赤蚁若巨象；引之以千里之镜，则日星辨其环晕光点焉。夫学者犹之镜耳，今显微、千里之镜盛行，告以赤蚁若象，日月有环晕光点，人则信之，以镜易验也。学者告人吾以天天为家，以地地为身，以人类为吾百体，吾爱之周之，血气通焉，痛痒觉焉，人必以为夸诞大谩不之信，虽使舜、禹、仲尼证之，疑信半焉，以学难验也。夫千人帐、万斛船，至渺小也，而南人北人交疑之。地体浑圆之说，出于《周髀·周公问》，而阮元不信对足底行之说，今则蒙子知之。道、咸以前，告人以有线焉顷刻传□乎千万里，有器焉顷刻传言于数百年，虽有巨学，必嗤焉笑之，今则负床之孙见而玩焉。纪昀之博，以艾儒略五洲万国之说为瑶台阆苑之类①，今则游贩之子，足至而手画之。盖安于所习，蔽于其识，其不信固也。虽使尧、禹为保人，孔、墨为证人，家说而户晓之，安能解哉！故吾之言天下，家人妇子之言也，而闻者必挢舌惊、侈口笑而河汉之，吾安能喻之哉！

八股之文，八韵之诗，窃甲第，祭酒于乡，此曲巷陋儒之尊大也。及游大师之门，驰都会之观，披四库之说，略闻九流之馀论，于经则有训诂、声音、名物、义理之门，其巨子曰胡、阎、惠、

---

① 纪昀：清代学者，曾任《四库全书》总纂官。艾儒略（1582—1649），意大利天主教会传教士，明末来华。主要著作有《西凡发学》、《万物真原》等。

戴、段五氏，奔走焉；于史则有掌故、考据、地理、议论之户，其巨子曰万、钱、王、赵、张、何，乞丐焉[1]。破碎而无统纪，繁巨而不关要，著之副墨，哗之京邑，辁才讽说者榜之扬之，京邑文儒之尊大也。老师魁学，旧辈宿齿，通义理之科，讲经纬之条，天算金石，异域新学，兼综并贯，树论说，立德行，遍阅天下之才，老于当世之事，此大人魁儒之尊大也。若是者，求之古者之未曾有。好尚无统纪，立学无根蒂，建门无堂壁，经国无端绪，而况与论天下之事。

今有道焉，渺造化之迹，通神明之教，气天寅合，变动形化，四通六辟，其运无乎不贯。其粗迹为君师之事，该本末，洽度数，生生之伦，拔幽留而文明，昭千万祀而若揭，未尝为虚而寄体，造物忘乎圣通，其孰能与于斯？自仲尼之后，分其体，率其性，卷舒开合，若者其意乎？语乡祭酒以此，其何异语冰山之冰人，火山之火鸡，太平洋之岛山忽出？其疑而谩之固宜，欲其喻之，亦必其尝一引镜焉。

人我篇

学不外二端，为我、兼爱而已。《易》曰："立人之道。曰仁与义。"董子曰："仁者，人也。义者，我也。"是则兼爱者，仁之极也；为我者，义之极也。或曰：义者，事之宜，非有轻重于人我也。然理财、正辞、禁民为非，皆有敛制之意。如先王之制，尊君卑臣，重男轻女，《春秋》书公为"薨"，而诸侯曰"卒"，尊中国而外四夷，凡此皆义也，然皆为我也。故仁主敷施，就人而言；义主裁制，为我而言。仁有放之意，义有敛之意。放者阳也，敛者阴也；仁者热力也，义者重力也，天下不能出此二者。总言之曰：立气之道，曰阴与阳，曰热与重；立人之道，曰仁与义。中国之圣人

---

① 胡、阎、惠、戴、段：指胡渭、阎若璩、惠栋、戴震、段玉裁；万、钱、王、赵、张、何：当指万斯同、钱大昕、王夫之、赵翼、张伯行、何乔远。

以义率仁，外国之圣人以仁率义。

兼爱无弊，既爱我又爱人。老吾老以及人之老，幼吾幼以及人之幼，爱何弊焉？为我有四：一为我之质，众人是也；一为我之名，贤人是也；一为我之体；道人是也；一为我之魂，佛学是也。四者各随其性之所近，惟众人为形质，则有欲，斯亦天之所予，无可禁也。故虽圣人不能无声色之奉，宫室、衣服之设，穷华极丽，以文其体，以事其身，然而不得肆者，则天有限焉，人有制焉。限于大者，喑声跛瞽断儒体残忧成之境也；制于人者，地域远近、势位强弱之际也。圣人知欲之本于天也，故为宫室、衣服、礼乐、妻妾、器物以事之；又虑其纵于人也，故为之制度品节、训诲砥砺以束之。故夫人也，为我之质者，为其所以为，无为其所不为，斯已矣。

虽然，人之欲无穷，纵之性无限，是故圣人裁为礼者以节之，使一人于礼之中，以制其肌肤而束其筋焉；其出于礼者，则为刑以检柙之，俾有所畏而勿纵焉。为之师保以导之，设之朋友以摩之，立之官司以纠之，造作语言以诱之，广设名誉以动之，明其丑恶而禁之，普为风俗以一之；皆不知变，然后加之刑罚以惩之。圣人兼爱之心，于是极矣。故夫圣君在上，贤臣在下，自比闾、族党之士至于公卿、大夫，莫非闻道守礼者。化及下民，蒸蒸乂矣。然此皆治下者也。若夫君民者，犹当变气质之偏，绝嗜欲之原，胼手胝足而不为劳，监虏之辱、隶圜之服而不为苦，日思所以优民之形、逸民之生，与其臣相与讲求之。为之臣者，兼爱之心可以少宽，而奉形之事少加焉，逮贱而逮加焉。故凡得尊位者，举以为民者，非以为体也。人无乐于为君，惟无欲而有爱民之心者。身率之道至，而争乱之道泯矣。今天下所以乱者，岂非君上纵欲？以一人纵于万民之上者，民悁悁然侧目视之，久则愤起而不可遏，将欲禁其乱，安可乎？故夫百姓侵其上，臣僚夺其君，匹夫可以揭竿而谋富贵，夫亦君上纵欲有以启其乱萌也。是故严刑不能惩，重律不能警，历圣之经不足法，诸儒之训不足承，成党纵欲，得以自私。呜呼！故曰：兼爱者，宜于为君者也；为我者，宜于为民者也。为我之形质者，宜于为民者也；为我之名与魂者，宜乎为君师也。非有所偏也，为其有所重而弊也。

中国之俗，尊君卑臣，重男轻女，崇良抑贱，所谓义也。然六朝忠臣无尽节者，而九变则不齿清议；明末诸生、妇孺、乞丐有殉者，而居丧则大夫学士饮食处内无讥议焉。男子得有数十之姬妾，而妇人不得有二夫，及其久也，相与耻之。守寡不已，则有守清；守清不已，则有代清者，余乡比比皆然。余周旋于乡党中，目几未见再嫁妇人者，虽三代之盛无此已。习俗既定以为义理，至于今日，臣下跪服畏威而不敢言，妇人卑抑不学而无所识，臣妇之道，抑之极矣。此恐非义理之至也，亦风气使然耳。物理，抑之甚者必伸。吾谓百年之后必变三者：君不专、臣不卑，男女轻重同，良贱齐一。呜呼！是佛氏平等之学矣！

朱子谓："天地之性，专以理言；气之性，杂理、气言之。""未有此气，性却常在；气有不存，而性却常在。虽其方在气中，然气自气，性自性，不相杂。"此论性、理，与佛之言精、魂同，不知理与性皆是人理人性，未受气以前，何所谓性、理耶？此过尊之，而不得其实者也。谓孟子言善，是剔出性之本。夫孟子言其性可为善，正言其末，何尝言本耶？即天命之谓性，亦是舍不得气言也。

仁智篇

物皆有仁、义、礼，非独人也。乌之反哺，羊之跪乳，仁也；即牛马之大，未尝噬人，亦仁也；鹿之相呼，蚁之行列，礼也；犬之卫主，义也。惟无智，故安于禽兽耳。人惟有智，能造作饮食、宫室、衣服，饰之以礼乐、政事、文章，条之以伦常，精之以义理，皆智来也。苟使禽兽有智，彼亦能造作宫室、饮食、衣服，饰之以伦常、政事、礼乐、文章，彼亦自有其义理矣。故惟智能生万理。

或谓仁统四端、兼万善，非也。吾昔亦谓仁统义、礼、智、信，与朱子言“义者，仁之断制；礼者，仁之节文；信者，仁之诚实；智者，仁之分别”同。既乃知人道之异于禽兽者，全在智。惟其智者，故能慈爱以为仁，断制以为义，节文以为礼，诚实以为信。夫约以人而言，有智而后仁、义、礼、信有所呈，而义、礼、信、智以之所为，亦以成其仁，故仁与智所以成终成始者也。昔夫子鲜以仁、义对举，多以仁、智对举。曰：“仁者乐山，知者乐水。”“知者乐，仁者寿。”“知者动，仁者静。”又曰：“仁者不忧，知者不惑。”又子贡曰：“仁且智，夫子既圣矣。”始皆重仁、智也。且上古之时，群生愚蒙，开物成务，以智为仁，其重在智；中古之后，礼文既闻持守，先以仁为智，其重在仁。此夫子所以诲学者以求仁也，此非后儒之所知也。就一人之本然而论之，则智其体，仁其用也；就人人之当然而论之，则仁其体，智其用也。

朱子谓：“欲议仁，须合礼、义、智看之，始同。”甚精。

人道以智为导，以仁为归。故人宜以仁为主，智以辅之。主辅既立，百官自举，义、理与信，自相随而未能已。故义、礼、信不能与仁、智比也。荀子曰：“人主仁心设焉，智其役也。”

仁、智，有定者也；义、礼、信，无定者也。

仁者，天地凡人类之同也；信者，彼此通行不能失者也。惟或重在义，或重在礼，或重在智，不同耳。上古之时，智为重；三代之世，礼为重；秦汉至今，义为重；后此之世，智为重。所重孰是？曰：智为上，礼次之，义为下。何也？曰：仁者爱之，智也，爱之斯安之矣。前圣开物成务，制器尚象，利物前民；又以为不足，精其饮馔，美其衣服，饰其宫室，华以礼乐，昼夜竭其耳目心思以为便民，仁之至也，故智为上。至于中古，谓吾之所以便民者至矣，虽加之智，其能使天下之民，普富贵安逸耶？吾专事礼，使天下人养生送死，日从事于此，以毕其取，足矣。当是之时，民惟礼之务，小敛之奠东西方，裘之裼袭，斤斤焉讲求之，以自尊足，故曰礼为次。秦汉以后，既不独智以为养，又不范礼以为教，时君世主以政刑为治，均自尊大，以便其私，天下学士大夫相与树立一义其上者，砥节行，讲义理，以虚言扶名义而已，民生之用益寡矣，故曰义为下。

理 气 篇

夫天之始，吾不得而知也。若积气而成为天，摩励之久，热、重之力生矣，光、电生矣，原质变化而成焉，于是生日，日生地，地生物。物质有相生之性，在于人则曰仁；充其力所能至，有限制矣，在于人则曰义。人道争，则不能相处，于是有礼；欺，则不能相行，于是有信。形为仁之后，有礼与信矣。而所以有此四者，皆由于智。人之有大脑、小脑也，脑气筋之有灵也，盖不知其然也。天地之气，存于庶物，人能采物之美者而服食之。始尚愚也同，一二圣人少补其灵明，而智生矣。合万亿人之脑，而智日生；合亿万世之人之脑，而智日益生，于是理出焉。若夫今人于野番，其为愚，亦与禽兽无几何，虽智且不能言，而何有于万物哉？故理者，诸圣人所积为也。

自羲、轩、神农以来，中国于是有智；欧洲自亚当、衣非以来，于是有智。虽阿墨利加洲墨西哥、秘鲁之先，亦有礼乐、文章、宫室、舆服之盛，特其后亡之耳。此外无圣人者，则颛蒙日见矣。故上此之圣人者，其神识之聪明者也；中此之圣人者，其质气之清粹也。神识聪明，故足以开物成务；气质清粹，故足以修道立教。若夫言命言性，仍当就气质而言。孟子所谓“性也，有命”，“命也，有性”，深知之矣！其云性善，不过引人进过之词。孟子尝曰：“乃若其情，可以为善。”岂谓性之本然为哉？孟子尝曰：“不以辞害意，以意逆志，是谓得之。”自后儒不善读《孟子》，而论性之说纷纷矣。张子谓“形而后有气质之性”[①]，盖同谓焉。盖继道为

---

① 张子：指张载，宋代思想家。

善，必天生而为性，而后成之。若未有人，谓何实焉？

《吕览》曰："天使人有欲，人弗得不节；天使人有恶，人弗得不除。"欲与恶所受于天也。若天地，则光、电、热、重相摩相化而已，何所谓理哉？昔宋太祖问赵普："何物为大？"普曰："道为大。"程、朱遂以太极之道有一谓在，此皆不知而好为高论之说也。夫有人形而后有智，有智而后有理。理者，人之所立。贾谊谓立君臣、尊上下，此非天之所为，乃人之所设。故理者，人理也。若耳目百体，血气心知，天所先与。婴儿无知，已有欲焉，无与人事也。故欲者，天也。程子谓"天理是体认出"，此不知道之言也，盖天欲而人理也。

变则通通则久论[1]

天不能有阳而无阴，地不能有刚而无柔，人不能有常而无变。昔孔子之作“六经”，终以《易》、《春秋》。《春秋》发明改制，《易》取其变易，天人之道备矣。若知守常而不知变，是天有阳而可无阴，地有刚而可无柔也。孔子改制，损益三代之法，立三正之义，明三统之道，以待后王。犹虑三不足以穷万变，恐后王之泥之也，乃作为《易》，而专明变易之义。故参伍错综，进退消息，观其会通，以行其典礼。圣人盖深观天道，以著为人事，垂法后王，思患而豫防之。孔子之道，至此而极矣！

夫天，不变者也，然朝夕之晷，无刻不变矣，况昼夜之显有明晦、冬夏之显有寒暑乎？如使天有昼而无夜，有夏而无冬，万物何从而生？故天惟能变通，而后万物成焉。且如极星，所谓不动者也，然唐虞时在二十四度，今则二十三度二十九分耳；日至，所谓定时也，然高冲卑冲，终无实测焉。若夫风云虹霓珥朓蚀流，日月星辰无刻不变，故至变者莫如天。夫天久而不弊者，为能变也。地，不变者也，然沧海可以成田，平陆可以为湖，火山忽流，川水忽涸，故至变者莫如地。夫地久而不弊者，为能变也。

夫以天地不变且不能久，而况于人乎？且人欲不变，安可得哉？自少至老，颜貌万变；自不学而学，心智万变。积微成智，闷若无端，而流变之微，无须臾之停也。

伊尹曰：“用其新，去其陈，病乃不存。”此道家养生之术。治

---

① 这是康有为光绪二十一年四月二十八日在保和殿参加朝考的朝考卷。

身如此，治国何独不然？故千年一大变，百年一中变，十年一小变。三代之文明不得不变太古，秦汉之郡县不得不变三代，此千年之大变者也。盖春秋之世，陆浑、莱、戎、潞、狄尚杂沓中夏，不数百年而至汉武，则已开通西域矣。唐时羁縻州仅北漠，元世则西平印度，破波斯，直至钦察、俱兰马八之境，当今之意大利亚矣[①]。其地变，则其治亦变矣。魏文口分世业，府兵之制，至唐之中叶，不能不变为两税、彍骑，两税之后不能不变为一条鞭，彍骑之后不能不变为禁军。汉试士诸生家法，文吏笺奏，隋唐不能不变为诗赋，宋不能不变为经义。肉刑之制，汉文不能不变为杖笞，隋文不能不变为徒流。此百年之变也。若夫时有不宜，地有不合，则累朝律例典礼，未有数十年不修改者。此十年之变也。

若泥守不变，非独久而生弊，亦且滞而难行。董仲舒曰：为政不能善治；更张乃可为理。譬病症既变而仍用旧方，陆行既尽而不舍车徒，盛暑而仍用重裘，祁寒而仍用絺绤，非惟不适，必为大害。故能变，则秦用商鞅而亦强；不能变，则建文用方孝孺而亦败[②]。当变不变，鲜不为害。法《易》之变通，观《春秋》之改制，百王之变法，日日为新，治道其在是矣。

（1895 年 3 月 8 日）

---

① 意大利亚：即意大利。

② 建文帝：即明惠帝朱允炆，明朝第二代皇帝。方孝孺（1357—1402），明代大臣，建文帝时重臣。

京师保国会第一集演说

吾中国四万万人，无贵无贱，当今一日在覆屋之下，漏舟之中，薪火之上，如笼中之鸟，釜底之鱼，牢中之囚，为奴隶，为牛马，为犬羊，听人驱使，听人割宰，此四千年中二十朝未有之奇变。加以圣教式微，种族沦亡，奇惨大痛，真有不能言者也。

吾中国自古为大一统国，环列皆小国，若缅甸、朝鲜、安南、琉球之类，吾皆鞭棰使之，其自大也久矣。故在国初时，视英、法各国皆若南洋小岛，虽以纪文达校订《四库》、赵瓯北札记《二十二史》，阮文达为文学大宗，皆博极群书，而纪文达谓艾儒略《职方外纪》、南怀仁《坤舆图说》[①]，如中土瑶台阆苑，大抵寄托之辞；赵瓯北谓俄罗斯北有准葛尔大国，以铜为城，二百方里；阮文达《畴人传》不信对足抵行。今人环游地球，座中诸公有踏遍者，吾粤贩商沽客亦视为寻常，而乾嘉时博学如诸公，尚未之知。

至道光十二年，英人轮舟初成，横行四海，以轮船二艘犯广州，两广总督卢敏肃以三千师船二万兵御之而败[②]。卢公曾平傜匪赵金陇者，宣宗成皇帝诏谓“卢坤昔平赵金陇，曾著微劳，不料今日无用至此”。卢敏肃虽言洋船极大，而既无影镜灯片，宣宗无从

---

① 赵瓯北：即赵翼，清代史学家，著有《二十二史札记》。阮文达：即阮元，清代大臣、学者，著有《畴人传》等。纪文达：即纪昀。南怀仁（1623—1688），清初耶稣会传教士、天文历算学家。清康熙年间曾主编《时宪书》，并主持制造了六件大型天文仪器。著有《坤舆全图》等。

② 卢敏肃：即卢坤（1772—1835），谥敏肃。清代大臣，历任兵部主事、两广总督等职。

见之，无能自白也。暨道光二十年，林文忠始译洋报[1]，为讲求外国情形之始。败于定海舟山，裕谦、牛鉴、刘韵珂继败，舰入长江，而炮震天津，乃开五口。宣宗乃知洋人之强在船坚炮利，命仿制之，西人如何，实未知也。道光二十九年，咸丰六年、八年、十年，屡战屡败，输数千万，开十一口，乃至破京师，文宗狩热河，洋使入住京师，亦可谓非常之变矣。然而士大夫以犬羊视之，深闭固拒。同治三年，斌椿遍游各国，等于游戏，无稍讲求之者。曾文正与洋人共事，乃始少知其故，开制造局译书，置同文馆、方言馆、招商局；文文忠乃遣美人蒲安臣与志刚、孙嘉榖出使各国[2]，首用洋人，如古之安史那、金日磾，实为绝异之事。当时欲遣京官五品以下、正途翰林六曹出身，入同文馆读书，最为通达，而倭文端限之。自是虽轺车岁出，而士大夫深恶外人，蔽拒如故。甲申之役，张南关之功，日益骄满。鄙人当时考求时局，以为俄窥东三省，日本讲求新治，骤强示威，必取朝鲜，曾上书请及时变法自强，而当时天下皆以为狂。壬辰年傅兰雅《译书事略》[3]，言上海制造局译出西书，售去者仅一万三百余部。中国四万万人，而购书者乃只有此数，则天下士讲求中外之学者，能有几人，可想见矣。非经甲午之役，割台偿款，创巨痛深，未有肯翻然而改者。至此天下志士，乃知渐渐讲求。自强学会首倡之，遂有官书局、《时务报》之继起，于是海内缤纷，争言新学，自此举始也。

然甲午之后，仍不变法，间有一二，徒为具文；即如海军、电线、铁路、船局、船厂，间效一二。然变其甲不变其乙，变其一不变其二，牵连相累，必至无成。其他且勿论，即如被创之后，而兵未尝增练，铁舰不再购一艘，吾绿营兵六十余万，八旗兵三十余

---

① 林文忠：即林则徐，谥文忠。清代大臣，历任湖广总督等，曾主持虎门销烟。

② 文文忠：即文祥（1818—1876），晚清洋务派大臣，历任内阁学士、署刑部侍郎、礼部侍郎等。蒲安臣（1820—1872）：清末美国驻华公使，后又被任命为中国使节出访欧美。

③ 傅兰雅（1839—1928），英国传教士，晚晴来华，创办中文报纸《上海新报》及期刊《格致汇编》并任主编，单独或合译西方书籍 129 部。

万，实皆老弱，且各有业，托名伍籍中。泰西以民为兵，吾则以兵为民，何以敌之？若夫泰西立国之有本末，重学校，讲保民、养民、教民之道，议院以通下情，君不甚贵，民不甚贱，制器利用以前民，皆与吾经义相合，故其致强也有由。吾兵、农、学校皆不修，民生无保养教之之道，上下不通，贵贱隔绝者，皆与吾经义相反，故宜其弱也。故遂复有胶州之事。四十日之间，要挟逼迫者二十事：一德之强租胶州，人所共知也；其二，则英欲借我款三厘息，而俄不许矣；其三，欲开大连湾通商，俄不许矣；其四，欲开南宁通商，俄不许矣；其五，借英款不成，而内河全许驶行轮船矣；其六，西贡烧教堂，法索我偿款十万矣；其七，姚协赞调补山东道，德人限二十四点钟撤去矣；其八，津镇铁路过山东，三电德廷，德不许矣；其九，改道过河南，德亦不许，后请英、美使言之乃许矣；其十，聂军请俄教习，而订明不归统领节制矣；其十一，俄教习去留，须候俄皇旨矣；其十二，俄人勒逐德教习四人矣；其十三，直隶、山西、东三省练兵，必须请俄教习矣；其十四，长江左右厘金，尽归税务司矣；其十五，德人既得胶州百里，复索增广矣；其十六，既得增广，又索铁路矣；其十七，既得铁路，又索全省矣；其十八，既得铁路，又索全省商务矣；其十九，俄人要割旅顺、大连湾、金州矣；其二十，法人索广州湾，又订两广、云贵不得让与他国矣。此皆今年二月以前之事，其此后英之索威海、日本之订福建不得让与别国等事，尚未及计也。

夫筑路待商之德廷，道员听其留逐，是皇上之权已失，贾谊所谓何忍以帝皇尊号为戎人诸侯。二月以来，失地失权之事已二十见，来日方长，何以卒岁？缅甸、安南、印度、波兰，吾将为其续矣。观分波兰事，胁其国主，辱其贵臣，荼毒缙绅，真可为吾之前车哉！必然之事，安能侥幸而免乎？印度之被灭，无作第六等以上人者，自乾隆三十六年至光绪二年，百余年始有议员二人；香港隶英人，至今尚无科第，人以买办为至荣，英人之窭贫者皆可为大班，而吾华人百万之富、道府之衔、红蓝之顶，乃多为其一洋行之买办，立侍其侧，仰视颜色。呜呼哀哉！及今不自强，恐吾四万万人他日之至荣者，不过如此也。元人始来中国，尝废科举矣，其视安南之进士，抱布贸丝，有以异乎？故我士大夫设想，他日真有不可言者。即有无耻之辈，发愤作贰臣，前朝所极不齿者，而西人必不用中人，以西人之官必有专门，非专学不能承乏也。若使吴梅村在他日[1]，将并一教官不能得，安敢望祭酒哉？即欲如熊开元作僧，而西教专毁佛教，佛像、佛殿将无可存，僧于何依？即欲蹈东海而死，吾中国无海军即无海境，此亦非我干净土矣。

做贰臣不得，做僧不得，死而蹈海不得，吾四万万之人，吾万千之士大夫，将何依何归、何去何从乎？故今日当如大败之余，人自为战。救亡之法无他，只有发愤而已。穷途单路，更无歧趋，韩信背水之军，项羽沉舟之战，人人怀此心，只此或有救法耳。然割地失权之事，既忌讳秘密，国家又无法人师丹之油画院，绘败图以激人心，薄海臣民，多有不知者，或依然太平歌舞，晏然无事，尚纷纷求富贵、求保举，或乃日暮途远，倒行而逆施之。孟子曰："国必自伐，然后人伐之。"故割地失权之事，非洋人之来割胁也，亦不敢责在上者之为也，实吾辈甘为之卖地，甘为之输权。若使吾四万万人皆发愤，洋人岂敢正视乎？而乃安然耽乐，从容谈笑，不自奋厉，非吾辈自卖地而何？故鄙人不责在上而责在下，而责我辈士大夫，责我辈士大夫义愤不振之心。故今日人人有亡天下之责，人人有救天下之权者。

考日本昔为英、美所凌，其弱与我同，今何以能取我台湾，灭琉球而制朝鲜，得我偿款二万万？此日本之兵强为之耶？非也。其相伊藤，其将陆奥为之耶？非也。尝推考如此大事，乃一布衣高山正芝之所为。高山正芝哀国之衰，不能变法，愤大将军之擅政，终日在东京痛哭于通衢，见人辄哭，终以哭死。于是林子平、蒲生秀

---

① 吴梅村：即吴伟业，号梅村，清代诗人。下文"熊开元"（1599—1676），晚明大臣，官至太常卿、左佥都御史。后弃家为僧，隐苏州之灵岩以终。著有《诸方语录》、《渔山剩稿》等。

实之流，出而言尊攘；大久保利通、岩仓具视、太宰纯、板垣退助、三条实美、大隈重信出而谈变法，日本乃盛强。至明治以后，日人赏维新之功，乃赠高山正芝四品卿，赐男爵。凡物作始也简，将毕也巨。呜呼！谁知日本之治，盛强之效，乃由一诸生无权无勇、无智无术而成之耶？

盖万物之生，皆由热力，有热点故生诸人，有热点故生太阳。太阳，热之至者，去我不知几百万亿里，而一尺之地，热可九十匹马力，故能生地，能生万物，被其光热者莫不发生。地有热力，满腹皆热汁火汁，故能运转不息。医者视人寿之长短，察其命门火之衰旺，火衰则将死，至哉言乎？故凡物热则生，热则荣，热则涨，热则运动；故不热则冷，冷则缩则枯则干则夭死，自然之理也。今吾中国以无动为大，无一事能举，民穷财尽，兵弱士愚，好言安靖而恶兴作，日日割地削权，命门火衰矣冷矣枯矣缩矣干矣将危矣。救之之道，惟增心之热力而已。凡能办大事、复大仇、成大业者，皆有热力为之，其心力弱者，热力减故也。胡文忠谓今日最难得者，是忠肝热血人；范蔚宗谓桓灵百余年，倾而未颠、危而未坠者，皆由仁人君子心力之为。凡古称烈士志士义士仁人，皆热血人也。视其热多少以为成就之大小，若热如萤火如灯则微矣，并此而无之则死矣；若如一大火团，至百二十度之沸度，则无不灼矣。若如日之热，则无所不照，无所不烧；热力愈大，涨力愈大，吸力愈多，生物愈荣，长物愈大。故今日之会，欲救亡无他法，但激厉其心力，增长其心力。念兹在兹，则爝火之微，自足以争光日月；基于滥觞，流为江河。果能四万万人人人热愤，则无不可为者，奚患于不能救！

（1898 年 4 月 17 日）

大同书（节选）[1]

绪言[2]

……

吾既生乱世，目击苦道，而思有以救之，昧昧我思，其惟行大同太平之道哉？遍观世法，舍大同之道而欲救生人之苦，求其大乐，殆无由也。大同之道，至平也，至公也，至仁也，治之至也，虽有善道，无以加此矣。

人道之苦无量数，不可思议，因时因地，苦恼变矣，不可穷纪之。粗举其易见之大者焉：

（一）人生之苦七：

一、投胎；二、夭折；三、废疾；四、蛮野；五、边地；六、奴婢；七、妇女（别为篇）

（二）天灾之苦八（室屋舟船，亦有关人事，亦有关天灾者，故附焉）：

一、水旱饥荒；二、蝗虫；三、火焚；四、水灾；五、火山（地震山崩附）；六、屋坏；七、船沉（汽车碰撞附）；八、疫疠。

（三）人道之苦五：

---

① 康有为的《大同书》1902 年成书。书共十个部分，除甲部“人世界观众苦”外，其余九个部分分别论述怎样破除九界（“劫界”）。

② 此为“甲部　人世界观众苦”之绪言。

一、鳏寡；二、孤独；三、疾病无医；四、贫穷；五、卑贱。

（四）人治之苦五：

一、刑狱；二、苛税；三、兵役；四、有国（别为篇）；五、有家（别为篇）。

（五）人情之苦八：

一、愚蠢；二、仇怨；三、爱恋；四、牵累；五、劳苦；六、愿欲；七、压制；八、阶级。

（六）人所尊尚之苦五：

一、富人；二、贵者；三、老寿；四、帝王；五、神圣仙佛。

……

凡此云云，皆人道之苦，而羽毛鳞介之苦状不及论也。然一览生哀。总诸苦之根源，皆因九界而已。九界者何？

一曰国界，分疆土、部落也；

二曰级界，分贵、贱、清、浊也；

三曰种界，分黄、白、棕、黑也；

四曰形界，分男、女也；

五曰家界，私父子、夫妇、兄弟之亲也；

六曰业界，私农、工、商之产也；

七曰乱界，有不平、不通、不同、不公之法也；

八曰类界，有人与鸟、兽、虫、鱼之别也；

九曰苦界，以苦生苦，传种无穷无尽，不可思议。

甚矣，人之不幸也！生兹九界，投其网罗，疾苦孔多。既现形于宇内，欲奋飞而无何，沉沉亿万年，渺渺无量生，如自茧之蚕、扑火之蛾，彼去此来，回轮织梭。俯视哀酸，感不去怀。何以救苦？知病即药，破除其界，解其缠缚，超然飞度，摩天戾渊，浩然自在，悠然至乐，太平大同，长生永觉。吾救苦之道，即在破除九界而已。

第一曰去国界，合大地也；

第二曰去级界，平民族也；

第三曰去种界，同人类也；

第四曰去形界，保独立也；

第五曰去家界，为天民也；

第六曰去产界，公生业也；

第七曰去乱界，治太平也；

第八曰去类界，爱众生也；

第九曰去苦界，至极乐也。

欲去国害必自弭兵破国界始[①]

夫以有国对立，兵争之惨如此，人民之涂炭如彼，此其最彰明较著矣。若夫竭民力以养兵，糜费无量；驱人民以为兵，失业无量。虽有仁人义士，不得不各私其国，故其心志所注，识见议论皆为国所限，以争地杀人为合大义，以灭国屠人为有大功，勒鼎刻碑，铸像作史，大号于天下后世，以自夸炫，不知其为屠伯民贼也。养成争心，养成私心，于是褊陋残忍之论视为宜然，实如群犬之相搏、猛兽之相噬、强盗之劫掠耳。积成为义，则其烈祸中于人性，根种相传，展转无已，故其争杀之亦无已。世界人类终不能远猛兽强盗之心，是则有国乎，而欲人性止于至善，人道至于太平，其道相反，犹欲南辕而北其辙也。

古之仁人哀之，亦多为弭兵之论。盖自宋子罕、晋赵武、楚屈建已创行之，而希腊各国亦尝举行。近者弭兵之会日盛，其馀各国凡订和约者，皆本自弭兵之义。然而国界未除，强弱大小相错，而欲谋弭兵，是令虎狼食斋茹素也，必不可得矣。故欲安民者，非弭兵不可；欲弭兵者，非去国不可。是故国者，在乱世为不得已而自保之术，在平世为最争杀大害之道也。而古今人恒言，皆曰“天下国家”，若人道不可少者，此大谬也。今将欲救生民之惨祸，致太

---

① 此为“乙部　去国界合大地”的第二章。

平之乐利，求大同之公益，其必先自破国界去国义始矣。此仁人君子所当日夜焦心敝舌以图之者，除破国界外，更无救民之义矣。

虽然，国者，人民团体之最高级也，自天帝外，其上无有法律制之也。各国私益，非公法所可抑，非虚义所能动也。其强大国之侵吞小邦，弱肉强食，势之自然，非公理所能及也。然则虽有仁人，欲弭兵而人民安乐，欲骤去国而天下为公，必不可得之数也。

然则欲弭兵而去国，天下为一，大地大同，岂非仁人结想之虚愿哉？然观今之势，虽国义不能骤去，兵争不能遽弭，而以公理言之、人心观之，大势所趋，将来所至，有必讫于大同而后已者，但需以年岁，行以曲折耳。孔子之太平世，佛之莲花世界，列子之甔甀山，达尔文之乌托邦，实境而非空想焉。

国界自分而合乃大同之先驱：夫国界进化，自分而合，乃势之自然。故自黄帝、尧、舜时为万国，至汤三千国，武王一千八百国，春秋则二百馀国，战国为七国，秦则一统矣，凡二千年。马代灭千馀国，而为波斯。印度之先，佛时亦千馀国，阿育王乃一统之，色腻王与回教再一统之①，及英继统之。希腊十二国，历二千年而统一于马基顿，又统一于罗马；罗马尽统欧、非之众国。若夫欧洲，封建千年，德侯三十万，法十一万，奥、英各一万馀，近已并一于王权。德二十五联邦，又合为一。意以十一国合为一。俄奄亚北，法取安南、突尼斯，英吞缅甸，日并高丽、琉球。近者非洲皆瓜分矣，其小国存者，暹罗、阿富汗，皆以瓯脱为缓冲耳。若埃及之属英，摩洛哥之隶于法，已不能久矣。盖分并之势，乃淘汰之自然，其强大之并吞，弱小之灭亡，亦适以为大同之先驱耳。而德、美以联邦立国，尤为合国之妙术，令诸弱小忘其亡灭。他日美收美洲，德收诸欧，其在此乎！此尤渐致大同之轨道也。

---

① 阿育王（？—前232）：一作阿输迦，意为无忧王。古代印度摩揭陀国孔雀王朝（前268—前232）第三代国王，笃信佛教。迦腻色伽王（Kanishka I，144—173年），古代印度贵霜王朝开国君主。在位期间鼎力宣扬佛教，并统合佛教各部思想，形成大乘佛教雏型。

民权自下而上为大同之先驱：民权进化，自下而上，理之自然也。故美国既立，法之大革命继起，而国随之，于是立宪遍行，共和大盛；均产说出，工党日兴。夫国有君权，自各私而难合，若但为民权，则联合亦易。盖民但自求利益，则仁人倡大同之乐利，自能合乎心，大势既倡，人望趋之，如流水之就下。故民权之起，宪法之兴，合群均产之说，皆为大同之先声也。若立宪，君主既已无权，亦与民主等耳，他日君衔亦必徐徐尽废而归于大同耳。

合国有三体：今欲至大同，先自弭兵会倡之，次以联盟国纬之，继以公议会导之，次第以赴，盖有必至大同之一日焉。夫联合邦国之体有三：有各国平等联盟之体。有各联邦自行内治而大政统一于大政府之体，有削除邦国之号域、各建自立州郡而统一于公政府之体。凡此三体，皆因时势之自然以为推迁，而不能一时强合者也。

各国平等联盟之体：各国平等联盟者，如春秋之晋、楚，权力相等，订盟弭兵，而诸小国从之。若希腊各国之盟，近世欧洲维也纳盟后诸约，及俄、法之同盟，德、奥、意之同盟是也。其政体主权，各在其国，并无中央政府，但遣使订约，以约章为范围，即今者在荷兰万国弭兵之会是也。凡此联盟之约，主权既各在其国，既各有其私利，并无一强有力者制之，忽寻忽寒，今日弭兵而明日开衅，最不可恃者也。然既各国并立，无一大力者以制之，则谋弭各国之兵争，亦必自平等联盟立公议会之制始矣。此联合之据乱世之制也。

联邦受统治于公政府之体：各联邦自理内治而大政统一于大政府之体，若三代之夏、商、周，春秋之齐桓、晋文，今之德国是也。晋王与各联邦王公平等，与齐、晋同，然桓、文之霸权，体未坚固；若三代之与德，则统一之体甚坚固矣。但三代及德国，皆有帝王，虽治体不同，而皆以强力为之。如德国联邦治体，虽并许各国举议员，而普鲁士得占十七人，其馀大国，若湃认则举六人，萨逊滑敦堡则举四人，嘻顺巴登则举三人，阿论卜公国则举二人，其馀十七国及自主市府各举一人，而普鲁士相为德意志大宰相，遂有大权；其馀海陆军、邮政、铁路，皆归德意志帝国统之，则大政府极有权力，但不及内治耳。联合之后，公议会积有权力，则设公政府立各国之上。虽不干预各国内治，而有公兵公律以弹压各国，则亦类于德国联邦之制矣，但皆出于公举，无帝王耳。此联合之升平世之制也。

去国而世界合一之体：削除邦国号域，各建自主州郡而统一于公政府者，若美国、瑞士之制是也。公政府既立，国界日除，君名日去，渐而大地合一，诸国改为州郡，而州郡统于全地公政府，由公民公举议员及行政官以统之。各地设小政府，略如美、瑞。于是时，无邦国，无帝王，人人相亲，人人平等，天下为公，是谓大同。此联合之太平世之制也。

联邦合一有六难：然联邦之事，欲于众邦中设一中央政府以统之，其事尤难。观美国诸州联合之始，而虬其亚州不允矣[①]。国俗不同，利害殊科，皆不愿合，况强大之国，无事迫之，尤难联合。此国情难一者一也。

美自一千七百七十五年，十三州皆与盟，创成联合政府。是时内政听其独立自治，其开战、讲和、通商诸大事，凡关于联邦公共安利者，皆联合政府主之。然联合政府不能直辖国民也，苟非迫于背英之情势不得不合一者，则联邦难成。观今中美诸小共和国亦无君主，而不能联为大邦可知也。若今各国并立，谁肯别开联合之大政府以辖治之？此公政府之万难开，其难二也。

且假联合政府已成也，而能使强大诸国受其范围，基址坚固，人心不散，其事尤难。盖诸国各具完全无限之权力，断不肯受人之范围。而国势私情，各有利害，大国利于开拓土地，商国利于独占利权，皆万万不肯受制于中央政府者。如美国初立宪法联合大政府之时，诸州尚多梗议，难于施行，其难三也。

---

① 虬其亚：今通译佐治亚。

夫国之大小不同，大国既恃其广土众民，不肯俯同于小国，小国亦各自主自立，不能少屈于大国，则选派议员之多寡，受用权利之同否，皆难一律。如美国创议联合政府之先，大州小州争论难定，其难四也。(今弭兵会争权利同等亦然。)

及议员既定，而法例所草，尚非一二议员允许所能行，又还听其各国立法院所公议，人多论杂，益难听从而画一之。如美国议院法例之初立，各州多不愿从。弥儿敦、佛郎克作报告[①]，以十馀年之力，极论联合之义，人心大感动，尚待再历两年，然后次第联成。然非有拒英之故，亦必不能成也。诸州且然，何况万国？其难五也。

又联合政府能结合坚固，行之数十年，而各国苟有利害不同，即复决裂。如美之以放奴一事，南北美大动兵戈，死人如麻，苟非北美之得胜，则分国久矣。合州且然，何况合国？其利害之各殊，尤为浩大，其难六也。

夫方今各国，平等对立，而欲骤期至美国、瑞士之界，固万无可得之势，不待言也。夫瑞士仅二十二乡，其联合至易至平，非天下所可学。即如美者，削去邦国而尽为自主之州郡，为联合已成之太平世也，不可以一蹴几也。盖必先为德国联邦之势，而后可望如美之渐削邦国也。夫自冬寒徂夏暑者，必经春之温和，乃能至焉；自平原以至山巅，必经山麓之攀跻，乃能登焉。德之联邦，亦非能骤至。故今者大势，必自联合弭兵，立公议会，而后可积渐至焉。大势所趋已见，合同之运已至，其始似甚难，其终必渐至于大同焉。

联邦自小联合始小吞灭始：联合之始，万国遽行联合乎？抑各为小联合而后大联合乎？则必自小联合始矣。小联合之体，其始两三国力量同等、利害同关之邦联之，其后全地大国，成无数联盟国之体以相持焉。今者国事权在公民，利害至明，非若古者战国时之权在君相也，又不能以一二人之言议、因一二人之利害而变易之

① 弥儿敦、佛郎克：今通译汉密尔顿、富兰克林。

也。故均力均势、相持相等，无有一国能为混一之势。即强大如俄，专制猛进，而民义既明，数十年内，不为民主共和，亦必成君主立宪之体矣。（吾作此在光绪十年，不二十年而俄立宪矣。）

夫政体既改民权，则并吞之势自不能猛矣。且昔者俄之攻突厥也，始则英、法二国合纵拒之，后则英、法、德、奥、意五国合兵拒之，俄即不能得志，岂复虑有秦吞六国、一统天下之事乎？同体同力之联盟国既成，则亦有同洲同教同种之联盟继之。若美国之治美洲，当美人自治之，不许他洲人干预之是也。假欧、亚人众国强，或干预之，则美洲各国，本皆共和，必合为一大联邦，设一公政府，是成一半球合国之势矣。美洲既合，其势莫强，则欧洲、亚洲或亦为联洲法以抵御之，则大合纵成矣。澳洲于时自立成国，非强英所能遥统，则亦如美例，别自独立，或亦附从他国而为联邦矣。夫以半球众国之联合，其规模体制，与大地大同几无异矣，但尚有两半球对待之体耳。夫既能半球相合，亦何难于全球相合乎？故今百年之中，诸弱小国必尽夷灭，诸君主专制体必尽扫除，共和立宪必将尽行，民党平权必将大炽，文明之国民愈智，劣下之民种渐微。自尔之后，大势所趋，人心所向，其必赴于全地大同、天下太平者，如水之赴壑，莫可遏抑者矣。

去级界平民族[①]

人类之苦不平等者，莫若无端立级哉！其大类有三：一曰贱族，二曰奴隶，三曰妇女。夫不平之法，不独反于天之公理，实有害于人之发达，观印度而知之矣。印人在昔有四种[②]：

一曰婆罗门，为净行者，或出家，或在家修净行而涅槃者；

二曰刹帝利，为王种，奕世君临，统辖其余之三姓者；

三曰吠舍，旧曰毗舍，为商贾，贸易有无者；

---

① 此为《大同书》的丙部节选。

② 这里的四种“印人”，即古代印度四大种姓。“首陀”，通作“首陀罗”。

四曰戍陀罗，旧云首陀，为农民及奴身勤稼穑者。首陀内分贱族七十余，今略举数种如下：

一曰配哈，为工，服役于刹帝利者，不食肉葱，不饮酒；

二曰摭麻，作下工，一切肉皆食；

三曰巫士哈，打猎，食蛇鼠，作路工；

四曰拖卑，洗衣者；

五曰咩打，作扫地除粪之工者；

六曰冬，抬死人而烧之者。

以上皆贱役，而以咩打及冬为最下。贱族之中，皆不得为官为士，而各贱族各专其职，不得改役他业，不得通婚姻，子子孙孙世为之。

凡此各种族皆分级隔绝，不得通婚、交接；皆限其位业，不得逾越上达。故苟生于下族，虽有至圣人豪，不得为仕宦师长，不知不识以了其生。故印度人虽有二万万，除妇女严禁外，实一万万；而此一万万人者，除去诸劣下种外，仅婆罗门、刹帝利不过一二千万人耳。全国命之所寄在此一二千万人中，其余二万万人，虽有智勇，无能为役，此其国所以一败涂地而不可振救也。盖不平等之法，自弃其种族甚矣。自埃及、巴比伦、希腊皆有族级奴隶之别，东方亦然。欧洲中世有大僧、贵族、平民、奴隶之异①，压制既甚，故以欧人之慧，千年黑暗，不能进化。法大革命，实为去此阶级，故各国效之而收大效。近百年则平民之权日兴，奴隶之制尽释，虽有贵族、大僧，而事权日落，与君权而并替。盖平等之理日明，故富强之效日着，此其大验矣。日本昔有封建，于是有王朝公卿，有藩侯，有士族，有平民，颇与春秋时相类；自维新后一扫而空，故能骤强。今埃及、突厥、波斯、俄罗斯有君主、大僧、世爵、平民、奴隶五等，故突厥弱，俄虽外强而中僵。美之人民至平等，既不立君主而为统领。自华盛顿立宪法，视世爵为叛逆，虽有大僧而

① 这里的“大僧”，指不同宗教的教主。

不得入衙署、干公事。林肯之放黑奴也，动兵流血，力战而争之，故美国之人举国皆平民，至为平等，虽待黑人未平，亦升平世之先声矣，故至为治强富乐。

中国当春秋以前有封建世爵，诸侯既世其国，大夫又世其家，故虽以蕞尔之诸侯，而鲁之三桓，郑之七穆，楚之屈、景，齐之国、高，宋之华、荡[①]，皆以世卿为之；士人、民家，则虽以孔子之至圣，仅摄相事；颜、闵之上贤[②]，不得一命。当时无印度之弊，颇类欧洲之中世、日本维新以前矣，自孔子创平等之义，明一统以去封建，讥世卿以去世官，授田制产以去奴隶，作《春秋》、立宪法以限君权，不自尊其徒属而去大僧，于是中国之俗，阶级尽扫，人人皆为平民，人人皆可由白屋而为王侯、卿相、师儒，人人皆可奋志青云，发扬蹈厉，无阶级之害。此真孔子非常之大功也，盖先欧洲二千年行之，中国之强盛过于印度，皆由于此。惟君权虽有义理以责任之而专制不除，奴隶虽经光武用孔教之义频免为良人，而明以后投大户者不绝，及乐户、丐户、疍户之名，尚有不尽得为平民者；而妇女之禁抑未解。三者尚未改，故平等之义未尽，而愚弱亦从之。虽然，人民男子之自由至矣，但一间未达耳，真可以一变至道者也。

夫人类之生，皆本于天，同为兄弟，实为平等，岂可妄分流品，而有所轻重，有所摈斥哉！且以事势言之，凡多为阶级而人类不平等者，人必愚而苦，国必弱而亡，印度是矣；凡扫尽阶级而人类平等者，人必智而乐，国必盛而治，如美国是也。其他人民、国势之愚智、苦乐、强弱、盛衰，皆视其人民平等不平等之多少分数为之，平之为义大矣哉！故孔子之于天下，不言治而言平，而于

---

① 三桓：指鲁国的卿大夫孟孙氏、叔孙氏和季孙氏。七穆：春秋时郑穆公的孙子子展、子西、子产、伯有、子太叔、子石、伯石，均为掌握郑国政权的世卿。屈、景：春秋战国时期楚国王族三大家族（昭、屈、景）中的两大家族。国、高：春秋时齐国的两大家族。华、荡：春秋时宋国的两大家族。

② 颜、闵：颜渊、闵子骞，均为孔子的弟子，以贤德著称。

《春秋》三世进化[①]，特以升平、太平言之也。

方今各国，奴隶之制尽解，卖买人口之风已禁，即俄最多奴，亦已除免。我国孔子创无奴之义，光武实施免奴之制，实于大地首行之，其于平等之道有光哉！林肯以铁血行之，风动大地，然尚为光武之后学而已。然方今中国奴制未除，以同为黄帝之子孙，不幸贫而见鬻，遂抑及世世子孙不得比于人列，伤哉！同类自相践踏，何其愚也！夫林肯于黑奴之异类异状，犹以人类平等之义，捐白人无量之肝脑膏血而救之，而我国奴隶皆出三皇五帝神明之裔，考其远祖皆为弟兄，而忍以一日之贫，凌辱其兄弟无量世胄，此其愧于林肯，岂可言哉！故以天下之公理言之，人各有自主独立之权，当为平等，不当有奴；以人之事势言之，平等则智乐而盛强，不平等则愚苦而衰弱，不可有奴；以中国人类之谱系言之，则同出一祖，同为族属兄弟，不忍有奴。上之失孔子之圣制，下之愧光武、林肯之仁心。故免奴之制，他国即不行，而中国当先行者也；中国今而不行，可为大耻也。

今以中国之奴制考之，自古战争，俘掠人口，于是用以为奴隶；又有鬻卖人口者，收为奴婢以供富贵者之用。然三代皆有井田以授民，人人有百亩之田，安有为奴者。孔子手定“六经”，灭去奴隶，其于人类，有天子、诸侯、大夫、士、庶民之等，无有为奴者也。故“六经”无“奴隶”字，《论语》“箕子为奴”，盖攻纣之暴以叔父为奴用耳，非真奴也。战国及秦、汉之争，多虏掠人口，而又有髡钳为奴之罚，故复有奴。刘歆伪为《周官》，以汉制饰之，乃托为罪隶、闽隶、蛮隶、夷隶、貉隶诸名，以为周公之制。然光武尊用儒术，特举大典，累下诏书，免奴婢为良人。今以《后汉书·光武本纪》按之：建武六年十一月丁卯，“诏王莽时吏人没入为奴婢不应旧法者，皆免为庶人”。建武十三年平蜀，十二月，“诏益州民自八年以来被略为奴婢者，皆一切免为庶民，或依托为人下妻

① 三世：《公羊春秋》提出的据乱世、升平世、太平世。

欲去者悉听之；敢拘留者，以略人法从事”。建武十四年十二月癸卯，“诏益、凉二州奴婢，自八年以来自讼在所官，一切免为庶民，卖者无还直”。嗟乎，孔教之行，免奴之制，中国先创二千年矣，真于大地最光哉！

其后蒙古以兵力灭服各国，虏其人民以为奴隶。盖胡狄之俗专以强力，故以奴为常，人臣庶民之家能虏人者，即以为奴，而人主亦以群臣为奴，而中国实无是也。不幸有刘歆伪《周官》之制①，故人忘孔子之大义，以为周公所有，故明世复盛行之。粮税日重，人皆投大户以求免税，故近世奴隶虽不多而不能绝焉。然十八行省中，惟广东、江、浙略有之，馀省亦殆无奴矣。至八旗之制既以奴才为称，而旗户之下复有包衣；又于罪罚者，有“发黑龙江披甲为奴”之制，此皆为蒙古之遗风，而复秦、汉虏掠人口为奴、髡钳为奴之制，是退化也，违公理而失孔子之圣制甚矣。吾先祖连州公（讳赞修）尝为连州训导，有子弟自安南买得奴还，皆放之；又在连州得奴，还其券而遣之，谓“岂可以数十金抑人累世乎！”仁哉！今中国之奴不多，即有之，皆以名分抑之，但供祠墓洒扫之役，非一私人所役使者也。有之，于人民之所益无几；免之，于人民之所损无几，盖举国皆用雇役久矣。广东大姓之奴隶多有千数百人，亦自力田服贾，除以岁时供祠墓之役，皆与主人无关，近多有出洋致富者矣。虽谓购奴有费，而用之数世，偿之已多。今宜发明公理，用孔子之义，引光武之制，将所有奴籍悉予除免，尽为良人，悉听于原地杂居，庶黄帝子孙同尽平等，而才杰之民得以奋兴。既免有奴之耻，又得多民之益，一举而三善备，孰有过于此乎？夫人为天所生，民为国所有，非一家一民所能私也。免奴之制固所宜然，而购奴之费究有自来，骤出令免之，有奴之家必生怨心，宜有以分别处之。

一、奴之已有子孙者及已聚族众者，其服已久，足偿所费，以

---

① 刘歆（约前53—23），西汉末年经学家、目录学家。刘向之子，承父志完成《七略》。后世有人认为《周礼》（即《周官》）是他伪造的。

仁人之心，岂宜沿恶俗而多求，是宜概行豁免，不许苛责。惟奴于本主及其祖宗究有恩义，宜当报效，可各捐银十元或五元以酬原主，许其分年摊交以代扫除祠墓之费，则其原主可无怨矣。

一、新买之奴改为雇仆，不论买价多少，以十年为例，摊算扣除。其年限满者准其免工，未满者准照年限捐赎，无力捐赎者再从工役，如其年限。其奴之名义先为除免，婢亦同此，改为雇役，免除婢名。皆以年限扣除，准其以银捐赎。其有主人加以烙灼苛暴者，许其告所在有司，立予免除，不扣年限。

一、自定除免奴婢例后，不许买卖人口。盖人者天之所生，民者国之所有，买者侵人自主独立之权，卖者失己自主独立之权，皆不可也。其有犯者罪之。

一、疍户、乐户、丐户之别异流品，不过以其执业过贱而抑之耳。然疍户操舟，与为农工何异？乐户执钥，尤为雅业，何贱之有！丐户则宜编于恤贫院，督以作工而教诲之，岂可永远黜弃、摈出平民，俾其世代子孙贱不得伸焉？若夫优倡、皂隶，并斥流外，原其执业太贱而身近官人，恐其转瞬变化，即服官在上，以浊流杂清流、以贱人凌贵人耳。此在君权独私之世，故虑防宜深；若宪法既立，清议盈涂，报纸溢国，岂易私一下流而授以官哉！若夫优者实为乐人，古之贤者所托，而今各国学校之所学，风俗教化恒必由之，今中外贵人亦多戏友，此更无待于摈斥矣。皂隶虽役于官，然力抑其进上之途，则彼愈无发扬之望。夫人必有希望之心，乃有进上之志，今既绝之于进上之途，则彼不从恶而包羞、作奸而犯法，将何为矣？是迫之使为恶，甚不然也。立法者将导人以上达，则人争向上而为义；将抑人以下达，则人争向下流而为恶，夫何事导人为恶哉？今中国皂隶之无耻而为恶至矣，民受其害甚矣，为良吏者开口辄言严胥差，盖由习俗之深而先以恶人待之也。夫皂隶既不能免，则岂可使环官之左右者皆恶人，而待官之一人严之乎？此亦立法者之过也。古之府史胥徒，皆为庶人在官，汉之吏役，并与登进，各国同之。然则摈黜皂隶，乃近世不平之法也。人权之自立既明，男女绝无怨旷之苦，时无倡家，可不须禁。然则向来所有疍户、乐户、丐户、优倡、皂隶，皆多为品流，有害平等之义，有损生民之用，宜予蠲除，概为平民，一变至道，近于太平矣。

印度种族阶级之制最害，故其众多种族，贵之若婆罗门、刹帝利、吠舍、戍陀罗，贱之若首陀中之配哈、摭麻、巫士哈、掩卑、咩打、冬等名目族级，宜予淘汰删除，概为平等。先奖以通业，次导以通姻，化之既久，平等成风，然后大同可期也。埃及、突厥、波斯尚有奴俗，皆当一律铲除，以昭太平之化。各国奴风既扫，尽为平民，惟世爵未除，大僧尚尊，皇族尚在。数百年后，民权日盛，各国之为民主日多，必从美国之例，世爵亦除而禁之，视为叛逆矣。天演之哲学日明，耶、佛、回教日少日弱，新教日出，大僧日少而日衰，久必化为平等矣。各国既尽改为民主统领，亦无帝王，亦无君主，自无皇族，不待平而已平，男女之权又已独立。至于是时也，全世界人类尽为平等，则太平之效渐著矣。

……

总论欲行农工商之大同则在明男女人权始[①]

若虑农工商皆归之官，得无有司作弊，侵吞盗窃，为害更甚者？此其所虑，为乱世言之也。太平世人无私家，无私室，无私产，无私店，无家而禄厚，性美而教深，必无侵盗之心，自无侵盗之事。即使有欲侵盗而别无私店，虽侵之盗之而从何售鬻之？万一泄漏，则终身不齿。且其时，凡人之金皆寄金行，其得金之多寡，视其工价及创新之赏，人人得而知之，若司商务而骤得多金，侵盗之迹即露。夫大无耻之事，苟非家累贫病，迫不得已，孰肯为之而令终身见弃乎？太平之人，无家累，无贫病，荣途悬在前而清议迫于后，风化既美，种教更良，孔子所谓“虽赏之不窃”也，而何

① 此为“庚部　去产界公生业”的第十章。

虑焉！

凡诸农田、商货、工厂之业，全地至大，从何而归之公？即欲举公债以承之，亦万不能行也。然欲急至大同，最难则在去国；若去民私业，此事甚易，即自去人之家始也；即欲急去国界者，亦自去家始。

欲去家乎？但使大明天赋人权之义，男女皆平等独立，婚姻之事不复名为夫妇，只许订岁月交好之和约而已。行之六十年，则全世界之人类皆无家矣，无有夫妇父子之私矣，其有遗产无人可传。其金银什器，皆听赠人；若其农田、工厂、商货，皆归之公，即可至大同之世矣。全世界之人既无家，则去国而至大同易易矣。于是时也，最难去种界之别，当少需岁月而已。

夫男女平等，各有独立之权。天之生人也，使形体魂知各完成也，各各自立也，此天之生是使独也。夫使天之生人，使男女以两人偶合也，则不能独立也；天之生男女，使如人兽之异形也，则不能独立也。今男女之魂知形体各自完成，各能自立，不相待也，不相下也，不相异也，极相爱也。徒以形中微有阴阳凹凸之小异，而男子挟其强力以凌弱质，收为私属，不齿平人，习久成常，视为义理，遂大背天予人权之义而永为小康忧苦之世。虽彼男子得拥一日之私尊，然以视大同太平之极乐，不犹乞丐之视帝王，凡夫之比神仙哉！人有弃帝王而为乞丐、弃神仙而为凡夫者乎？故全世界人欲去家界之累乎？在明男女平等、各有独立之权始矣，此天予人权也；全世界人欲去私产之害乎？在明男女平等、各自独立始矣，此天予人之权也；全世界人欲去国之争乎？在明男女平等、各自独立始矣，此天予人之权也；全世界人欲去种界之争乎？在明男女平等、各自独立始矣，此天予人之权也；全世界人欲致大同之世、太平之境乎？在明男女平等、各自独立始矣，此天予人之权也；全世界人欲致极乐之世、长生之道乎？在明男女平等、各自独立始矣，此天予人之权也；全世界人欲炼魂养神、不生不灭、不增不减乎？在明男女平等、各自独立始矣，此天予人之权也；欲神气遨游、行出诸天、不穷不尽、无量无极乎？在明男女平等、各自独立始矣，此天予人之权也。吾采得大同、太平、极乐、长生、不生不灭、行游诸天、无量无极之术，欲以度我全世界之同胞而永救其疾苦焉，其惟天予人权、平等独立哉！其惟天予人权、平等独立哉！吾之道早行早乐，迟行迟乐，不行则有苦而无乐。哀哉，全世界人生之苦也，其宁甘之而不求乐欤！

虚君之共和国说[①]

顷者中朝允开国会，并许资政院定宪法矣。夫宪法既为资政院众议员所定，出于诸将兵力所迫，则旧政府不能不从者矣。若是乎众大臣为总理大臣所用，而总理大臣由国会所举，甚至上议院员皆不能选，是君主虽欲用一微员而不可得也，不已等于平民乎？军队虽统于君主，而须听国会之命，不已等于将官乎？若夫国会提议案，国会改正法，君主皆不能参预，不能否决，惟有受命画诺而已，不类于一留声机乎？凡此政权，一切皆夺，不独万国立宪君主之所无，即共和总统之权过之远甚，虽有君主，不过虚位虚名而已，实则共和矣，可名曰“虚君共和国”。

虚君者无可为比，只能比于冷庙之土偶而已。名之曰皇帝，不过尊土木偶为神而已，为神而不为人，故与人世无预，故不负责任不为恶也。今虚立帝号乎，则主祭守府、拱手画诺而已，所谓无为之治也。亲贵乎，今赫赫之内阁犹且尽撤之，此后则为长安布衣而已，虽或奉朝请、通聘问，必不预政事矣。其宗室乎，夷于齐民。其满籍乎，皆改汉姓，附于所在之州县，虽欲攻之而无可攻矣。若满人欲为大僚乎，则汉人四万万之才者尚不能遍举，安能及满人乎？间或抚用一二之才，然能预闻政事者寡矣。依此观之，满洲乎，仅存一神，以存虚尊；宫庭乎，如存一庙，以保香火；其亲贵故僚乎，则其祝宗扫除之隶也；满人乎，改姓改服，则为中国多一归化之民，又何损焉？保生之不暇，事权政治，一切无预，而其效

① 辛亥革命爆发后，康有为在日本写了《救亡论》十篇，此为第九篇，表达了其“君主立宪”的主张。

用，可以弭乱，而令外人不干涉；后则不至岁易总统以相争杀，死人过半。然则何不行之，抑将倾四万万人之财命，亡万里之境土，弃五千年之文明，而争一冷庙之土偶香火乎？即得胜之，亦太不值矣。汉已兴矣，亦又何求，无亦可以已乎！

（作于1911年10—11月，后刊入1913年《不忍》杂志第7册）

辛亥腊游箱根与梁任甫书[1]

一昨脂车宵迈，明月照影，仆夫戒时，巾笥先发。汽车飙驰，寝台美睡，一夕千里。旦过静冈[2]，遥望富士，瞻之在前，群玉峰头，白银宫阙，横云封掩，真面邈莫。良愿不遂，奈何奈何？午到国府津，遂见箱根，群峰耸碧，松岭夹绿，压映海波，激泻涧流。旧游如昨，复集眼前。饭颗少憩，笋舆遂跻。蹬道纡空，危岫插汉。蜀坂九折，王尊所叱；栈道千般，杜陵是吁[3]。涧湍馀寒，空沥冰雪；荒山竟日，但见白草。萦纡万径，寂寞山家，狐鼬时跃，人踪俱绝。冻云殢壑，霾雾曀谷，飞雪昼霏，奇寒袭人，冷风刺面，重裘不温，如临绝塞，但叹荒凉而已。登陟劳止，一步三顿，加以萧萧暮雨，滑滑春泥，窈窈松林，冥冥列岫，仆痡马瘏，天昏日黑，前途渺渺，客舍茫茫。叩野人而篝灯，披荆榛而觅路。道狭草长，则下临绝壑；涧曲峰回，则前遮峭壁。遂乃覆车折轴，两易乘载，踟蹰路左，匍匐冥行。行路之难，宛其伤矣。所幸电话先通，客馆迎至，忽乃连冈列炬，走卒夹途，或挽或推，前后各四，传呼若鸣銮，呵殿成八驺。凄苦之馀，忽化闹境，云泥咫尺，天人变幻。入偃旅馆，有若登仙。黄柑自青，银鱼入馔，与奴白饭，浴我温泉，酒腻茶甘，香縻梦安。鸡鸣夜阑，风雨如晦，追思畴曩，感慨系之，则天之既白矣。

---

① 1911 年辛亥革命爆发，当时重游日本箱根的康有为致书梁启超，表达了哀清亡、仇革命的心情，并以清朝遗民自居。

② 静冈：与下文的国府津、箱根等，均为日本地名。

③ 王尊：汉代益州刺史，他过蜀道时叱御者驱车前进，并称自己“为忠臣”。杜陵：即杜甫。他曾在诗中慨叹山行之苦。

乃策马芦湖，瞻望富岳。精诚开云，积阴解驳，白头倚霄，碧波欲冰，白帽倒影，上下摩照，光景奇绝，疑到忉利[①]。游时几何，观化无尽。湖边得宅，板屋荒园，花石傞傞，波光泚泚。可以赁庑，便欲移家，不知桃源，此可终隐，其与吾子将离隔矣。此地昔在南北之朝，曾设重关之险，群雄力竞，俯仰千年；今则大道芜荒，行人断绝。今古异迹，令人慨慷。

浮云西驰，忽睨故国，金铁鸣飞，神州陆沉。江汉滔滔，则楼船惊波；京邑岌岌，则风尘澒洞。成皋荥阳，复见刘、项之相拒；朔方西域，又闻吴、越之称王[②]。惨淡兵戈，萧条城野。月照白骨，是深闺梦里之人；马拥残旗，恸部下招魂之祭。国殇渐无壮者，空巷只馀寡妻。嗟我遗黎，民生欲尽。一百日之倒戈，风云惨黩；三百年之王业，宗社忽焉。每念宣室之陈，更感东市之戮；追思鼎湖之痛，自哀绝国之奔[③]。摩党人之碑，锢逾十载；写湘累之怨，行吟九歌[④]。萧萧松柏，慕茂陵而不归；莽莽河山，对新亭而下泪[⑤]。江海万里，乾坤百年，宗国濒危，生民莫救。及党禁之解除，随旧朝而同尽。俯仰身世，悲从中来，自非木石，能无哀乎？

吾三周寰宇，遍阅君相；醉诸欧之金粉，考百国之宝书；厌饫乎石室之藏，倦游乎息陬之操；已忘歆羡，自放行藏，吾道非耶？人间何世？诸天无量，星界万千，生有自来，游魂偶现。八千往返，莫往莫来；亿劫灰飞，不坏不舍。惟吾心之悲悯，忍斯世之远离。嗟我生民，实同忧乐。欲往乎公山、佛肸，尼父之行慈；五就

---

① 忉利：即忉利天，佛教名词，梵语“三十三天”的音译。这里比喻仙境。

② 成皋、荥阳：地名，均在河南。刘、项：指刘邦、项羽；相拒：指楚汉之争。这里借指 1911 年冬同盟会组织的河南起义。“朔方”句：指 1911 年 12 月外蒙古活佛企图建立大蒙古国事及同月革命党人在新疆发动的起义。

③ 宣室之陈：贾谊受汉文帝召见在未央宫正室宣室陈说时政，借指作者受光绪帝召见事。东市之戮：李斯及其子被杀于秦都咸阳东市，借指戊戌六君子在北京菜市口就义事。鼎湖之痛：指光绪帝之死。绝国之奔：指作者自己在戊戌变法失败后逃亡海外。

④ 党人之碑：指宋代的元祐党人碑。湘累：指屈原。这里借指自己被迫流亡。

⑤ 茂陵：汉武帝陵墓，代指光绪帝陵墓。此句指自己像苏武一样流落异国。新亭下泪：东晋初，南渡的名士在新亭宴饮，感慨国土沦丧而相对下泪。这里也是借用。

乎夏桀、殷汤，有莘之任重[①]。无成败利钝之逆睹，尽瘁鞠躬；无身名得失之求全，吾固丧我。披艰扫秽，濡足匡时，光岳或完，黎民或保。仁人志士，其能忍乎？

若夫处民绝之时，际国亡之厄，远依异国，免居乱邦，逍遥帷闼，播弄铅椠，徒以著述为暇豫，以酒博为排遣，志学行仁，生平何事！嗟乎梁生，才薄贾谊，志希伊尹。联镳骖靳，同拯坠日于虞渊；比翼齐飞，同事救民于涂炭。荏苒岁暮，于今廿年。死生有命，进退维谷，岂伊异人，而有差池？夫单豹养其内，而虎食其外；拿破仑冒于行，而雾助其成[②]。凡成功者，天人各半，巧存未必得，壮往未必失，前修多矣。

吾才质老钝，道德日负。西望孺博，宝器郁其光华；东怀君勉，雷霆走其精锐[③]。思草堂之万木[④]，未尽凋零；藐烈士之暮年，平生飞动。行军谁与？浮海徒伤，穷冬冱寒，荒山岁尽。白日西匿，长风万里，嗟乎天命，愤悒云何！呵冻布怀，僵难覼缕。

（1911年12月）

---

① 公山、佛肸：都是春秋时的叛臣，他们均曾派人召孔子，孔子亦有心应召，故谓“慈”。康有为曾多次称孙中山为“佛肸”，故此举显示康有回国参政的愿望。有莘：先秦时的小国，伊尹是该国之臣，曾受夏桀、商汤之举而执政。

② 单豹：《庄子》寓言中的人物，善于养生，年七十二面色犹如婴儿，后被饿虎所食。“拿破仑”句：指1806年10月14日法军与普鲁士侵略军在耶拿决战时，凌晨乘雾袭击，大败普军。

③ 孺博：即麦孟华；君勉：即徐勤，均为康有为弟子。

④ 草堂之万木：指康门弟子。康有为1891年在广州长兴里创设万木草堂，聚徒讲学，宣传变法。

中国以何方救危论

中国危矣殆矣，病日臻，既弥留矣！客有深颦蹙额造而问曰：先生忧中国而讲于治法久矣，其亦有方术以救之乎？应之曰：病入膏肓，虽和、缓无所施其技也；鬼幽鬼躁，扁鹊望气而惊走矣。吾无方，我无术。吾乡医有林大剂者，日治乡农病，其用药甚重，以斤或数两计，所药多大黄朴硝羚羊，往往一服已病，林以大剂得盛名。粤城富家子，长于帷房，寡见天日，而得羸疾，延众医不效，闻林名，厚礼至诚，一药而富家子死，咸罪林，欲絷之官，林乃宵逾垣遁。甚矣夫！林之妄施大黄朴硝斤数两之大剂，而不察城市富家子病之由来也；富家子不审医之孰宜，而妄慕乡农之名医以致死也，二者皆有罪焉。夫病有表里虚实，人有强弱老幼。病虚之热，与病实之热，至相反矣；若谬睹其邻医热者之有效也，拾验方而服之，而不知其适相反也，其不至死也几希。若验方而足治疾也，则但执一《伤寒论》、《千金方》，而天下可无医生，可不设医学矣。今中国之与欧、美，其历史国力，为强弱老幼何若？其政治礼俗，为表里虚实何若？此必不能以一验方而求治效，不待言也。若持美、法之治效，自由平等之说，共和政党之制，施于中国，其宜耶？抑其为粤城富家子之服林大剂方乎，其非耶？则今蒙、藏失而内割据矣，生民涂炭，财政枯绝，鄙人懵如，不能辨其方之宜否，吾四万万同胞自审之。

鄙人向者疾首而呻吟，握腕而痛叹，因蒙、藏之失而忧瓜分，因财债之重而忧监治[①]，因总统之选而忧内争，搔首踟蹰，救之无

---

① 财债、监治：指袁世凯向英、法、德、俄、日五国银行团非法借贷巨款 2500 万英镑，以盐税、海关税等为抵押，接受五国银行团派员稽查盐务、监督贷款的使用。

术，质问同胞，冀同心协力，专注此大事，胥以救之。乃近者河东悖命而缚使，江西据险而阻兵，顷者滇、黔、川、桂四督同电，发南方割据之谋，指犬牙角峙之势。昔者寝薪高卧，今则伏火四延，吾去年之内忧为印度，外忧为波兰，深望其私忧却虑之太过，而今者蒙、藏分立，南方割据①，不幸而言中矣。火热烈烈而燎原，洪水浩浩而滔天，嗟我生民，何所之逃？其不投馀烬而溺洪流，何以自免焉？鄙人昔昔忧思，旦旦搔首，遍陈欧、美之万法，考求吾国之情形，我生不辰，躬际斯会，甚愧无一术以救之也。

我将望之于政府救之乎？则民国之立，已庆周年矣。财政者，身之血脉也，今则血脉枯绝，终年除持钵行乞之外，无谋生之术矣。人民而为乞丐，已为将倒于沟壑之时，而犹望有恤贫之院、慈善之人，为嗟来之食以救之；若为乞丐政府，则诸天无恤贫之院，诸国无慈善之家，为嗟来以赈之，然则除自倒沟壑，或卖身为奴外，无他术矣。嗟乎！吾四万万同胞，托体于乞丐政府，彼政府自倒沟壑，而望我不倒沟壑；彼政府自卖身为奴，而望我不卖身为奴，有是理乎？然则吾四万万良善之同胞，望政府乎，惟有拱手延颈，待毙沟壑，待卖为奴而已。

民国自立，行周年庆贺大典矣。各省为国之肢体也，而经年来各自割据，微独楚、粤、湘、赣，今者显谋自立，即最效忠之滇、黔、川、桂，亦岂政府用人行政之所及；甚至河东肘腋，亦敢变叛，而燕、齐、辽、豫，号称大总统范围之地，而大总统用人行政，多起而抗阻。盖周之列国，汉之七国，唐之藩镇，德国之封建，合而铸形，瓦解土崩鱼烂，四分五裂，已成实事。政府号令，不出国门，岂独不敢号令其都督，即派盐运使，派海关监督，派民政长，亦旋拒之。政府则澳忍瑟缩，畏蜀如虎；各都督则跋扈狎侮，轻玩中央。盖阅历经年，窥政府之无能无力熟矣，故始尚阳为奉命，今则显然负嵎，盖政府之隐忍，有以养成之也。今即愤欲诛

---

① 蒙藏分立：指民国初年沙俄唆使蒙古王公签订《俄蒙协议》，脱离中国独立；英国策划“西藏独立”，向袁世凯政府提出让西藏与中国逐步分离。

锄，亦已晚矣，岂独万里之蒙、藏，公然窃帝号以自娱哉。盖在内地，已有五代十国之实矣，人未来瓜分而已先瓜分之，人未来豆剖而已先豆剖之。譬如人，壮佼完好，七尺之躯，而先自割裂其肢体手足，虽未绝气耶，去弥留属纩不远矣。印度之革蒙古帝命而自立也[①]，分为二百馀国，英得离间操纵而取之，今印度之内，岂不犹是二百国乎？而奴隶于英久矣。人民三万万，文官高不能至县令，武官高不能至千总，律医工商，头等者非印人所能为也，不能出游外国，万里印度之地，如一大牢焉。吾之将为印度不远矣。昔吴起、李斯，受车裂之刑，何居吾政府自为车裂也，是谓车裂政府。或者曰：吾师美之各州自立也。岂不谬哉！今万国咸震称俾士麦之奇功[②]，实而按之，不过能合德之二十五邦为一邦耳。然奥、意尚分立，不能复德国一统之旧也，不过得旧德三分之一耳。嗟乎！分裂后而求合一之难也。俾士麦以能合统一而震动人间，吾政府以善分裂而求亡于人间。彼政府自甘分裂，而吾侪欲不分裂；彼政府自求灭亡，而吾侪欲不灭亡，岂有望乎？吾侪既托体于车裂政府，只有待分裂灭亡而已。

若夫蒙、藏自立，英、俄荐食，民国成立一年来，吾政府只闻退兵媾和，终则割讲以召瓜分而已，是谓让地政府。吾国民既托体于让地政府之下，终于无立锥之地而已。印度人告我曰："今此为英国之地，岂复有印度哉。"吾言此多矣，兹不欲言。

虽然，蒙藏之失，财政之竭，割据之祸，盖根自去年，不能尽归罪于今政府也。且今政府即易其人，恐亦未有救也，则以立法之谬故也，故吾国民望之政府乎，无可望也。夫立法误谬，则吾国民望之国会乎？今正式国会将开矣。夫国会何所恃而立？一曰恃政党之经营之，一曰恃宪法之维持之。是欧、美公共之法，通行之效，

---

① 印度之革蒙古帝命而自立：指 1858 年印度民族大起义终结了蒙古人在 16 世纪上半叶入主印度后建立的莫卧儿王朝。

② 俾士麦：今通译俾斯麦（1815—1898），曾任德国首相，有"铁血宰相"之称。在任期间推动了德国统一。

无有异论而不行者矣，则吾将望之于良政党内阁。今之大党何如者？今若某省某党，非其党不官，入其党则可无法，借其党以遍握权要，鱼肉良善，出入罪恶，吞踞财产，杀戮人民，禁锢异党，封禁报馆，强占选举，万恶皆著矣。盖未有政党之前，中国有法律；既有政党之后，中国无法律。未有政党之前，人民财产得保全；既有政党之后，人民财产不保全。未有政党之前，人民生命得保全；既有政党之后，人民生命不保全。未有政党之前，人民言论身体得自由；既有政党之后：人民言论身体不自由。吾夙昔仰欧慕美，首创政党，曾不意政党之害至是也。夫以英国政体之美，为万国之最，其为政党也，武人不得入，法官不得入，诸吏不得入，非学人富人寻常工商不得入。其本党之得权也，获官者不过六十人，余皆无所报酬，全国官吏皆不动，工商皆安业。其为政党者，不过如买马票者之视斗马，所买票之马得胜，则为之抚掌大喜，欢忭舞蹈，不知其然而然。虽然，买马票者犹有所获利也，此政党中之六十人获官者也。其余政党人绝无报酬，而奚乐为之？盖彼积数百年之风俗，贵人罢居，富人无事，以为游戏博猎之举，而为欢娱者耳。譬如昔之试得科第者，其本省人得状元，本府县人入翰林，本乡人获举贡青衿，其省府县乡之人，无所分酒肉杯羹之惠也，更无所报酬也，而接闻报时，莫不欣然色喜，莫解其所以然者；又若观竞渡焉，两曹之观竞者，无所报酬也，而咸乐捐赏，执花击鼓，以助竞事，于其曹之胜也，大喜若狂，若是云尔。然英人之攻之者，犹谓政党为奸诈之府，腐败之薮也。若夫美国平民政治之政党，则各地方皆有波士握权[①]，把持党事，鱼肉良善，武断一切，纳贿作奸，甚者杀人，其为祸害，美人已痛心疾首之矣，此真美国之大弊也。我不得美之长，而先收其短，今且学而青出于蓝矣，此苏督程雪楼所为发愤而倡废政党之说也[②]。夫政党岂无佳士，然既入其中，则

---

① 波士：英文 boss 的音译，意为老板、大佬。

② 程雪楼：即程德全（1860—1930），字纯如，号雪楼、本良，四川云阳人。清末任署理黑龙江将军等职，辛亥革命后任江苏都督。

为大势所驱，而不能自拔矣。政党愈大，则熏莸愈杂，整率愈难。若其山岳党乎[①]？挟势横行，将为屠伯矣。然则望大政党为政党内阁以救之，无可望也。

吾将望立良宪法，慎起草以维持之。今之学者，皆谓欧、美以法治国，而吾中国不能以法治国也。欧、美各共和国，皆善其成文之宪法，而吾中国未定宪法也。南京临时宪法，则不过十数都督所举一二私人为之耳，与全国四万万之民意无与也。法之宪法，经十次讨论改定而后成。今正式国会将开矣，求经久之谋，求良善之法，不能望之于选举草草议员也。于是开宪法草定会，而妙选其人焉。吾无论由总统都督议院省议，举人之法合夫所举之人才否。窃以为以今中国之事势，而议宪法之良否，虽合地球万国古今诸圣草创之，美、法、瑞士开创诸贤才讨论之，希腊之梳伦，美之佛兰诗令、遮非顺，法之刚必达，瑞士之威廉爹士修饰润色之[②]，可谓极人才之选矣，然而吾国之宪法，亦必无效。何也？盖天下之言空理者，不如行成法；执文法者，不如用权势。而势之成败，则有天命焉，盖惟天胜势而势之胜法，法之胜理久矣。

夫将自共和之极言之，则必如瑞士之政体，有议长而无总统，有民议而无代议士，凡法律皆决于全国之人民而后可，凡政事必决于国务院全体而后可。然而美、法不能行之，何论中国之大也？然则以共和之公理言，则公理无可言也。

则将师美合众国之政体乎？总统有权以行政矣，行政、立法、司法，三权鼎立矣，平民皆得与党矣，各州各有立法议政院矣，百司及法官皆得民举矣。今各省已多采用之，其大险大害已彰彰矣。

---

① 山岳党：法国大革命时期的一个激进党派。因其成员都坐在议厅最左侧的高台上而得名。

② 梳伦：今通译梭伦（约前 630—约前 560），古雅典政治家、诗人。公元前 594 年任雅典执政官，实行政治改革。佛兰诗令：即富兰克林；遮非顺：即杰斐逊。二人均为美国“开国三杰”中人，参与了《人权宣言》的起草等。刚必达：今译甘必大（1838—1882），法兰西第二共和国末期和第三共和国初期政治家。威廉爹士：即威廉·马蒂亚斯·那弗（1802—1881），瑞士政治家。曾参与起草了瑞士联邦 1848 年宪法。

且中南美廿二共和国，其政体宪法，莫不全摹合众国，一字一律，百体莫不师焉。然而合众国之总统也，以众选而就位，两党但有笔舌之争，而雍容交任矣。若中南美之总统也，以兵争而得位，每易一总统，则两党陈兵，争地争城，杀人盈野，民死如麻焉。夫岂无宪法哉？无如党人之不奉行也。其一党既以兵得势，则摧残禁锢其敌党。其举地方官及法官，未尝不由民举也，但皆密奉其总统长官之命，阴授意其议员公民而另举之，其集众开会，投签呼名，则莫不同于合众国之法也，而其实则全相反矣。今我国之总统，岂能以法定之多数得之乎？盖方新立总统之时，缘北方拥八镇之兵，不得不与之，非南方真拥戴之也。兹正式之举。今总统亦非有大党，非有政策，而令人民信奉而举之；大党之欲为总统者，亦不敢效合众国之争为总统，明布政策，听民心之归附焉，几若争总统如专制时谋帝位者之谋反焉，敢阴而不敢阳。今假令有他大党能公选之，则必挟兵力而后能成之。假令总统以挟兵力而成之，则其杀戮人民，或摧锄异党，一切选举，皆授意于其党，而阳为公举而布之，皆必然之势矣。夫中南美二十共和国，其成文宪法，并与美国同，固自煌煌也，并非许两党以争杀也。然而百年来二十共和国，则无不弁髦宪法，而以争杀为事者矣。鄙人两游墨国，居之数月，曾作墨国志，墨总统爹亚士[①]，索吾书而愿译以告国人，故考墨事尤详。墨之革命三百年矣，共和帝政，展转相寻，以革命乱者不可胜数，举国荒旷杳莽，化为沙漠，赖爹亚士以专制治国三十年，粗能治安。其理财开矿，皆赖美人之力为之，然外人执债权，非国民所能悦也。政体既以共和名，则专制非国民所服也。故去年马爹罗以恶外债[②]、反专制为名，匹夫夜呼，大众响应，虽以雄才大略之爹亚士，不得不遁逃异国矣。而马爹罗代为总统，经年之中，乱者四起，今

① 爹亚士：今通译迪亚斯（1830—1915），墨西哥总统（1876—1911年在位），独裁者。

② 马爹罗：今通译马德罗（1873—1913），墨西哥革命领导人之一，1911年当选总统。后被捕入狱遭刺杀。

爹亚士之党，夜起狱市，数日而逐杀马爹罗，别举新总统矣。其致乱之易且多如此，其变总统之易且速如此，其祸害国民之烦且酷如此。墨之宪法，无不全师美国，固煌煌也，其草定宪法，讨论润色，固竭一国之人才为之也，而今争乱若此，人民涂炭若此。今马爹罗枪杀矣，其家人避乱于日使馆。墨京之繁华美盛，宫室园囿日新丽，吾两游而梦想之。若今则炮烟蔽天，枪弹震地，死尸万数，连巷蔽陌，华屋被火相望也，是岂良宪法所能维持哉！中南美二十共和国，所以得保而未灭者，徒以合众国孟禄义保持之故①，否则为摩洛哥、为突尼斯、为缅甸、为安南、为高丽久矣。即幸未亡，而墨已失万里之地于美。假墨不日演革命之乱，则新藟东南，以迄太平洋万里之地，美何能得之哉？吾今即幸不亡，而以蒙、藏万里之地资英、俄，亦犹墨也。故望师美制以为宪法乎，无可师也，虽有良宪法，皆空文也。

吾将师法制乎？则法之政权，在内阁议长，其总统仅以虚位代表王焉。无论法总统之于法宰相，非同党而不相得也，又无论总统连诸党以掣宰相之肘也。即皆不然，试问吾国，今为总统，必有才望者也，其能但居空位，以让权于宰相乎？即总统能奉宪法让权于宰相，各省都督其能俯首逊让，以听中央之命令乎？况今吾国大势，其制法无一类法者乎？盖凡美、法制度政体之成，皆非曰吾欲为之而即得之。法自共和帝政，历经数变，革命八十三年，人心厌乱极矣，然后成此宪法而安之。美则起自联邦，久有宪法，其开创皆清教之徒，但以立国为救民水火之心，无争位以专擅权势之意。故遮非顺徒步以即位，华盛顿誓不为第三次总统。吾国之创业者若皆为华盛顿、遮非顺乎，则虽无良宪法，而后人承风，国自不乱；而无如华盛顿、遮非顺之不可遘也，则虽有良宪法，亦终如中南美争乱而已。生当制定新宪千载一时之会，鄙人不敏，亦妄欲草宪

---

① 孟禄义：即门罗主义。美国第五任总统 J. 门罗在 1823 年 12 月 2 日的国情咨文中提出美国对外政策的原则，要求欧洲国家不在西半球殖民，不干预美洲国家独立事务；同时保证美国不干涉欧洲事务，包括欧洲现有的在美洲的殖民地事务。

法，定一稿，以备国会之采择。虽然，如瑞士乎，则公理不胜法；如中南美乎，则法不胜势，何所用于宪法为？其亡其亡，系于天命，然则今宪法起草会之无济，亦可谓诵《孝经》以却贼，读《大学》以治鬼而已。

今欧、美、日人，皆议中国近日之危乱，远过晚清，谓国愈纷而无力统一，国愈贫而无术理财，政府无权不能行治，旧制尽扫而乱状日出。其不承认也以此，其日议借债而不肯借债以此，皆谓中国不适于共和也。一以地大民多，为不宜也；一以民习于专制太久，而不能骤改也；一以旧教伦理太深，而不可骤弃也。各国之论议如此。或问曰："外人谓中国不能行共和也，其说然乎？子习于孔子之学，明《春秋》太平去天子之义，发《礼运》大同天下为公之说，标《易》群龙无首天下治之义，然则孔子非欤？抑三世之义，各当其时，不可妄行乎？"应之曰：共和民权之义，发于法之卢骚，而卢骚以为二万人之国则可行之。今国为四万万人，比于卢骚行共和人数，盖二万倍焉。治二万人之法，与治二万倍二万人之法，得毋有不同耶？得毋有不可行者乎？夫共和之美，始于希腊，而雅典不过百余万人。若意大利威尼士、佛罗炼士、郅那话[①]，其开创共和民国，始终不过十数万人。若德中世之汉堡、佉伦、佛兰拂以市府立国者[②]，皆十数万人。今德之市府国犹存者，汉堡、伯雷问、罕柏雷三国，汉堡人将百万，伯雷问人十余万，罕柏雷人六万。近意之圣的因内哥国[③]，人仅九千。至瑞士乎，人百余万，则联二十二村而为之，村各独立。此如吾粤之乡局，诸乡各独立，又联而为局，组织其治法云尔。若南海县之九江沙头，与吾之同人局，顺德县之龙山、龙江、容奇、桂州人民，皆十余万，皆有共和治法，皆有议院公议，政体井然，以捕盗贼而保生业。夫吾国县

---

① 威尼士：今通译威尼斯。佛罗炼士：今译佛罗伦萨。郅那话：今译热那亚。

② 佉伦：今通译科隆。佛兰拂：今通译法兰克福。下文德国城市，伯雷问，今译波雷文。

③ 圣的因内哥：今通译圣塞韦罗。

令，如上帝然，不与民接，民之得保治安也，以有乡局也。此吾国共和之成效，亦为共和政体之先驱也。孔子论治，以太平世之去天子，大同道之天下为公、选贤与能为极，共和岂非至美哉。然而施之于数十万人则可行，施之于数万万人则不易行也。即如葡萄牙数百里之国，数百万之民耳，殆不如吾广州之一府，然至今共和数年，变乱日寻，莫之定也。昔者罗马，盖始于共和政矣，已而国土日大，则变为寡人政体、贵族政体、三头政体，卒而变为帝政焉。虽元老院之虚制未除，举帝时有，然而已变为世及之天子矣。矧中国承数千年之帝制，本不知共和之情状，外人之谓中国之难行共和，其谓是耶，非鄙人之愚所能识也。

或曰："美之大国，以共和而治。中国人虽多，而地小于美，何为不可行乎？"应之曰：美之立国也，自林肯前不设一兵，以其地间于两海也。今请凿西藏、印度、西伯利亚为一大海，而移日本于檀香山，则中国可师美之共和也。华盛顿之时，人民三百万，地仅十三州，自芝加高以东至纽约[①]，今一日铁路程耳。今若中国少人民三万万七千七百万，削地为铁路一日程，则能为美开国时之共和也；否则强邻交侵，而内乱四起，未能立国也。虽然，中南美二十共和国，自巴西、墨西哥外，多百数十万人之小国，而乱尤甚，则小国寡民，亦未能行共和也。故非开创之人皆华盛顿、遮斐顺、弗兰斯令有道之士，不能行共和也。勃拉斯所谓"共和为至美之制，亦至难运用之制[②]"，诚哉是言也。孟子日劝人以行尧、舜之道，有子哙之高怀，力行禅让，然子之破之，燕遂以亡，宗庙为焚，君臣为累，重器为掠，则子哙高义，谬学尧、舜之道为之也。嗟乎！尧、舜岂尚不宜学哉，然以尧、舜之道，亡燕祸燕，诚哉"苟非其人，道不虚行"也。

或谓法为大国，以共和而为万国法，奚不可哉？应之曰：法自

---

① 芝加高：今通译芝加哥。

② 勃拉斯：今通译詹姆斯·布莱斯（1838—1922），英国政治家、学者，著有《美利坚共和国》。

路易十四而为欧洲霸[1]，诸欧皆弱而法独强，故共和变乱八十三年而法无恙。使我中国而一统闭关焉，则行共和帝政皆可也，若尧、舜、禹是也；使我中国而为地球最强国焉，则普、奥连兵而来，则挞伐之可也；各省都督各自割据，共和帝制，迭递内乱，历八十三年可。无如中国为黄种独立之国，为地球最贫弱之国，为列强垂涎眈逐之国，其生命不能以八十三月待者也，则法之难学也。

或曰："共和之与立宪，皆以政党运用国会为之，立宪之君主，若英与比利时者，不过虚君耳，故立宪与共和无异也。故英谓为大不列颠共和国也，若外人谓中国难行共和，然则中国亦难行立宪乎，则必反之专制而后可乎？"应之曰：唯唯否否。外人谓夫中国之难行共和也，以今兹之革命，非止革满洲一朝之命也，谓夫教化革命、礼俗革命、纲纪革命、道揆革命、法守革命，尽中国五千年之旧教、旧俗、旧学、旧制而尽革之。如风雨迅烈，而室屋尽焚；如海浪大作，而船舰忽沉。故人人彷徨无所依，呼吁无所诉，魂魄迷惘，行走错乱，耳目不知所视听，手足不知所持行，若醉若狂，终之惟有冷死沉溺而已。若今之中国，其情实已然也。

或曰："中国之大义，天视自我民视，民之所好好之，民之所恶恶之。欧洲自十六七纪后，君权大张，自十八九纪时，民权大盛，自卢骚民约之说出[2]，法国革命之事生，波荡诸欧，披靡全球。在理为公理，在势为大势，顺之者昌，逆之者亡，火烈原燎，风行草偃，无有能当之，无有能逆之者矣。故武昌一呼，而满洲灭，得民心之大顺，从民论之多数，岂非不可易之轨哉？夫以多数胜少数者，天下之公论也。其在《书》曰，三人占则从二人之言，岂可易哉？"应之曰：民权固公理也，然不能如瑞士之人人公决法律，而待于选举代议，则政治之权，落于少数暴民而已。名为共和，实则共争共乱，为暴民专制而已；名为多数取决，实则少数暴民取决而

① 路易十四（1638—1715），法国国王，史称路易大王。他把法国绝对君主制度推到了顶峰。但其统治后期，国库空虚，起义频繁，法国封建专制制度开始走向衰落。

② 卢骚：今通译卢梭。民约之说：即契约论。

已。昔也恶暴君之专制，发愤而去之，今也召无量数之暴民，以为专制之小君，而涂毒吾民焉，以分裂吾国焉，则今中国之乱状，其实迹不能讳矣。

且多数取决之说，今欧洲学者多不谓然。英为立宪共和之先河，然皆少数之贵族为之。今英人俗所尊重之。Gentleman，犹吾国之士君子也，英以此小数为美而立国。今欧、美诸国之政治，多赖中人以上之少数有道德、有学问、有知识、有财力以为维持，若中南美二十共和国皆乱，惟智利稍能治者，则以智利选举限纳入一百磅以上、曾经中学者始为公民，纳入四百磅以上始为上议院，其为人数至少矣。然议政之人，执政之官，皆自此出，故智利独能晏然，异于二十共和乱国，盖以少数之才民、富民为治，能免于多数之暴民为乱也。夫天下富者少而贫者多，贤者少而不肖者多，智者少而愚者多。如必从多数以为治也，则必淘汰其贤者、智者、富者，而选用其愚者、贫者、不肖者，则奈之何其不流为暴民之乱政也？则必为法之山岳党而已，则必为中南美之二十共和国而已，待瓜分灭亡而已。夫为政者，非有道德之高行，有专门之才识，而又有财富之力以行之，不能为治也。即美之治，赖有三百万中人以上之家，信教而励行，入专门学而有才，多财而善物质，此美之所由治也。若非此三百万少数之人，则美亦为中南美暴民之乱政而已，则全美二十余国，皆供欧人之瓜分而已。瑞士者，民权至公之国也，其法律以全国人民公决之，而定于多数，然良法美律，多遭否决。以此见多数之法，未为善也。今欧洲学者，多援瑞士之故，驳多数取决之例矣。

夫天下无万应之药，无论参术苓草之贵，牛溲马渤之贱，但能救病，便为良方。天下无无弊之法，无论立宪、共和、专制、民权、国会一切名词，但能救国宜民，是为良法。执独步单方者，必非良医；执一政体治体者，必非良法。故学莫大乎观其会通，识莫尚乎审其时势，《礼运》曰："时为大，顺次之，礼次之，协于时，宜于人，顺于地。"庶几良法矣。不协于时，不宜于人，不顺于地，徒拾人之遗法，而珍重为千金之方，其无效不待言也。孟子曰："民为贵，社稷次之，君为轻。"社稷者，国也，国权、民权、君权，三者迭递代兴，而时为轻重者也。专制之世，则君权重；太平之世，则民权重，此皆自然之势，而克当其宜者也。欧洲民权、君权之争，在百年前矣；至数十年来，君权之说已绝。馀波荡于亚洲，无论立宪共和与否，若波斯、突厥、俄罗斯，皆君权澌谢矣。吾国十年来，日言立宪，遂至共和，盖至今君权灭尽矣。故君权之得失重轻，在今日已扫绝而无庸多及。若民权乎，则在百年前欧、美为最盛之时，而数十年来国权之说忽盛，俾士麦以此强德国，虽以美国平民之政，罗斯福亦大昌霸国之义[1]，而各国亦皆鼓吹之。盖列强并峙，日事竞争，少不若人，即至夷灭。故霸国之义，不得不倡者，时为之也。昔在春秋、战国之时，管、商之学，专以国权为重；孔、孟意存一统，则专以民权为先，义各有为也。凡学说之盛衰，皆视其时世之宜否。倡国权说于法革命之时，则无当矣；倡民权说于德国既强之后，尤为大谬矣。以美国之富盛，昔无海军时，则德人极轻之，近年大治海军，则德人重之。日本以战俄之故，重人民之赋税，然日之威棱，震于全球矣。倘使美、日犹主重民之义，则日税太重，民难负担；美而治兵，尤悖华盛顿、孟禄之训[2]。然而美、日不得不重国而轻民者，诚察时势之宜，不得已也。故重民而张民权之说，乃欧、美百年前之旧论，于药则为渣滓，于制则为刍狗，于米则为粃糠，于花则为落瓣。乃吾国通明之士号称新学，而拾欧、美人之残羹冷炙，以为佳馔新烹，于胃则不宜，于体则不协，小之致病，大之致死，盖失其时，悖其顺，非其宜故也。今者蒙、藏失而引瓜分矣，财债重而引监治矣，一统散而起割据矣，民权重而暴民大兴矣。试问今之医，开如此之方，服如此之药，恐中国有彭祖之寿而必自毒之，则误服欧、美唾弃之民权之说致之也。生民涂炭矣，国势危绝矣，五千年之中国奄兹矣，四万万

① 罗斯福：即西奥多·罗斯福（1858—1919），美国第26任总统。

② 孟禄：今通译门罗（1758—1831），美国第5任总统。

之同胞属纩矣，则甚矣误服他人之药方致之也！孟子曰："由今之俗，无变今之道，与之天下，不能一朝居。"何居乎？为今发也。

或者曰："国危矣，可奈何？九州之铁已铸错矣，可奈何？虽然，先生必有道焉以救之，幸以告我。"应之曰：危矣，晚矣！症已误割，谁能救之？今不能遽起病，欲救死者，或者其先除药毒乎，必知前方之为误服也，前医之为误用也，易其医，改其方，除其药毒，庶几万一之救也。

今吾四万万人者，仰而望，俯而忧，彷徨而呼救者，岂非为所托体之中国乎？岂非为中国存，则吾四万万同胞存；中国亡，则吾四万万同胞亡乎？岂非为中国存，则五千年之圣哲文物存；中国亡，则五千年之圣哲文物亡乎？此义也，此说也，其为四万万人所公奉而公行者耶，其殆必无异论耶？抑犹以为中国不足计，惟吾割据，惟吾政府，惟吾政党，惟吾议会，惟吾暴民，惟吾多数，惟吾妄定之宪法之重乎？若尔，则今已试验矣，其成效得失已见矣。

凡人莫不有蔽，立前不见后，东望不见西，殆天之无如何者耶。至政治乎，尤深远奥微，故其为蔽尤甚，中外古今百家所不能免也。故夫专制为蔽，立宪为蔽，共和为蔽，政党为蔽，国会为蔽，民权为蔽，宪法为蔽，当其蔽时，天地变色，尘沙眯目，虽有离娄之明，不能自启也；及其事过情迁，则三尺之童能非之。今之笑君权专制是也，在昔者，则大地数千年之圣贤豪杰，不能外也。岂三尺之童，胜于数千年之圣贤豪杰哉？时为之蔽也。夫所谓政党、议会、民权、宪法，乃至立宪、共和、专制，皆方药也。当其病，应其时，则皆为用；非其病，失其宜，则皆为灾。今有人病将死矣，苟有方药可以起死回生者，虽粪壤亦服之；苟不能起死者，虽千金重宝之人参，必弃之，断无有断断于药之贵贱者。至是而尚力争人参之宝贵而强服之，则必不爱其身者也，然天下无是也。奈之何于身则知之，于国则蔽焉？今若人人知以救中国为最要之图，则国重而民轻矣，先于为国而后于为民矣，重于为国而轻于为民矣。若然，则凡可以救中国之方药，无美恶，惟救国是宜，则牺牲其一切之良方、一切之良药可也。权国民之公私轻重，凡有损于救中国之术，则舍弃人民之所快意者，舍弃人民之所习恋者，舍弃人民之所自由而必当为之矣。若能如是乎，中国犹有望也。

夫服毒药者，至不同矣，有数分时而毒发者，有经月日而毒发者，有经岁年而毒发者。苟毒之未发，与常人无异也，或手足微见拘挛，面目微见影色，或渐见眠食不安，或渐见精神恍惚，然而病者犹未知服毒之致害也。必待毒已大发，呼号跳跃，绝筋搐鼻，色变青蓝，而后知昔者之误服焉。至是而呼号救之，已无能为矣。吾四万万同胞乎，欲救中国之亡，能先知误服之方药否乎？若不知所服之方药，为误服毒药也，则无可救也；若人人知其误服而拔除药之余毒焉，则犹可望救耶。不然，则虽使万圣复生，亦复群医束手，其亡其亡，坐视莫救矣！

（作于1913年2月，刊1913年3月《不忍》杂志第2册）

《不忍》三章[①]

蓄　乱

吾草此文，亦弦绝鼓折，心痛气结，肠断哀咽，闻《黍离》、《麦秀》之歌，中心如醉；见《繁露》讹言之盛，瘋忧以痒。神州欲沉，黄图将裂，天地悠悠，怆然泪下。不知同生吾国之人，读之若何也。

长夜黯黯，黑云沈沈，白昼长昏，厚雾翳阴，皎日匿灵，前不见人。当是时也，山川无色，城郭羃罗，但闻钲鼓之声，如闻人马戒途，鸡犬嘈嘈，不见其形。然火相照，以辨颜色，如在隧道，如在深圹，如在幽狱，延时累月，如在夏之在南半球冰海中，冬之在北半球冰海中。其人民默默愁苦，幽囚拳踽，久幽不豫，不知所措，惟望震雷走霆，风疾雨惊，庶群阴解驳，复见天星，乾端坤倪，轩豁露呈，则仰首解颜，不知手之舞之足之蹈之焉。

大地之深，橐火囊金，地壳包之，不知其几百里厚也。金火相抟，是袗是煎，畜力作势，洞陆溃山，是为火山。吾尝两登意大利威苏威之火山焉[②]，又登爪哇苏拉摆亚之火山焉，郁攸冲天，长烟蜿蜒，龙之而而拿云。若是者，火山将燃，居人夜惊，昼夕不宁，

① 这里所选是 1913 年 5 月作者发表在《不忍》杂志上的独立文章，均针对现实而抒发感喟。标题为编者所加。

② 威苏威：今通译维苏威（火山）。下文“奈波里”，今通译拿波里。

丈夫惶骇，老稚震冥，欲迁无所，欲走难行，啼泣相抱，顾妇提婴，海水沸流，望海涕零，不知火山之溃裂，发于何时，止于几程。奈波里之人，恐惧屏营，额手祝天，惟望火山之速裂，庶几后者得安厥魂。已而峰尯岫裂，石飞树折，城郭溺陷，村落倒没，仅及威苏威之山趾，不至为邦淖焉，则幸事矣，商贾走集，邑里交庆矣。

人之有身，毒气蕴隆，强脉偾兴，恶血成丛，藏而为疽，积而为痈，生于背上，或在喉中，达之不下，刺之不从，朝呻夕吟，医药罔功，久委床席，号痛汹汹，闭藏劫伏，病入阴中，扁鹊、华佗眉蹙口噤，大命将颠。膏肓日深，家人环泣，涕泪弥襟，惟望溃决，或如刀针，割之剖之，腐脓是持，去瘀生新，庶起死之可斟。

今吾中国若何哉？日将昏，天将黑，众鬼走谋于社，群神凭谘于庙，俯而瞰之，累欷而叹曰：惟全中华龙蛇起陆，乱机四伏，北埋地雷，南蛰蛊毒，火药作线，待时炸发。呜呼！吾四万万人若之何其以得安生？吾五千年之中国若之何其以得延年也？

吾昔所忧者，西藏之失也，外蒙之裂也，北漠之不保也，片马之侵进也，彼地虽万里，人虽数千万，古今莫重大于是矣。然吾国人之心理，冥然忘之久矣。《诗》曰："毋逝我梁，毋发我笱，我躬不阅，遑恤我后。"吾内地之不恤，内讧之不暇，而奚暇及于三边也，盖数月来国人置之度外久矣；若夫俄库之结会[①]，英、法、俄、日之订盟，更何计焉。

向者川、滇、黔、桂，四督发难，恐割据者之联盟，负隅者之虎峙也。今又冥然忘之矣，拒吏已听之，军械已还之，九江浔阳，动干戈于墙内，居民惶避，若敌国纷乘，而武昌又告变矣。风闻主谋，更属魁杰，争天下之中枢，据中流之锁钥，幸而先几弭乱，否则大乱当前。他若湖南之变乱频仍，广东之杀戮如麻，陕西则张凤翔之遇刺，党人则林述庆之暴死，又或传齐鲁警变，徽皖振旅，而

---

① 俄库之结会：指我国库伦蒙古贵族政权与沙俄勾结，宣布独立。

上海一案[1]，积疑蓄难，南北睽睽，洞精出爪，相视相怒，戒严待发。于是某师长有招兵之说，江湖间有增旅之言，政府怀五日之心，卷包待去，机器已停，灯火已灭，昧昧冥冥。如是我闻，尘上甚嚣，其中但闻士马相衔，剑盾相磨，疾走衔枚于天昏月黑之时而已。又见危峰绝壑，长桥横槊，前不知万丈之深溪，后不知猛虎之来扑。呜呼！共和共和，此则一年中共和之所积，其反影之著象矣。

夫名为共和，而实则共争共乱；号为共和，而必至分争分裂；号为博爱，而惨杀日加酷烈；号为自由，而困苦日不聊生；号为平等，则大将中将勋位金章，多如鲫焉。今遂至伏火积薪，万弩持满，惟彼三五少数之人，贻吾四万万人之祸，一至于斯。呜呼天乎！法欧师美不过虚名，攘利争权乃其实业，由今之道，不去今之俗，固无以救之。由今之道已成，虽举国民亿万圣哲，亦无以解此倒悬，以救此水火矣。盖积之已久，蓄极而发，不决裂溃破，终不能止矣。吾昔言和、缓、扁鹊望而疾走，今果然矣。大风扑腥，两虎械斗，磨牙厉爪，奋决将跃，虽有宋牼之仁，苏、张之舌[2]，往游说虎，欲其勿斗也，必不可得矣。然则吾国民将奈若何？立宪斤斤无所施，属文勤勤将何裨，我瞻四方安所之？噫嘻！弦绝鼓折，心痛气结，肠断哀咽，我心焚热，惴惴危灭。嗟夫！天久阴沉，则望其速雷雨而已；火山腾烟，则望其速裂山喷火而已；痈疽蓄毒，则望其速溃烂，或剖割而已。既已无可奈何，望平和必不可得，吾四万万国民将奈何？吾五千年中国奈若何？幸及今巴达坎之兵争未已，波斯之乱事犹牵，诸欧相视，无暇远东。及是时之大病，速行剖割，速行医治，犹可及救也。过是乎，则内伤外感，奇病交迫，死矣亡矣，不知所至矣。

---

① 上海一案：指1913年3月20日袁世凯派刺客在上海刺杀宋教仁事件。

② 宋牼，即宋钘，先秦诸子之一，宋国人。思想近于墨家，具体事迹不详。《孟子》中写作宋。苏、张：指苏秦、张仪，战国时期的纵横家。

忘　耻

不求于己而求于人者，未有能自立者也；不善所以自立，而依附人以自立，非惟不能自立，可耻莫大焉。自共和以来，立国两年，政府不能统一，而南与北争；政党不恤国难，而甲与乙争；各省割据，又内自争；各城邑暴乱，又内自争；各人民痛苦，如坐涂炭，延颈引年，救死不暇，此霍乱之发现于内者也。外蒙自立，西藏自立，内蒙日扰，滇边日失，政府惟有澳溷瑟缩，拱手退让，召敌不怠，若遗若忘，此痿痹缺体之发现于外者也。国势既不能统一，于是租税寡所入，理财无术，乃经年俯首，惟以乞丐为事，乞得则喜，不得则忧，此乞丐之国，尤为天下古今所无，而重为外人所戮笑轻贱者也。夫挟万里金穴之国，拥四万万文明之胄，以土地则比于全欧，以人民则倍于欧洲，以为霸者之资，地球莫尚焉，安有贫弱衰乱至此，至为霍乱、痿痹缺体、乞丐者哉！

己既不自立如此，乃两年来日望人之承认，岂不异乎？夫以中华万里之大国，五千年之文明，四万万之人民，一统自立久矣。昔者环自近中国之诸夷，数千年来，皆称奉贡，后欧洲各名国，叩关而请通商，数十年犹不许之。我为一统，我自为文明，何尝求人之承认乎？方乾嘉间，拿破仑之威震欧洲，吾国不闻不知，视之若他星之战伐也。英与印度有事，吾国上谕谓之为蛮触之争，天朝不理。甚至英、法诸国之来交通也，未知其商人之伪称贡表欤，抑真自其政府来欤，而上谕煌煌，黄绫之纶綍煌煌，皆曰“谕该国王”。又甚之，外商之递贡表者，不知其真为领事欤，抑为外商之谬冒欤。其来粤也，闭粤城南门，令一千总高坐于城门胡床上，令递贡表者跪城门前而戴表于首，缒而上之，然后开门赐谒。……当时之中国，何其倨也。乃今日望人之承认，既不可得。……徒以无耻暴白于外，徒令人知其内空虚不能自立，而望人之承认以为荣而已。

夫以乞丐残疾之人，而日望其富贵王侯者认为友，岂不令人失笑哉！若己为王侯富贵，则视乞丐残疾者为何物，而肯轻易认为友乎？不求自立而求人友之，不急求脱乞丐残疾缺体而为富贵王侯，乃终日跪街持钵，延颈仰望曰："与我友也，与我友也。"岂不大可笑哉！……呜呼！吾中国何前倨而后恭，一至于是也，无以名之；人不自立，则惟有无耻而已，无耻而已，复何言哉！

无　　祷

祈天永命者，岂非吾先民之大义哉？盖真有敬天爱民之心，有恪恭震动之意，有至诚恻坦之怀，而后小心翼翼，昭事上帝，则神福之，则民怀之。《诗》曰："济济多士，秉文之德，对越在天，骏奔在庙，不显不承，无斁于人斯。"又曰："昊天曰明，及尔出王。昊天曰旦，及尔游衍。"又曰："明明在上，赫赫在下，天难谌斯。"故天视自我民视，天听自我民听。孔子读《诗》至"殷士肤敏，祼将于京"，掩卷而叹曰："甚哉！天命无常，忽则易人。故君子不可以不戒惧，小人不可不劝勉。"故《大学》曰："惟命不于常，道善则得之，不善则失之。"吾先圣于诗书传记，发明敬天至矣。故大祭莫如郊天，一以为报，一以为祈，中国数千年行之，未有敢易之者也。

今自共和以来，举国骚然，民不聊生，农工商贾失业，群盗满山，暴民满野，各城邑变乱频仍，各省割据日争。政府坐视之，力不能统一，术不能理财，武不能安边，但缩首乞丐，坐酿大乱。其尤甚者，堕弃纪纲，扫绝礼教，上无道揆，下无法守，绝群神之祀，收文庙之田，乃至天坛不祀，上神不享，则神怒民怨，天人交恫。以此而祈祷于天，岂不大妄哉！

今济济多士秉暴乱之德，所对越者在割据之地，所骏奔者在权强之室。其日事暗争，诚不显矣；其一切变灭，诚不承矣。其好人所恶，恶人所好，拂人之性，以求灾逮其身者，则诚斁于人斯矣。夫慢神虐民，日为共争共乱专制行暴之事，而冒其美名曰共和以祷焉。夫谁欺？不欺人，将欺天？夫愚民可欺以美名，上帝岂受汝欺哉！以此而求立中国，以此而成国会，所谓秽德彰闻于天也。

夫神之所歆，明德惟馨。今议院政党之詈语遍地，四万万人之怨气冲天，怒声恨语，所日夜咒咀者，力至大矣。祷有益也，四万万人之诅尤有损也。上帝无私，岂徇数庙数僧所能祈祷哉？且汝自有天坛，而两年不祀；自有祈年殿，而两年不祈。中国民间，既无祭天之俗，而政府又废神绝天，不敬无礼，罪莫大矣。凡人之情，于所常敬之宾客，醴酒不设，犹望望然去之。《诗》曰："昔也每食四簋，今也每食不饱。"吁嗟乎！不承权舆，夫云"不饱"，犹有食也。今乃百神绝祀，上帝不祭，两年以来无有牲醴之供，即非秽德彰闻，但计人情相待，能无怨乎？乃于己中国数千年之祀典，则傲然绝天神之祀，至今者乱象大著，危机日迫，政党日争，各国不认中国，荡摇如泛舟于大海洪涛巨风中，乃始如小儿妇女，令人求祷于天，上帝有知，岂佑之乎？谚曰："平时不烧香，急时抱佛脚。"今政府托基督教各庙，为中国祈祷，为国会祈祷。孔子曰："获罪于天，无可祷也。"

（1913年5月，刊《不忍》杂志第4册）

保存中国名迹古器说

驱车埃及录士京[①]，崋崒嶒峭于尼罗河边者，非六千年之宫庙耶？华表峥嵘，壁柱楣楹，抱以十围，文字画像，完好可惊，柱像数丈，精妙肖形。其他石之盘匜椅桌，金之钗钏印贝，纸之文书绘画，越世六千年，光彩炫烂纷如也。夫六千年间，埃及之变乱多矣，断础颓垣，其碍地甚矣。使在吾国，地址则开之以为街，文石则移之以为用，可以资众而获利，何事留此断础残垣于夕阳残照中也？甚矣，埃及人之愚也！过希腊雅典之墟，登厄岌坡利冈而四望[②]，崇构杰柱，白石嵯峨，若者坐四万人之戏园也，若者破波斯之纪功观也，若者祭天扒地嫩之大庙也，若者议院也，若者熊碑也，若者封神之庙也，若者赏歌伶品物之华表也，其他佳石之像，精妙文美，千百相望，与断础颓垣，纵横于城市夕阳残照中。其哥林之古墟，斯巴达之遗址犹是也。夫雅典至今二千余年，其经变乱多矣。使在吾国，地址则开街以增民居，文石则移之以为壁础，金则融之以为钱饰，纸则烧之以为炊爨，可以资众而获利焉，何希腊人大愚而不知之？登罗马城之七冈，弥望十里，奥古斯敦之遗殿，尼罗之故宫，君士但丁之遗宇，第度大哈练之坊表[③]，断础颓垣，纵横于斜阳夕照之中，精妙之像，文美之器，百千万亿，枕藉于荒烟蔓草间，过者流连抚摩，徘徊而悼叹之。夫罗马至今二千年矣，

---

① 录士：今通译卢克索，古埃及的都城，遗址在开罗南700公里。

② 厄岌坡利冈：今通译阿克罗波利斯山，雅典市内的小山。下文扒地嫩，即帕特侬神庙。

③ 奥古斯敦：即奥古斯都屋大维；尼罗：即尼禄；君士但丁：即君士坦丁大帝。

其经变乱多矣，罗马大都会中，尺土寸金，岂容断垣颓础之占地十里也。使在吾国，地址则开街以增民居，文石则移之以为壁础，金则融之以为钱饰，纸则烧之以为炊爨，可以资众而获利焉，何罗马人大愚而不知之？乃至印度佛之讲堂，婆罗门之塔庙，蒙古帝沙之刊之宫陵[①]，及夫印度故王之宫室器用，阅今数千百年，岿然凌触云表。乃至波斯六纪时衣士花间及波士淡之陵寝，大亚罢士王之故宫[②]，及苑囿与壁瓦，千年矣；及亚谟寺、刊尼亚寺、卡善之玛善迭寺、亚爹悲路寺，皆七八百年崇峻华诡，今犹存也。夫印度、波斯古物，至今数千年，变乱多矣。使在吾国，地址则皆开街以增民居，文石则移之以为壁础，金则融之以为钱饰，纸则烧之以为炊爨，可以资众而获利焉，何印度、波斯人大愚而不知之？

过欧洲英、德、法、奥、意诸邦，虽小都邑，皆有博物院焉。收集其乡邑之古物，前贤之遗器，某功臣名士诗人之片纸只字，遗衣残物。以吾所游，如英华忒达尔文之所居小室[③]，必保存而郑重之；格兰斯顿少时学堂读书之室，黑黝粗暗，租价数倍；昔士卑亚之室，则留为图画矣。其在德国，往古英雄贤达之宫室器物尤盛，刊士但士之珍，呼士克斯之室狱器物，埃士拿之宝，马丁路德之屋庐器物，乃若诗人梯畎之故宅，空空无物，亦保存之。揩鲁壁大学，尚有十三四纪之墙壁板扉，朽旧污败，有古旧学生之涂鸦恶画，及俾士麦刀划之桌、剪剩之须发，莫不存焉。法国于拿破仑、窝多、卢骚之流遗器物，珍藏极盛。意大利于画师拉非尔藏柩古宫，与今意大利始王伊曼奴核并列焉，其遗图游踪，无在不有记念。其于西班牙也，科仑布纪念尤尊，以四锦衣人杠其棺；他若某名人所用之笔，所坐之几，所游之境，一一皆纪念焉。德之暖壁十二纪之空屋，卑污荒矮，颇类吾国，环其半城，至今保存之，不居

---

① 沙之刊：今通译沙·贾汗（1592—1666），印度莫卧儿帝国的皇帝。在位期间，为其第二个妻子修筑了举世闻名的泰姬陵。死后与其妻合葬于泰姬陵。

② 衣士花间：今通译伊斯法罕。波士淡：今通译波茨坦。亚罢士王：即阿巴斯王。下文亚谟寺：今分别通译伊玛姆寺，余未详。

③ 华忒达尔文：即沃尔特·达尔文。下文格兰斯顿：今通译格累斯顿。

不拆也。凡此朽旧霉烂之宫室，残缺刓委之器物，果何用哉？以言闹市之地，则尺寸千金，何必存此古旧断烂之宫室，空占要冲之地乎？拉飞一画，价值百万，其他名人遗笔，动值万千，以言观则不美，以言用则无所，何事竭不赀之费，以为此无用之事乎？彼欧人岂皆大愚耶？乃至彼埃及、希腊、罗马、印度、波斯，不知毁大宫室以开街，筑屋售石以移用，岂非皆大愚哉？然而彼欧人保留断垣遗础之地，珍重古器旧迹之遗，甘置无用，甘费不赀，乃至特设有司经纪之，特立专会讲求之，特拨租税之公款，日搜求而保存之。

此犹言远者。近征日本，都邑村社，古寺旧庙，莫不珍存古迹，保藏古物，零缣断简，败器坏瓦，所在皆官保存之，收钱数枚，而看护者带观焉。其社寺保存会，隶于内务省；古物保存会，任之士大夫，公共保之，其号称国宝者，特归国有，不许流于外焉。比灭高丽，则已设专馆，搜其图书名器，别为国宝而保存之矣。今意大利之名画，希腊之古物，亦皆类是。吾购希腊之古尊罍，既购得矣，今之裹封，欲携归，售者告曰："必告我外务大臣。"为此特留数日，以将开博物院告，待外务大臣之许可，乃得携焉，否则不能购也。

以上所云云，犹为文明国也。乃若墨西哥之陋，其文部犹专设搜辑古物之司，岁拨百万巨帑，为搜剔古物之用。吾游其古日坛月坛，去京千里，掘地百人，搜求遗器，印之图之。墨之文部，以总统爹亚士命，赠我十册。甚矣，墨之僻陋，而文明乃若此也！今埃及、希腊之人，盖设有司，日以发地古藏为事，各国多特派博士从事焉。金字陵前之星士人首兽身者，长十五丈，首高六丈，昨日发开之中，为大殿日月石数百，及他异宝存焉，万国传电而相惊告，以吾国人见之，岂不大可笑哉？

盖凡物之理多矣，有以有用为用，亦有以无用为用者。夫保存英雄贤哲之宫室器物，则必于英雄贤哲之行事讲求之，其雄伟超迈之概，其特达英多之象，如戏剧然，感现于人目，而往来于人心。夫人之性，不感不发，不触不动，故读书之所得，不如戏剧之所感，盖其兴会淋漓，气象真切，有以鼓动激发，优游浸渍，感动转移人于不自知者也。而后之人感慕往迹，流连摩挲，车马之徘徊，诗歌之咏叹，其趣味倍深，而兴起倍易焉。岂不曰彼丈夫也，我丈夫也，稍有志者，辄作是思。故人才辈兴，风厉踔发，则所得多矣。故凿户牖以为室，当其无有室之用；埏埴以为器，当其无有器之用。若宫成而无户，则何以出入；衣成而无衽，则何以展行？嗟乎！无用之为用大矣。故夫立法者，识见周博，不泥于遍曲，不囿于闻见，而后不败也，难矣哉！

还观吾国，固以礼义文明自夸为中国，而鄙人为夷狄者也。然自长城、邗沟外，数百年之建筑罕睹焉；遗器大宝，惟周十石鼓耳。九鼎既沉于泗水，雅乐复毁于契丹，太公钱、孔子履又焚于晋库，亦罕觏矣。盖自项羽焚秦阿房之宫，而汉武之筑建章而增未央，井幹楼、通天台，高五十丈，金铜仙人掌尤巨丽焉，乃皆焚弃矣。曹操铜雀，石氏金虎，皆夷毁于北齐。而齐高洋宫室之诡伟，皆为周武帝所移毁；南朝梁、陈之宫，后主临春结绮之丽，经隋灭后亦毁之。而隋炀穷奢，尤多奇制，其图书馆设机，立以金人，践机则自开阖门户；而宇文恺之制行城，尤为奇伟之器，然经乱尽毁，及唐而不见之矣。然周公指南针之用，先行之于罗马，以为征灭海国。墨子之飞鸢，游天三日；偃师之木人，演戏如生。张衡地动仪图，犹存于日本大学之博物院。葛亮手创之木牛流马，祖暅之手创之轮船，吾国早已无存矣。如使奇物犹存，则物质机器之学，横行地球、前民利用者，不在欧洲而在中国矣。

试游生番之室，或凿石穴居，或团木支柱。其稍进者，则葺茅为庐，伐木为屋，衣皮蔽布，猎狩取鱼，斯极厥初生民之乐事矣。又进而重墙练瓦，披衣铺席，釜甑为烹，刀匕为食，衣以绣绦，坐以床几，斯则各国文明进化者矣。其在吾国，农工商贾，衣食是求，负耒执斧，握算持筹，仰事俯畜，饱暖无忧，故观于其室，惟有用器而无玩器焉。至学士大夫，则书幅画室，名书古器，宋磁明漆，商周鼎彝，汉唐金石，纵横于高斋，合集于斗室矣。此皆清娱之具，玩好之事，非为米盐酱醋、布帛绢匹，可食可饱、可衣可暖者也。然米南宫抱画而欲溺死，唐太宗挟《兰亭》以殉葬，其他名士，家无担石，妻子饥寒，然售田典衣以购古董，若是者，其为不适于用至矣。然凡此，其人必风流文采，有声于时，有闻于后者也。其于大农富商，室中皆为用器，仓廪堆粟，金钱满家，何其远也。欧人则中人以下，农工商贾之家，其厅事皆陈古器，其游踪必携远物，以夸于宾客，以传于子孙，或捐之公众焉。其意识不为用物是宝，兹可怪也。然人道之文野，程度之高下，于此判然矣。吾国宋、明以前之宫室，既绝无留存；六朝、唐之器物，遗留尤绝少矣。若周、汉以上，更不待言。以吾四万万人，倍于欧洲二十国之民数，而古迹古器，若兹其少也，其欲以感动兴起后人之心，增加文美，浚发智巧，抑亦难矣！然乃以举国之大，无一博物院，即图书馆亦寥寥也，不能比于欧美之一乡一邑，乃自称文明文明，其为惭耻孰大焉？

盖中国古器，自周秦至今，大厄凡七，小厄不可数焉。《史记》曰："始皇铸天下兵器，为十二金人。"（见章怀《后汉书注》，较今本多一"器"字。）兵者，戈戟之属；器者，鼎彝之属。秦政意在尽天下之铜，必尽括诸器可知，此一厄也。后汉董卓，更铸小钱，悉取洛阳及长安钟虡飞廉铜马之属，以充铸焉，此二厄也。（《后汉书》）隋开皇九年四月，毁平陈所得秦汉三大钟，越三大鼓；十一年正月丁酉，以平陈所得古器，多为祸变，悉命毁之，此三厄也。（《隋书》）周显德二年九月一日，敕除朝廷法物军器官物及镜，并寺观内钟磬钹相轮火珠铃铎外，应两京诸道州府铜众器物诸色，限五十日内，并须毁废送官，此四厄也。（《五代会要》）金海陵正隆三年，诏毁平辽宋所得古器，此五厄也。（《大金国志》）宋绍兴六年，敛民间铜器；二十八年，出御府铜器千五百事付泉司，大索民间铜器，得铜二百余万斤，此六厄也。靖康北徙，器亦并迁，金汴季年，钟鼎为祟，宫殿之玩，毁弃无余，此七厄也。（宋冯子振序杨銁《增广钟鼎篆韵》）凡此皆朝廷作贼，邻国为灾，破坏文明，不知宝惜，令我恨绝，与杨琏僧伽何异①，真惭见欧人者也。而二千年人民之盗铸，樵牧之摧残，则不足计矣。吾游荷兰海滨，有疍民，皆操舟而业渔者，自彼十二纪居至今，千余人矣，不宦不士，不农不商，不婚于外，今犹衣古服，不入城市，其室如船，极长而低，盖牵船岸上住，而今仿其形焉，亦可谓至僻愚陋之野人矣。而室中自厅事卧内，厨具用器杂沓，惟周四壁，独遍悬古磁碗碟，累累横竖列，家家以数百计，皆数百年物，花样色相，奇变华妙，濯洁无纤尘。吾出重资欲购之，不售也，后托旅店展转求之，乃得十五纪一碗以归。彼疍户，渔世家也，而所好尚宝存古磁，乃若此其高逸也，吾国人真愧欲死。

以吾所见闻，粤东近事，长寿寺之伟丽，筑于前明，其后园半帆亭之石，移自太湖，久为名迹。若此土木，虽今以百万金为之，不可得也，乃竟毁之而开街也；铜佛大丈余，则熔之而卖铜也。梧州之冰井寺，开自有唐，梵宇无多，而山水清瑟。此亦名迹，宜保全者也，乃假缘开学，无端毁之。夫佛教为一大教，虽有盛衰，然岂长吏一时爱恶所能毁也。突厥即无道，亦不过取他教之庙，改奉其教，未尝取而毁之，借曰攻异端也。则天主之堂，巍峨参云，谁敢过问之耶？以佛教而毁之，是欺弱也。吾国山水佳趣，多赖僧寺，岂徒宗教有关，实于风景有补，又多古迹，足资考求。英人灭印度，于其教宗古迹，犹派官吏特发金以保存之，何况吾国乎？即故家旧物，实关一国之美术。日本之于日光德川庙也，郑重守之，游者人一元，岁收数十万金，益以饰其公园之台榭花木；欧美人游者日伙，乃筑大旅馆于山中，益增名胜矣。日人于一切名胜古迹，虽至小不足观者，亦多为影画以发明之，设为乡导，以便览者。于是日人之文明，啧啧于欧美人之口。其有温泉，则大表彰之，点以园林，增以旅馆，而欧美人之游者日多，既增文明，又添游屐，所得金钱，以资国民，亦不少矣。法国于外人游巴黎者，岁十万万，

① 杨琏僧伽：元代僧人，江南释教总领，他曾主持发掘南宋徽宗以下诸帝陵，攫取金宝。

即日本岁计外人游资，亦二三千万。盖今之新法，以饰名迹，盛游历，亦为国民生计之一道焉。而我有名迹古器，乃不知修美之，又从而毁弃之，何其愚智相去之远也！日本于日光德川庙，一猫之刻画，于奈良春日社，一鸟之精雕，摹绘图写，炫其美术。欧人之保全古美术，尤甚矣。以吾所见，十八甫伍紫垣旧屋，其子伍子升，尝一一与我观焉。其屋深十八层，广十一座，其门窗栏槛屏槅，刻花鸟人物，及方圆曲折之形式，无一同者，皆以檀楠美木，木亦无一同者。徒指一圆窗槅告我曰："此费千金，又皆乾嘉间之名工也。"吾细视之，精致见毫发，飞动若鬼神，若在今日，虽万金不可得也。全屋皆若是。吾意全中国之宫室，雕刻之精美，未必有能比之者。其后园石山十余亩，奇秀，皆太湖石为之，乃毁弃之而开街。其伍氏别墅，在河南海幢寺旁，水木清瑟，堂榭华严。昔张之洞饮酒于是，叹为未尝见者，今亦毁之而开街矣。吾粤百年前千万之巨富，号潘、卢、伍、叶，其祠室园林，皆精绝冠一时。以吾少年，犹见叶氏之祠，潘氏之园，曰海山仙馆。今叶祠改为十二甫之街，而海山仙馆化为平田。若广东巡抚署，则平南王尚可喜所筑，规模宏敞，将三百年矣，而亦闻以百万出售，亦有议开街者焉。故以广东开辟二千年，除光孝寺之铁塔，布政司署之乾德殿铗柱，及大钟楼、五层楼外，无可数焉。若问昌华苑故址，则为每每原田，不知几何世矣。

回之文明，非比欧人也。吾游西班牙之迦怜拿大，彼八纪之回王故苑，于今犹在，亭池门径，一一犹存，千二百年之故物也。指某楼曰："昔某某太子于是也。""某楼，昔某某公主居处也。""某堂，昔召见外使处也。"某石碑有血迹，曰"昔杀某大臣所染也"。即波斯尚存其六纪之宫苑，而埃及、印度无论矣。若我中国乎？则沈炯所谓"凌云故基，共原田而朊朊；别风馀址，带陵阜而茫茫"。羁旅劳臣，能不落泪，真可落泪矣！试问至近南京之明故宫，其尚有荒台遗殿否乎？盖已灭迹扫尘，一无所有矣，又何慨乎刘枨之遗宫苑哉！过西湖而访宋人之宫室园囿，若《武林旧事》之所铺排，

《癸辛杂志》之所详录，岂有片瓦遗址之尚存者乎？秦中自古帝王州，益无可问矣。欧人之贼，能爱惜名迹古器，而吾中国帝王士夫，乃不能保全名迹古器，岂不大耻哉？吾往游庐山，问古者九十九寺之遗迹，则焚余无几矣。哀哉！吾中国之人，有残贼之性，岂徒不如欧人，其愧于波斯、印度人远矣！

天命推迁，前朝已矣，帝王之仪，不复再见，而帝者之遗物，尤为难得。以今之土木论，则燕京之宫殿坛庙园囿，皆金、元、明初之遗物，皆经五六七百年之风霜矣。宫殿之雕镂虽不精，其广大宏巨，以吾遍游大地，实万国之所无，其坛庙实为吾国数千年之大典，其苑囿窈窕，亦冠绝东亚而为大地之特色焉。其他彝鼎图书，网罗三代之珍，收拾汉唐之美，中国之精华，多在内府焉。其历年久，其财力厚故也。闻奉天宫殿所藏古磁玉图书，外人叹羡康熙、乾隆之磁，得一可为珍宝者，而每朝以数万计，此皆吾国之瓌宝，数千年之精华。可以兴起后人之志，可以观感后人之美，可以著耀中国之文明而发扬光美之，所以异于野蛮者此也；可以招外人之游屐而徘徊感动之，所以为理财之计者在此也。法之革命后，今栌华宫以为博物院，徽赊喇宫、方甸部罗宫及一切故宫遗苑[①]，皆供国民游赏。英灭士葛伦后，今其故宫，亦供人游焉。今吾遗宫殿坛庙，正宜修饰而保护之，以著吾国之文明，以供国人之游赏。择一二处以为博物院，虽未能广罗大地之奇珍，而先收吾国之图书宝器，山巅水涯之所出，岩穴丘陇之所藏，故家旧族之所珍，皆可合成此院以光大之。中国之珍，尤在内府，万方贡献，前明遗储，皆集焉，前所谓中国数千年之精华在是也。

夫一国之图书宝器，足以启发国人之聪明，感动国人之心志，动怀旧之念，发思古之情，明审美之学，增致精之道，所关至巨。夫欧美各国懃懃于博物院，不惜巨费罗而致之，良为此也。凡人讽咏遗言，不如亲瞻遗器，盖十年穷乡之读书，不及一日之游博物院

---

① 栌华宫：今通译卢浮宫。徽赊喇宫：今通译爱丽舍宫。方甸部罗宫：今通译枫丹白露宫。

感动尤深也。若图书宝器之皆无，文物精华之竭尽，在全国既枯槁而无色，在人民尤盲聱而无知，所谓水烦则鱼鳖不长，土敝则鸟兽不大。童山无木，百虫不生；沙漠渺茫，百草不茁。精华既竭，褰裳去之，气象枯竭，亦亡国之兆也。乃者《永乐大典》之古册，敦煌石室之奇珍，郭守敬浑天之仪器，以及累朝玉玺、历代宝书，辇归异域，中国之枯槁至矣，后生之师法少矣。今者所馀，益复无几，乃闻奉天宫殿之所藏，竟有议售为国用者。此之不能保全，实与卖国无异，我国人当以公愤而公保之，有售卖者，当视为公敌可也。

若夫翰林院、国子监，今不知废弃若何。吴梅村诗曰："学舍有人锄菜圃。"又曰："废圃谁知博士斋，六堂弦管听销沉，极目萧条泪满襟。"今复见之。五百年文学之旧址，所以兴起后人文学之心，所关至巨。乃闻有工商部交争之狱，而举国公卿士夫无过问者，此非洲野蛮人不屑为之，而中国为之，其奇耻大辱，真普天下万国所未有也！若争翰林院诸君而欲尚为中国人也，则可以止矣，否则鄙人几不欲与同为中国人矣。欧人于数百年之小校，遗瓦败壁，黝黑朽坏，更珍保之。诸君试游德之揩鲁壁、干士但士，又近之游英伦恶士佛、检布列住诸大学可见也。吾国子监、翰林院，起于元、明之间，与彼诸校时相同矣，而德、英人珍宝之若此，我乃遗弃之若彼，此英、德之所以强盛，而吾国之所以危弱也。欧、美人于古迹名胜宫室，非必用之也，但留其空室败墙之迹，使人守之，令游人徘徊焉、踯躅焉、感动焉、兴起焉而已，此所谓无用之用也。欧人岂不知毁其室、改其用哉？试以无用之用，其用更大也。我国人徒知眼前之用，毁弃名迹，浸假而为马厩，浸假而为粪壤，令后人无可踯躅焉、徘徊焉、感动焉、兴起焉，共为暴殄之祸，岂有过哉！革命以来，各省大变，我耳无闻，吾目无见，各省焚琴煮鹤之风，类于国子监、翰林院者，不知凡几也；其不沦为马厩粪壤者，不知得几何也。吾愿吾国人珍重保之，勿为印度、波斯人所笑，以为甚于非洲野蛮也。窃以为若翰林院、国子监之类者，宜以为图书馆，广植花木，修饰亭榭，珍而存之；次之亦为公众游赏之地；再次之亦如欧人焉，仅存空屋败墙，不卖不拆，不改用，不租人，尚特费派人看守之资，以俾后生踯躅焉、徘徊焉、感动焉、兴起焉，为无用之用焉。如是，乃为文明人而非野蛮人，否则为野蛮人，宜供文明人之奴隶宰割而已。

欧、美之图书馆、博物院有二焉，其珍重之品，有介绍者乃观之，其通行品则听人人流览之。岂惟京师哉，凡吾国省府县镇，皆宜设博物院、图书馆，皆宜设保存古迹古器会。都邑人士，相与竭力焉，郑重焉，请求焉，视为文明、野蛮之别焉，以为后生之感动兴起焉，多为绘画、拓影、图记以彰之，严为守护以保之，设乡导人以发明之，广招外人之游屐，以使吾之精华，保千百于什一，其亦庶乎其可也。否则碧眼高鼻者，富而好古，日以收吾古物为事，恐不十数年而吾精华尽去也，后日若文明大启，举国枯槁，无能救也。愿吾同胞，勿视为不急之务、不切之事而置之也。

此文成久未发，乃顷闻内务部行文各省，收文庙祀田，以为小学校经费，其发狂妄行，殆野蛮所不为，暴贼所不屑，而吾政府公然行之。乃如之人，我以为政府，呜呼！中国欲不为洪水猛兽得乎？孔子大圣，尚不能保之，以兴起观感于后士，而区区之古迹名器，何保之为？吾之为此文也，甚矣吾之愚，乃享爰居以钟鼓、被猿猱以冠裳也！

（1913年6月，刊《不忍》杂志第3册）

问吾四万万国民得民权平等自由乎

积热骶滞，则溃泻之以大黄朴硝；中寒空虚，则大补之以炮羌附子。审病与药，以君臣佐使用之，酌其分量，加以炮炼，时为增损改益，而必无泥守一方，此固不待良医耶。昔晚清之季，举国积愤于压制，则大昌民权平等自由之说，发皇而布濩之，弥于妇人孺子，于是帝制遂倒，共和告成，盖民权平等自由之方大验矣。然而药力膨胀，触处破裂，大黄朴硝乎，炮羌附子乎？岂无分量乎？于君臣佐使之理，岂无炮炼乎，加减乎，改益乎？病既去后，抑可永奉为常馔，朝饔而夕飧之乎？今之医者，只开一独步单方，曰民权十分也，平等十分也，自由十分也，无分两之轻重，无炮炼之调和，无加减之改益，及病既愈，仍不易其方，几若可以为日用饮食、朝饔夕飧者，其于病情宜乎？其于卫生适乎？民权、平等、自由之三方，其于共和宜乎，其于中国适乎，医者固付之不论，病者亦服之不已。是非以药止病，而以药生病也；是非以病致死，乃以药致死也。举国病狂，妄行而不知，此则鄙人所大忧而深疑者矣。

夫天视自我民视，天听自我民听；民之所好好之，民之所恶恶之，故曰“民为贵，社稷次之，君为轻”，民权岂非吾先圣之大义哉？孔子之为《春秋》也，始于据乱，中于升平，终于太平；至于太平世，则远近大小若一，夷狄进为中国，男女平等，昆虫草木，莫不兼爱。《大学》之终章，治国之后，在平天下，故《传》曰：“岂其使一人肆于民上，竭圣人耳目心思所有事。”不过为民平等，无使有富贵贫贱者之畸重畸轻耳。若自由乎，子贡曰：“我不欲人之加诸我也，吾亦欲无加诸人。”故庄子有建德之国，列子有甀甄之山，而公羊所谓家给人足，无险诚之心，无利欲之意，被发美好，含哺而游，人人有士君子之行，故太平成而颂声作，此孔子之太平国也。《诗》曰：“陟彼鸱枭，集我泮林，食我桑椹，怀我好音。”[①] 盖以不仁如鸱枭，而亦服从道德，故集泮林而怀好音焉，是化强暴为善良也。《诗》曰：“肃肃兔罝，椓于中林，纠纠武夫，公侯腹心。”盖在野皆材，故兔罝之野人，亦为干城之武夫也，此所谓人人有士君子之行也。人人有士君子之行，则真为共和国也，则岂止如美、法之立民主而已，虽如瑞士之不立民主，乃至为无政府之国亦可也。建德之国，所谓无君于上，无臣于下，其食徐徐，其行于于，人人为士君子而自治，何事多一政府哉？故夫有政府者，吾民之大耻也。吾民之未能自治也，吾民之非人人有士君子之行也，于是不得已而有政府。夫至于有政府，则必有法律，而不能自由矣；则必有纪纲，而不能尽平等矣；则必有政府之权，非民能尽有权矣。此其程度之宜否，不能曰民权、平等、自由之可行与否也，但还问之吾国民，人人有士君子之行否耳。

吾敢略为三世之义以定之。国民人人有士君子之行者，纯乎民权平等自由，虽为无政府之国可也；国民人人由暴民而化为士君子，则民权平等自由各得其半，为共和国可也。若其国民由士君子而化为暴民，则所谓民权者，徒资暴民之横暴恣睢、隳突桀颉而已。所谓平等者，纪纲扫尽，礼法荡弃而已；所谓自由者，纵欲败道，荡廉扫耻，灭尽天理，以穷人欲而已。以若是之俗而为共和，则是附虎以翼，添火以油，共争共乱，岂复可言哉！

凡人有子而婴孩也，则襁褓之；既壮，则礼以成人，听其自立门户焉。凡立学校，训童蒙，则设夏楚而诃斥之，语则呼其名；至于大学，则敷教在宽，礼如宾客，中国则字而不名，欧美则姓而不名。夫同是父子，同是师弟，而行礼迥异，国无文野，莫不同之，岂非得乎人情自然之理哉？若襁褓其壮子，则人皆笑之；夏楚其大

---

① 此处及下文引语分别出自《诗经·鲁颂·泮水》、《诗经·周南·兔罝》。

学生，则学徒叛焉。然若听婴孩幼子自立门户，而不顾复腹育之也，则群婴饥不知釜鬵，寒不解衣衾，惟有饥寒而死耳。群童聚读而无严师训厉之，则骑墙而嬉，执刀而舞，岂徒不学，势将相殴而致死。故为学规者，非严于幼童而宽于成学也，事理之各得其宜也。至于治国，其与养子、教学，岂有异哉？今吾国民之程度，能成人自治而自立门户欤？能成人自修而不待督责欤？抑犹群童上学，喧哗舞蹈争乱之时欤？吾国民勿骄勿让，可还自审之；吾国民能自审其程度，则可自定其政体矣。

今共和经二年矣，吾国之政象何如哉？政府之号令不出于京门，派命吏则明拒之，施法令则笑置之，赋税一无所入，名为学美、法之共和政体，实为无政府耳。各省桀颉专制而自立，各道府县亦各桀颉专制而自立，各乡曲武断之徒又各桀颉专制而自立。既号为学美之联邦，又易其名曰军民分治，实而核之，则由一统大国变而为千司万土而已。其命吏破除资格，其长官得自拔属员，于是黄口之童，没字之碑，因缘恩私，超拔大僚，而以烂羊为侯，琵琶为王，人皆轻之。于是官不足以任才，而爵不足以劝士矣。若夫国会为人权所托，选举为议员所出，而辇金竞势，各以党争，伪造名字，逼举私人。于是入大党者，市魁里侩，椎埋刦掠，毛羽加丰，恣睢并作，劫掠榜杀，武断横行；而不入党之良善，坐受其鱼肉矣，不能走避，则宛转刀俎，无所控诉。自名为选国会之党争，实则增无量数暴民为小君以专制耳；名为共和，实则共乱。若各议会之争乱，各官僚之争乱，各军队之争乱，各乡市之争乱，炸弹手枪暗杀日闻于都市，胪言风听谣警日电于朝堂，商市震扰而资本亏，男女坐休而农织罢，中资亡于转徙，老弱转于沟壑，富有徙而之外，金融绝于全国，各吏自知不久，皆怀五日京兆之图，遂为席卷地皮之计。其他苛政若虎，贪吏如狼，遍满中原，横行郡邑。嗟我国民，殆无噍类。加以信教自由之名，丁祭竟撤，教祖既废，人心无归。苦学修行之儒，徒供排笑；豪暴夸奭之夫，为世所宗。何以礼义为财多而光荣，何以修行为夸势而立身？士不悦学，人不知耻。教化既弃，而道德为之不尊；迷信既排，而鬼神为之无力。增设法律，弱者因而奸欺，强者则明破除之。明无礼教，幽无鬼神，则惟有肆为暴横、纵极人欲而已。是故无量之虎狼，养万千之蛇蝎，洪水遍陆，猛兽弥山。以此立国于列强竞争之时，岂有幸乎？以此冒名共和，岂有宜乎？

且所谓共和民权、平等自由者，实不过此十数万之暴民得之耳。此十数万暴民之民权、平等、自由，诚肆睢傥荡，无所不用其极矣。试问吾四万万同胞，谁则实得民权乎？民权托之代议，夫谁能代我民者？其立义已为大谬，况我所欲举者未必被举，既为多金所买，又为大力所挤，而吾民实俯首叹恨而无所与焉。故民权者，大党十数要人之权，而于我四万万同胞何与焉？

又试问吾四万万同胞，谁实得平等自由乎？彼千百暴民之魁，凭据权势，占领土壤，汽车听其盘游，女色惟其所择，车马流水，金帛堆山。发言有权，一电而各省响应；横行如意，举步而开会欢迎。总统则畏其乱而罗笼之，报馆则藉其势而张皇之。随意居游，惟意所适，无不平等，无不自由。故平等自由者，彼千数百暴民之平等自由，吾民宛脔于虐政之下，一言有误而枪死，一事见诬而枪死，薄言往愬，普天无告。然则吾四万万同胞，谁实得平等自由乎？夫使吾四万万同胞，皆果得民权平等自由，则个人各得其权利而国权必屈，方今列强并争之时，犹非所宜也。然四万万人果真得民权平等自由，则少屈国权而伸个人之权利，犹之可也；无如四万万人，皆无所得于民权平等自由，而仅令千数百之暴民得民权平等自由，是排除一人之专制，而增设千数百人之专制也。吾国人之误听失策甚矣！

昔者无数暴民，日以其平等自由之美言告我国民，我国民莫不欢欣鼓舞而信从之，相将断颈灭族，破家捐金，以从事于革命而购共和焉，盖将以易四万万人之民权平等自由也。乃帝制既排，共和既得，而民权平等自由则茫如捕风，非徒渺不可得，乃得戮辱剥丧，生命财产抑不得保焉。然则吾四万万同胞断颈灭族，破家捐金，徒为此千数百暴民买此民权平等自由而已，而已不得与焉，吾国民何愚之甚耶？抑千数百之暴民，昔者日以民权平等自由鼓励吾民，而今者彼千数百之暴民，大收其民权平等自由，而吾民大失其民权平等自由，是千数百暴民明欺诱吾国民也。且夫诱小儿者，以饼饵枣栗；欺诱壮夫者，以酒食金钱。未知其欺诱，则谓之恩人；既知其欺诱，则谓之骗人。今千数百之暴民，日以其民权平等自由之说诱吾四万万国民，至今则国内日乱，国外日危，其亡其亡，不知所届。然则操民权平等自由之说以鼓动吾民者，其为恩人乎，其为骗人乎？吾国民当自择之也。

今蒙、藏自立矣，三边濒危矣，凡此英、俄之来强迫，而实我之内乱自召之。我内乱何自来哉？则民权平等自由，实为祖之所自出。夫使民权平等自由，而果能使国势益固，国威益振，则即使暴民大得权利，而吾四万万同胞无所于益，犹之可也。无如凡言民权平等自由者，必伸个人之权利。夫个人之权利伸，则全国之势力弱，殆无可避之数也。今有公司于此焉，众股东竭力而助公积，则公司必日盛大流行也；若各股东止顾岁月分其私利，则公积之力必削且弱，此理势之自然矣。若以一弱公司而与强公司斗，乃股东不顾力助公积，而图日分私利焉，则此公司也，必为各强公司所挤并而灭亡矣。故当天下一统之时乎，吾国民纵极其平等自由之说可也，盖只有一公司，而无众公司，故不必顾其公积可也；若当列国并争之际，则宜齐心并力于国权，而不可使个人之权利过伸焉。众股东勿日图分利而力助其公积，庶不为众强公司所并也，此至浅之理也。吾国民乎，若有爱国之诚者，不可不深长思也。

（1913年7月，刊《不忍》杂志第6册）

中国颠危误在全法欧美而尽弃国粹说（节选）

凡为国者，必有以自立也。其自立之道，自其政治教化风俗，深入其人民之心，化成其神思，融洽其肌肤，铸冶其群俗，久而固结，习而相忘，谓之国魂。国无大小久暂，苟舍此乎，国不能立，以弱以凶，以夭以折。人失魂乎，非狂则死；国失魂乎，非狂则亡。此立国之公理，未有能外之者也。若夫国政之有所缺也，俗之有所短也，教之有所未备也，未尝不可采人之长以补其短。泰山不厌土壤，河海不择细流，以增高拓大之。盖以我之政治教化风俗为主，而修饰之，增长之。匠人营室而我购之以居，农夫耕稼而我享之以食，此采人之长以为己用，则庶几国利民福矣。若夫尽舍己之政治教化风俗，不择其是非得失，而一以从人，是甘为奴而从主耳，甘卖身而离魂耳。天下之愚，未见其比也。人有病足者，削足而代以木，虽巧工必不良于行，况剖心腹肾肠，而欲代以丹青药布，其有不死？今中国近岁以来，举国狉狉，抢攘发狂，举中国之政治教化风俗，不问是非得失，皆革而去之，凡欧、美之政治风化祀俗，不问其是非得失，皆服而从之。彼猖狂而妄行者，睹欧、美之富强，而不知其所由也；袭其皮毛，武其步趋，以为吾亦欧、美矣。岂知其本原不类，精神皆非，凡欧、美之长，皆我所不得焉。而于吾国数千年之政治教化风俗之美，竭吾圣哲无量之心肝精英，而皆丧弃之。所谓学步于邯郸者，未得其国能，先失其故步也。呜呼！何其今之人，乃发狂妄行至于如斯！

今自共和以来，民主之政既师法美，议院政党，蓬勃并出，官制改于朝，律师遍于市，西衣满于道，西食满于堂，鞠躬握手接于室。用人无方，长官得拔用其属；各省自治，民选不待命于朝。新发之令，雨下于总统；百政更新，重议于国会。平等盛行，属官胁其长上，兵卒胁其将校；自由成风，子皆自立，妇易离异。凡欧、美之政治风俗法律，殆无不力追极模，如影之随形，如弟之从师矣。凡中国数千年所留贻之政教风俗法度典章，不论得失，不揣是非，扫之弃之，芟之除之，惟恐其易种于新邑矣。国会同意，群士同心，行若流水，无少阻挠。在模欧师美者，指挥风云，叱咤天地，万余里之版图，旌旗变色；四万万之人民，戢首受化。虽周公之议礼制乐，始皇之焚书易法，摩诃末之挟经剑以布其政教，法马拉、段敦、罗伯界尔之易其政俗[①]，未之少让也。则宜中国已治已安，已富已强，人民乐业，政化平康矣。

然共和国之大义，在保人民之财产性命也。乃横览禹域，徘徊于黄帝、尧、舜、禹、汤、文、武、周公、孔子之遗迹，咨我神明之胄，四万万人者号哭而太息痛苦于涂炭之中、水火之下也，农商工贾皆失业，学校颓废，但闻群盗满野，暴民横行，以啜民之血、饮民之膏而已。各省自立，而各州县亦自立，各长官专制而横行，各属吏亦复豪暴而横行。各省变乱日作，各州县亦复变乱日作，民不安生，老弱转于沟壑。其在政府，令不出国门，举国攘攘，肆睢发狂；赋税皆无，惟乞丐于列强；国务院皆虚席，贤者不愿承筐，资格既破尽，惟强暴者攘臂而当官。蒙、藏震于鼙鼓，片马变其疆场。元德魁儒，耆旧贤良，或遁异国，或隐草桑。举国榛狉，无有纪纲，气象惨凄，人事惶惶。嗟乎！五千年文明之中国，危乎颠哉，若坠若崩，何至于斯也？十六国、五代之乱，未之有闻也！是何故哉？岂欧、美之政化风俗有不宜欤？则欧、美人固以之而盛强。昧昧我思之，则今者由扫除中国五千年教化礼俗典章法度致

---

① 摩诃末：即穆罕默德。马拉（1743—1793）：18 世纪法国资产阶级革命活动家、政论家。1793 年领导起义推翻吉伦特派统治，建立雅各宾派专政。后被暗杀。段敦：今通译丹顿（1579—1794），18 世纪法国资产阶级革命活动家，山岳派领袖之一。反对雅各宾派的恐怖政策，后被捕处死。罗伯界尔：今译罗伯斯皮尔（1758—1794），18 世纪法国资产阶级革命时期雅各宾派政府首脑，推行恐怖政策。热月政变中被捕处死。

之耶。

夫用其新去其陈，中国之旧，岂不宜废；欧美之新，岂不宜用。所异者，彼于欧美之政治礼俗，不问其是非而师之法之；于中国之政治礼俗典章法度，则不问其得失而皆扫之弃之，且即欲尽扫除中国数千年之政治风俗典章制度，或亦未尝不可也。化民移俗，美成在久，次第以易之，从容以变之，渐渍以移之，优悠以养之，安见其不可哉？若借强力以行之于旦夕，挟大权以速之于岁月，则怫民之性，失国之魂，未有不发为大害者，其始民受其敝，其卒国受其敝。《春秋》之讥潞子之亡也[①]，曰“离于夷狄而未至乎中国”，故其败也，夷狄不怜之，中国不能救，是以亡也。夫使我为夷狄小国，而骤扫除旧政俗以师欧、美，犹不可也；况于万里之大国，有数千年之文明礼俗，有无量数之圣贤豪杰，以为国魂，莫坚莫强焉，岂可以旦夕扫除之哉！

夫国所与立，积民为之。民者分国之小己也，若小己既腐，则全体安能强固哉？夫共和之立国也，去其治我者，而令人民之自治也。夫欲人民之自治，至难矣。所谓自治者，孔子所谓克己复礼，佛所谓而难降伏其心也。人人皆隐括自治，蠢迪检押，进而上之；无险诐之心，无愁苦之意，乃所谓共和也。故共和者，以道德为先，以政治为后者也。今所模欧师美者，皆其法制而无有道德也。夫有法制而无道德以为之本，则法律皆伪，政治皆敝，无一可行也。人无忠信之心，徒增其才智，授之以银行铁路，则彼偷盗之，令之将兵，则彼中饱而遁逃之；令之牧民，则必暴民而取其脂膏焉。若为拔用无方，则钻营奔竞之夫，驵侩强盗之魁，皆猎大位矣。立辩护士以救冤狱，则辩护士反覆是非，诈取民财。今为日至短，已彰彰于视听矣。夫欧、美之政俗，自有其道德维持之，今但模仿其政俗之末，而失其道德之本，此其政治所以在欧、美为成功之效，而在我为败坏之由，同方异效，良有由然，何慕欧师美者之

---

① 潞子：西周时的一个夷狄小国，后为荀林父所灭。

不之察也？不能深察其本末利害得失，而敢妄变数千年圣哲所留贻之政俗礼化政教风俗，重性狂谬，何其甚哉。

夫政治非空言理想所能为也，以政治法律皆施于人民者，必与人民之性情习俗相洽相宜，乃可令下如流，施行无碍也；非可执欧美之成文，举而措之中国而即见效也。岂徒不效，其性情风俗不相宜者，且见害焉。吾乡有服附子而精神强固且延寿者，其友师之，则以多服附子而死矣。故英人有不成文宪法者，即以风俗为之。盖人久习于风俗，则施行未有不顺也。今吾国人，徒知采欧啜美，东食西宿。夫骤食异国之食，于胃必不谐；易寝他人之床，于睡必不美，则其斤斤于变法施之中国，必不安矣。夫既于人民为不安，而能服行有效者，未之有也。今吾国一知半解之士，于欧美之立国根本茫然也，乃大声疾呼曰：一切法欧美，又操觚执简，而为宪法律令。曰法欧美，抄某国之条文，则曰足为自由之保障矣；学某国之政俗，则曰足致国民之治安矣。若是则数留学生抄写各国宪法、法令章程，而中国已治已安、已富已强矣。无如皆为纸上之空文，而非政治之实事矣。然吾国人不知其害，骤操政权，骤易新法，自矜得意，习以成风，播为恶种，举国人士发妄狂行，皆以宪法政党为不易之规也。而政府为所束缚，而不能行政；议院日以纵横，而不能立法。蔽于异俗之虚文，而束制全国之心思，曰是欧、美之良法也，吾国不能不学也，而中国可亡矣。嗟夫！迫于细腰之俗，而甘饿死；恨于裹足之风，而甘折足，何其愚哉！

且即令师人之长，从人之学，亦必积久岁月，以渐乃成；未有造次之间，旦夕之际，尽舍己有而能成就者也。以作画言之，能作中画者，学文、沈，师董、唐①，舍其长技而师西画，不独不能得拉飞之神，必且丹黄狼藉，不成画矣。即同为中国之画，习为云林之意笔，忽改而为仇十洲之工笔，亦必粗拙而不见精彩也。又以书法言之，习为郑板桥之跌宕，一旦学欧阳询之端庄，则必拘苦而无

① 文、沈：文徵明、沈周，均为明代画家。董、唐：董其昌、唐寅，亦为明代画家。下文拉飞，即拉斐尔（1483—1520），意大利画家。

神味矣。又譬以学诗言之，习为李、杜之雄肆，忽舍而学西昆之绵丽，学四灵之纤巧，亦必缚束而无意态矣。又以作文譬之，使徐、庾舍其骈丽而学韩、柳，又欧、苏舍其雄浑而学王、扬①，必各失其长、互呈其丑矣。文艺至末业也，然骤舍己之长而学人，尤不能至，且见恶焉，何况国家之大乎？何况能立数千年之国，能治万里之土，能育四万万之民乎？民生其间，习与俱化，能易其面目，不能易其心灵也；能易其礼容，不能易其性质也。拗木使圆，制器使曲，犹须之以时日，何况欲拗四万万之民乎？其必不能成化，无待言也。然而欧美之美，不能得而受用也，而中国数千年圣哲贤豪之美化，则已涤荡扫除而无所留矣。且假令去中国之化，而真能受欧、美之化，犹未可也；以施之于中国之历史习俗，未之宜也。况两化俱无，则为暴戾恣睢、纵欲横行而已。孟子曰："逸居而无教，则近于禽兽。"又曰："人之所以异于禽兽者几希。"② 呜呼，何辜吾中国之民！

……

昔吾著三书，曰《官制考》，曰《物质救国论》，曰《理财救国论》，以为能举三者，中国既富既强矣，然后开国会焉，故一切自由自治平等之说，未敢发也；吾少著《大同书》，于世界将来之事，盖无不思及焉，而于一切革命共和社会之说，未敢妄出也。岂不知他日之有然，而夏葛冬裘，非其时不宜用也。凡事当虑其所终，凡美当知其所敝，不能以一时之感情，而狂放言之；不能以众愚之盲从，而附会为之；更不能以欧、美所行，而冒昧媚之。躬当世变，鄙人于一语一言，斤斤焉谨之。而后生新学，骤睹欧、美学说之富且瓌琦也，浸淫灌注之，不暇思其流弊也。又未深思细考其宜于中国否也，又深愤政府之无道而思有以救之也，于是大稗贩欧美之新货，运为舶来品之异珍。举国之后生新学愤政府有同情也，忽见舶

---

① 徐、庾：徐陵、庾信，南北朝时期文学家。韩、柳：韩愈、柳宗元。欧、苏：欧阳修、苏轼。王、扬：当指王充、扬雄。

② 此处引语分别出自《孟子·滕文公上》、《孟子·离娄下》。

来品之新奇也，皆以为神方圣药，服之可起死还生焉。于是举欧、美人之自由自治平等革命共和民主之说，日昌洋而光大之，展转贩售，弥漫全国，遂以有今日之大乱也，遂以全法欧、美而尽弃国粹也，遂致父子夫妇之不保也，遂致孔教之沦废也，遂致墨西哥之亡国魂而日寻干戈也[①]。呜呼！受学不择，发言不详，遂召大殃，浸地弥天。今大浸已决而怀山矣，然后疏浚而平之，不其难乎？然巨祸洊臻，若不力挽狂澜，则吾四万万之同胞，其为鱼乎？故不能有所畏避，大声疾呼，辨白得失，以保国粹而保国土也。

夫吾之所亟采于欧、美者，盖有之矣。物质为最要，而理财学、哲学诸学，从之物质者。以其实物言，则电化机器工程土木也；以其贯通言之，则物理及数学也；以文美言之，则画学、着色学、乐学也；以器用言之，水压力、天然煤气、电线、海底电线、无线电、留声电、光线、电气灯、蒸汽槌、蒸汽唧筒、显微镜、千里镜之类是也；以兵事言之，则速发枪炮、钢制大炮、炸药、汽船、汽球、飞船、兵舰、炮台之类是也；以农机器言之，凡夫芟草、刈稻、播种、起草、耕耘、纺织、裁缝、制胶、造玻璃、陶磁、诸金塞门德士之类是也[②]。凡此，悉数不能终。盖自西千九百九十二年拿破仑奖新制之后，至吾游美华盛顿之时，百年间创新器，凡十九万五千事，凡新世界军国民万事之用赖此也，乃至物体知识道德风俗国政，悉因以剖晰变动，由臭腐而神奇焉。若以旧世界之物当之，则风摧草靡矣。有此者为新世界，为强国，日新无上焉；无此者为旧世界，为弱国，日就淘汰焉。吾国有此乎，无此乎？若有此乎，则万里之大国，四万万之人，已富已强，不必平等自由、自治共和、政党、握手、鞠躬、免冠、易服也。若无此乎，则吾以万里之国，四万万之民，为人所弱，乃至巴拿马个郎十数万

---

① 此处的墨西哥事，指 1910 年墨西哥爆发资产阶级革命，推翻总统迪亚斯的独裁统治。

② 塞门德士：水泥混凝土的德语音译。

人之国[1]，亦能凌迫我焉。且浸危亡焉，而自由自治、共和平等、政党、免冠、握手、鞠躬、易服，益并促助其危亡而已。吾国宫室、图画、音乐、戏曲，四者皆不如欧人，盖吾国无美感学也。此事关于文明富强不少，不能不舍己而从欧美矣。医术吾本有之，虽有增补，非吾所急。此外则教化文章衣服饮食，皆我之国粹，我所独长，保之守之，廓之充之，方且推广为万国法，而安有舍弃之理乎？

嗟乎！吾五千年文明之中国乎，今无论土地已灭否，人民已奴否，若吾五千年之文明礼教，无量数圣哲之心肝精英，则确然已灭矣，已奴矣！今孔子已见废矣，他日文字又废矣，已而书史又废矣，则不及百年，吾四万万之人，服欧衣，食欧食，行欧礼，学欧学。然而为欧美之奴，不得入其大旅店，不与彼平等并坐并食，望其黄种，则中国人也，实则尼固之黑人矣！

嗟夫！假令中国不亡，不为尼固，而为墨西哥乎？则中国人身虽存，而中国魂已亡矣，譬之颠狂心疾之人，岂得谓之人乎？夫犹太之礼俗教化不亡，虽亡其土地，而犹太之魂未亡也。试问吾人愿为犹太人乎？抑为墨西哥人乎？假令吾为墨西哥，则痛心何若；而今国人乃发愤日走于墨西哥，惟恐其未至也。故夫今日不全师欧、美，而自保国粹乎，则为自立之五千年文明中华人；若全师欧、美，而尽弃国粹，则为永奴不齿之尼固人。今日少言自由平等，俟吾国既富强后乃言之，则中华国千秋万年，可与欧、美自由平等，而吾国民乃真有民权、民意焉。若今日事自由平等，日言民意、民权，则吾国散乱将亡，则中国千秋万年永失自由平等，吾国民永无民意、民权焉。敢问吾国民何择也？

（1913 年 7、8 月，刊《不忍》杂志第 6 册）

---

① 巴拿马个郎：即巴拿马科隆。科隆为巴拿马共和国第二大城市。

拟复辟登极诏[①]

中国之地，北属羲、炎，南属三苗[②]。我祖黄帝之先，宅中亚洲之地，剑戟遗物，古文刻字，播及欧洲。时在部落，游牧迁徙，东逾葱岭，遂跨渡瀚海，邑于涿鹿，《史记》谓“居无常处，以师兵为营卫”。盖自北漠入宅中土，巡定万国，分封廿五子，遍及蕃服，传及于殷，淳维之后[③]，遂开匈奴之国。我朝祖出肃慎[④]，亦为黄帝之别枝；宅于长白，实隶汉时之郡县。中更六朝，地陷中原，遂沦异域，稍异华风。然与舜出东夷，文王出西夷，吴断发文身而为太伯后，楚荜路蓝缕而为鬻熊后，其义一也。故生理学者，以中国内地与蒙古人种相同，号为“蒙古人种”[⑤]，盖皆为黄帝同姓之后故也。故满、汉、西藏、蒙古、回族本属一系，前之北魏、周、齐，后之契丹、女真，咸改华姓，分婚传种，久合一家。我朝定鼎中夏，犹别子入继大宗云尔。

竭其兵力，举东三省、蒙古、新疆、西藏二万里而归之中国，自古未有之功也。圣祖仁皇帝去庸调而合于租[⑥]，定一条鞭之租税，全国凡三千余万两，二百余年，未尝加分毫，中外未有之仁也。德宗景皇帝创行立宪，召开国会，自古未有之政也。孝定景皇后不忍

---

① 1917年，安徽督军张勋利用袁氏殒命、国事混乱之机，密谋复辟。康有为参与张勋复辟帝制，并预先起草一系列“诏书”，此即其一。帝制复辟失败，康有为逃入美国使馆避难。次年2月至沪上，宣称清亡民兴。

② 羲、炎：伏羲、炎帝神农。三苗：我国古代南方民族。

③ 淳维：《史记》记载为夏桀之子，传说匈奴是淳维北逃所建。

④ 肃慎：我国古代民族，居于黑龙江流域，长白山以北

⑤ 蒙古人种：即黄色人种，包括东亚、北亚、中亚、北极原住民和美洲印第安人。

⑥ 圣祖仁皇帝：指康熙。下文德宗景皇帝，指光绪。

国民之流血[1]，甘弃一姓之尊荣，禅让至德，今古罕闻，付与袁世凯以全权组织国民政府，诚欲得共和盛治，民治良规，五族同安，中国乂宁也。岂意袁世凯借托总师，窥窃神器，毒痡四海，危害宗邦，涂炭生灵，大削国土，五年三乱，不绝如缕；继其后者，府院争权，政不及民，议员扰乱，延于国。督军及百官等以民主政体只能攘乱，不能为治，不适于中国，请朕复正大统，今复即位。

朕维欧洲诸国，实为宪政之先河。然英有君主，实亦共和。英以盛安，比之中南美民主国岁月争乱，过之远矣。朕与吾国民愿用英国君民同治之政。昔舜慕己南面而无为，禹有天下而不与，诚我中国立宪之先导，朕庶几焉。永削满、汉之名，以除畛域之界，统名"中华帝国"，以行立宪政体，大开国民会议以议宪法。朕与五族国民，同为中华之人，同成中华之治。朕以冲孺，不识治理，若涉大水，未知由济，亦惟听舆人之公论，考大地之新知，求才贤之辅弼，忧困苦之黎元，不分新旧而合熔，斟酌古今而行政，奖励物质以富民，兴起教化以美俗，政权公之国民，犹是共和也。庶几中国乂安，生民乐业，朕有厚望焉。钦此。

（1917 年 6 月）

---

① 孝定景皇后：光绪帝的皇后，即隆裕皇太后。

孤 愤 语[①]

善 忘

人有善忘者，徙宅而忘其妻，可谓心疾者矣。人皆笑以为必无是也。若夫蒙、藏三千馀万里方里之地，广袤于中国三倍，随满洲嫁入于我者，其为至重至富之妻也莫甚焉。乃吾国人改政体而忘之，其为善忘不尤剧耶？一人善忘可也，四万万人而患善忘，奈之何不亡？

内 斗

群鼠斗于穴，喁喁啮啮，负隅而抗势，厉目而相奔，曾未知熏鼠者，环穴而趋，左操杆，右执燎，塞牖墐户，郁攸蒸烟，阖穴同熏而咸死也。今以列强眈眈，其欲逐逐，而吾直省日自割据，江西抗兵，上海刺杀[②]，举国风起云蒸，神注目营，惟内讧之是惊，而甘以蒙、藏三倍中国之地与人，皆置之不过问也。然则吾四万万人之智也，与穴中斗鼠奚异也？旁观者吃吃笑之。奈之何不亡？

---

① 袁世凯任临时大总统后，中国进入北洋军阀统治时期。康有为身居海外，“既孤且愤”，遂成此文，指斥时弊。

② 江西抗兵，上海刺杀：指宋教仁因反对袁世凯专制而被袁派人刺杀于上海沪宁车站，江西总督李烈钧公开主张武力讨袁。

行　乞

田宅广博，连阡累陌，牛羊被野，可谓富矣。乃草茀不耕，牧畜病死不售，举家饥饿，子弟各杀牛羊自食。父母终岁行乞，得残杯冷炙则立尽，不能收恤其家，乃分令子弟各自行乞，而转乞其播馀。是之治家也，不转沟壑，必鬻身为奴而后已。今以吾万里之地、四万万之民，地利未辟，拓农工商矿之业，虽甲全球可也。乃共和经年，不事理财，日以借债为事；既不得，则令各省分借而取其馀。呜呼！以此治国，古今万国未闻也，奈之何不亡？

儿　嬉

儿童之嬉也，善摹长者之所为，善仿市井之所作。披长者之袍，执笏而舞，不虑其曳地之过长、笏之过重而易仆也；陈豆而戏，举戟而嬉，持刀而阵，不虞久之易嬉而怒，奋刃相殴，流血倒地也。今吾国人睹人之共和也，亦共和焉；人之政党也，亦政党焉；人之国会也、责任内阁也，亦国会焉、责任内阁焉；人之选举也，亦选举焉；人之平等自由也，亦平等自由焉；人州自立也，亦割据自立焉；甚至人高冠缁后衽衣也，亦高冠缁而后衽衣焉；人脔块肉而刀叉食也，亦脔块肉而刀叉食焉；人免冠鞠躬握手也，亦免冠鞠躬握手焉。凡一切礼制、官名，无一不袭人矣。惟人心风俗之尽坏，道德教化之尽丧焉，其不仆地互杀，同流血以归于尽也几希。呜呼！举国皆儿嬉也，奈之何不亡？

无　望

农苦体耕耘，望有年；商废财滞居懋迁，望赢利；士勤学，囊萤刺股，望通业取人间富若贵；僧弃家入山，苦身断欲，望成道证佛；寡妇劬劬抱哺其子，望承嗣亢宗。凡人之情，以有所望而后心安身宁，神王长也。今吾中国之为治也，数千年之旧机器已毁，而新机器不能成也；崇隆坚巨之旧宅已焚，而新草棚茅屋未能建也。一家露坐，无褐无衣，无食无宿，妻子寒饥，烈风迅雷，大雨雪交加之，虎豹豺狼、狮子熊罴，狰狞而嗥悲。吾欲救死，而进退无所之也，是谓无望。吁嗟天乎！吾四万万同胞，谁使我至于斯极也？

不 治

病者重矣，殆矣，弥留矣，属纩矣，然苟遇良医，或授良方，或操刀割，可立起死回生矣。今有人也，能立能行，能坐能耕，能食能嗔，能言能呻，望之人也；然而疽隐其背，其面黑以墨，其神沮以晦，其动作若梏以罪。扁鹊望之，适适惊以退，默默然不诊不刺，不开方焉。曰：是谓不治之症。今我中国，外患内讧，乱状蓬蓬，熏灼隆隆，溃溃回遹，延祸我邦，刺之不可，达之不从，坐待大乱，以亡其躬，亦所谓不治之症也。刘邦曰："天下汹汹，以我二人之故。"① 今为少数人之私，而投五千年之金瓯中国而碎之，坑吾四万万人于长平而葬之。呜呼！坐观死亡，无以救之，我心长悲，何以得舒也？

无 言

吾不忍吾中国，昔喋喋以多言，至于今月，吾欲无言。若人中毒而发狂，饮鸩而跳号，吐火而吞刀，挟戟而醉舞，执弓而曳满，鸣镝而大嗥，吾虽芬芳其情，玲珑其声，跪坐而进之，鼓歌以侑之，彼昏安知，彼怏轧心斗，老洫相寇，其谁受之？欲语政府乎，则今已为无政府矣，一政废不行，令不出国门，乌从而语之？欲语

① 语见《史记·项羽本纪》，应为项羽的话，原文为："天下匈匈数岁者，徒以吾两人耳，愿与汉王挑战，决雌雄，毋徒苦天下之民父子也。"

政党乎，则讙讙呶呶，入主出奴，忘其国家，惟私是图，乌从而语之？将语国民乎，则咨嗟愁苦于水深火热之中，亦又无权，听鱼肉焉，语之何裨？吾犹缉缉哆哆，谁为言之？而谁为听之？吾亦欲投其笔而焚其书。呜呼！奈此四万万人之艰囏！

（1913 年）

乱后罪言[1]

中国日在危涛骇浪、漩渊飓风之中，乃者大乱已弭，各国承认，人心略定，国势粗安，海内喁喁。回首面内，夏乱既极，望治弥殷。政府惩其前，毖其后，何以宏济艰难、永保治安乎？夫自辛亥至今癸丑两年中，兵燹流离，水旱荐臻，民转沟壑。日人于辛亥冬约计之，死者已二千馀万；其他争乱相继，各省频仍，而今夏南数省之大乱勿计矣。夫民国之大义，莫贵于保全人民之生命矣，而惨酷若此也。乃者杼轴告空，公私交敝，政府以乞丐度日，人民以水火盗贼为生，田园荒芜，工商衰落，资本尽竭。富者走于海外，贮金于外银行；贫者死守乡闾，走避道路，无以为生。或者有田不敢耕，有机不敢织，安坐待死。民既枯腊，国将破产。夫民国以保全人民之生计产业大业，今乃若此，岂不背哉！

夫马拉、罗敦、罗伯卑尔不能无争乱，何为责焉？以南方党力之弱[2]，驱市人而为战，军无纪律，械无精良，士未训练，不过虚声哗嚣，电文络绎，以耸天下耳目耳。若北军，以十年精练之师，上下有纲，节制有度，内备精良器械以为战具，外借五国巨款以为资粮，举以破乱军而靖南方，犹疾风之扫落叶，机碓之压乱丝，其所谓摧枯拉朽，可以声浪破之者矣。故向之号为豪杰者，望而先去，虽有何海鸣、李烈钧、钮永建之坚定沈雄，而一无所有，终不

---

① 1913年10月，袁世凯武力强迫国会选举其为正式大总统，俄、法、日等十三国公使照会承认袁政府，康有为认为军阀混战至此告一段落，在11月写下此义。

② 南方党：指以孙中山、黄兴为首的南方国民党人，他们在1913年7月发动了讨伐袁世凯的“二月革命”。下文的北军指袁世凯的军队。

足以当北军雷霆万钧之力，事势至明矣。且夫今之为战者，非斩木揭竿之能为力也，较量彼己之军资器械，其胜负可早决之。然则南风之不竞，天下早知也。

自去春以来，鄙人累言欲救中国、安人民，非先肃纪纲、明法律、严警察、定内乱、图统一，不能为计也。昔辛亥以来，各省都督角势，桀颉自立，不听政府之令，截留税入，各自养兵，各自窃据，政府号令不出国门，徒乞贷于外人而已。若使早锄跋扈，克张声威，其听令者，或骤命良将以代统其旅，或杯酒加封以释其兵；有不听令，严张挞伐，则螳螂不能当车。其在去年民国之初哉首基，早已揽辔澄清，生民乐业矣。于是去省名而存道府州县，划军区以定卫戍要塞，收赋税而免乞丐度日。若能善为理财，速改金币，广设银行公债，则民国固立已两年，商贾茂盛，百业并昌，人民熙熙，安乐富强。若能如是，则各国之承认在去春矣，则蒙、藏之无事在去夏矣。然后万务并兴，百工交作，外则收治外法权以雪国耻，内则行强迫教育及征兵制度，皆在去年秋、冬间矣。

乃政府柔懦，养成骄子，始则与以比国借款之千万而不问，继则隆以帝王之礼、铁路之权以骄之；又听其引用党人，遍于四方，溢于诸镇，要官重位，高牙大纛，作威福于民焉。隐忍延待，如是者凡两年。彼起自田间，贪财好色，纵欲败度，政无纪纲，军无纪律；如飞蛾之扑火，如饿虎之贪饵，不戢自焚，人心畏厌，必然之事也。政府日畜猎犬而不用，厚备兵力以待时，至是时知人心之厌乱已极也，纵兵大麈大搏，草剃而禽狝之，人喜定乱，得所被荫，莫不乐戴矣。然是两年中，兵乱日闻于郡县，盗贼遍扰于城乡，商贾不行，农机停业，老弱转死，怨声弥天；而借债之数万万，重民负担，皆早不定乱之故也。夫明知乱党之不能不争乱，知兵力之必可以定乱，然而不为。虽逊让乎，然举国数千万之生灵涂炭，数万万之良民不宁，数万万之重债永负，中国五千年之国土危如累卵，是则政府不能辞责也。

今虽大乱弭矣，而乱机常四伏，未可苟恃以为安也。民穷财尽，公私交竭，自古未有甚于此时者也。人民延颈望治安至矣，饥者易食，渴者易饮。今但问政府真有救国之诚否耳？有安民之至仁否耳？苟能真有救国至诚之心、爱民至仁之意，则恪恭振动，慈祥恻怛，春雷起而万物苏，霖雨降而川渠溢，有必然者。吾为之言曰：仍是肃纪纲、明法律、严警察、图统一而已矣。其用之则在善银行、公债、金币之理财，其本源则在精白至诚之心矣。

鄙人不必引欧美他书，惟童子时读《中庸》曰："凡为天下国家有九经，所以行之者一也。"一者何也？曰诚也。不诚无物，是故君子诚之为贵；至诚则金石开矣，鬼神动矣，民志孚矣。不必引欧美诸国，古之忧国而有至诚者，不必其为至圣上贤也。昔句践见败于吴，而栖会稽，苦身焦思，置胆于坐，卧即仰胆，饮食亦尝之，曰："汝忘会稽之耻耶？"身自耕作，夫人自织，食不加肉，衣不重采，折节下贤人，厚遇宾客，振贫吊死，与百姓同其劳。七年教士四万，君子六千，遂沼吴。今中国之危败，尚未至于句践之时，政府若能如句践、范蠡、文种乎然，而中国不强盛者，未之有也。今不必引欧美，吾国昔者又有至诚忧国者卫文公焉，庐于楚丘，大布之衣，大帛之冠，务材训农，通商惠工，敬教劝学，授才任能，元年甲车三十乘，季年甲车三百乘。吾政府当今中国之危败，若能如文公乎然，而中国不治盛者，未之有也。

夫大布之衣，大帛之冠，以君主为之至俭也。古者国有凶荒，则君撤膳减乐，大夫衣布搢本，车不雕几，马不食粟。今闻京师百官及议员，馔食日奢，馔必二十金，酒必葡萄，口必雪茄，坐必马车，日斗麻雀，夜宿于八大胡同之家。其易西服也，研精竞华，务绝中国财产生计，而竭中国数十万万，以绒呢为炫夸，既贪既盗，以淫以侈，惟师尼固效欧美人，何奴性之可嗟也！诸公若能大布之衣、大帛之冠，勿浮慕欧美，而先撙节恭俭，则但此节缩浪费，已足供改金币、开银行、兴实业而有馀。否则，多借外债数万万，重极国民之负担，亦不足供诸公挥霍之大手、无穷之欲壑也。

其尤要者，正本清源，则在政府之最高权者矣。若本源既清，馀流安得而浊乎？《春秋》谓正一身以正百官，国无君主民主，当危败穷匮之时，正己节用，其义一也。既有恭俭撙节以为之本，则当有良法开源以善其后。故卫文公次之以务材，材若今之言物质是也。物质之本，则以务得正金，铸为金钱，流通纸币公债，大张银行。资本既足，商民润泽，而后百事可举也，故理财最要先矣。

理财之资本既得，则民生所赖、国计所资，莫若农工商矣。中国自古为农国，自辽东、蒙古、新疆，万里广漠，老林则百丈参天，茂草则千里遍地，百卉满山，牛羊被野；即在内地，地利未辟、种植未备者，所在皆是。若能劝导农牧，富民莫先焉。

吾国商业，名于大地，但苦制作无良工耳。美国之富盛也，非为其共和为之，亦非为其政治为之，其人士聚精会神，皆求制一新器，则可以得大名而享厚实，故趋之若鹜。其嗜制器也，若昔者八股人士之专心致志也。美国民主平等，本不尚贵，故其人民知求富与名，但创得新器，则名实俱收。故其人不求美官，而专求良工，是以美之富甲大地。而富人之最盛者，莫若必珠卜①。必珠卜者，大铁厂所在地也，号称钢铁王者，迦利忌者②，合全国廿一大铁厂为托拉斯，其富十馀万万。语我曰："吾尝施舍一万六千万万，惟学校及藏书楼，凡一千五百所，其馀岁入二万五千元至五万元以上，人以千计。"虽纽约之富莫比焉，则工之为用也。

中国贫民最多，工金最贱，日劳动于工业者，自朝至于深夜，殆信欧美之两日，故工者中国之特出而善长者也。欧美之富强，以机器制作新器之故。自一千七百九十五年奖励发明新器，至于今凡二十万，欧美人之所以绝地通天，横贯六合，此二十万新器为之也。有此者谓之新世界富强文明国，无此者谓之旧世界野蛮闭塞国；而强弱存亡，视其程度高下为之。中国不此之先务，而高谈革命共和、自由平等，皆空言而无实，难食而多毒。昔既误矣，今颇知实业之为尚，则举国四万万民竭力从事于新农工商至要矣。

---

① 必珠卜：今通译匹兹堡。

② 迦利忌：今通译卡内基（1835—1919），美国钢铁大王。

既庶，不富不可也；既富，不教又不可也。既能务材训农、通商惠工矣，则莫重于敬教焉。中国之人心风俗、礼义法度，皆以孔教为本。若不敬孔教而灭弃之，则人心无所附，风俗败坏，礼化缺裂，法守扫地，虽使国不亡，亦与墨西哥同耳。今乃至绝百神、废天坛、停丁祭、收文庙之祭田，甚者乃毁孔庙、禁读经，至议宪法起草委员，竟有主持阻格之，不立为国教者，于是时孔子几等于考生之被荐不售而落卷矣。呜呼！不敬莫大于是。日本博士有贺长雄之为宪法也[①]，郑重发明中国与孔教之关系，以为不尊孔教则中国亡。乃吾国人而必反孔教也，何其识之出于有贺长雄下也！改之改之，余日望之。若能改而敬孔教也，人心风俗，礼义廉耻，道揆法守，中国犹有望也。

夫敬教以为正德之本，则宜以劝学为成才之具。今吾国未尝不模欧美、效日本，改一切之学制矣，而不少收其利，反见其害者何哉？盖不知师欧美之所长，又不善补中国之所长，故未得其国能，先失其故步也。夫我之所长者在道德，则今学校废孔经、罢尊圣，而读讲义课本。吾之旧教既废，无以入新学者之脑，无以维持其身心、激励其意志矣。而求之欧美之新学，则一无所得；问以中国之旧学，则束阁不观。其不学过于八股之时，而德教则扫地矣。欧美之长、切于时用者，莫如物质；遍于国民、普增知识者，莫如强迫教育。而中国日言兴学，皆未及二者也，此所以见其弊而不见其利也。今欲劝学，但令本道府州多开物质学校，各县乡市镇皆行强迫教育。行之数年，物质之学渐明，童蒙皆有常识，以我国民之多，资而为用，然后百物可兴也。

虽然，是皆为政之空义耳，苟非其人，道不虚行，是故孔子言为政在人。昔人诮礼官不识礼、乐官不识乐，但凭资格而用，或藉情私而用。不解银行者，而用为银行；不解铁道者，而用为铁道；不解兵事者，而用为兵事；不解治民者，而用为治民。或如近者，

---

① 有贺长雄（1860—1921）：日本国际法学家，曾任东京帝国大学、早稻田大学教授及《外交评论》主笔。1912 年被袁世凯聘为法律顾问。

盗魁驵侩、椎埋无赖之夫，或拥高牙，或典列城；其亲戚、交游不识一丁者，亦皆剖符绾绶。于是模金都尉、搜粟中郎，烂羊头而封侯，弹琵琶而封王，勋位禾章，食车载斗。以如此覆餗之才，当隆栋之任，其形渥凶，有必然者；沐猴而冠，传笑万国，为世诟病久矣。若此之人，以典银行，只有偷盗；若典列城，只有召乱；若绾兵符，只有迫变而已。

日本商船学校开于明治廿九年，我招商局船开于同治三年，我船政之先于日本也殆三十六年；而日本商船久已自能驾驶遍于大地，我则福建船政厂押于法人而将废矣。招商局船资本二千馀万，开办五十年，而无一人自解驾驶，无一船能出海外者。在外人闻之，皆适适然惊而不可解，而吾国则必至于是，何也？谓其为私人择官，而不授才任能故也。若今不改弦更张，则虽大布之衣，大帛之冠，务材训农，通商惠工，敬教劝学，皆空名而无实效矣。然则简练贤俊，妙选专门，秉心塞渊，而后能赉牝三千，能实收其效也。

其时既败于敌，百政皆举，而独不言治兵。今吾国之弱辱甚矣！吾固素主强兵，增练海陆军之说者，然今之国势，内外枵虚，非饱饮食、补元气，则将饥饿形枯而死，况能以兵竞争于外乎？且今之兵，既非知方有勇，又未节制训练，苟非乌合之众，则多乱暴之徒，苟欲以为腹心干城，岂不难乎？夫古之明训，兵贵精不贵多也，兵贵练不贵冗也。日本明治初年，不过五师团；其败我之时，不过八师团；其战俄之时，不过十二师团；今者亦不过二十一师团。近岁议增为二师团，终为议院所格。去年以此倒西园寺，牵及桂太郎矣①。吾国虽无后备之兵，欲与敌战，则实无此力，而乃竭国力以养多兵，何用乎？若能精练，则日本以十二师团而胜俄矣，

---

① 西园寺：即西园寺公望（1849—1940），日本政治家，曾两度出任内阁总理大臣（1906—1908，1911—1912）。桂太郎（1847—1913），日本政治家、军事家，陆军大将。曾三度任内阁总理大臣（1901—1905，1908—1911，1912—1913），与西园寺公望交替组阁，世称“桂园时代”。

我今能聚精会神，精练十二师团，其亦足矣。俟二年后国用稍足，增练十二师团；又两年后，国用充裕，则直增廿四师团，共为四十八师团，其亦可矣。

虽然，言裁兵甚易，而遣散甚难；散之而不为乱，尤难。况当穷匮饥寒之时，散勇勾引，虑兵方散而乱即四起也。故必宜有所以善其后，选其才武识字者以为警备兵，如昔之练勇然，但以防内乱；其馀则移植于新疆、蒙古、辽东，既以辟方实边，即以为散卒弭乱。但以今之兵饷九千馀万，裁去之款，开一银行，兼出纸币，专以移植散勇计，则兵可裁、乱可弭、饷可节。一举而三善备，或在此乎？

嗟乎！今岂有句践、范蠡、文种、卫文公其人乎？民主之政府，或权不足耶？以今观之，不为也，非力不能也。吾闻古者战胜，则以表礼处之，况今者同胞内乱，遍野疮痍，哀痛难忘，原因甚远。政府若果有振动之意、哀惊之情，则素服大临，痛悼斯民，至诚恻隐，与人民相见于以天；然后发政施仁，审先后缓急而择其宜，权轻重利害而求其当，不刚不柔，敷政优优，是则在行政者矣。申公曰[①]：“为政不在多言，亦顾力行何如。”吾于《中华救国篇》言之多矣，今日不复重言，今日不欲多言。若仍如昔者，政府以粉饰为敷衍，议院以嚣妄为更张，则吾之妄言，其为罪言夫！

（1913 年 11 月，刊《不忍》杂志第 8 册）

① 申公：即申不害（约前 385—前 337），战国时期法家代表，相传著有《申子》六篇，今仅存辑录《大体》一篇。

请诛国贼救学生电[1]

曹汝霖、章宗祥等力行卖国，以自刈其人民、断绝其国命久矣。举国愤怒，咸欲食其肉而寝其皮。今号为民国，乃政府于民之所好则必恶之，民之所恶则必好之。若曹汝霖、章宗祥累年以来，国民所视为奸邪蠡贼者，然政府倚为心腹爪牙，托为牙人经纪。夫天下古今，安有牙人握券持筹于内，而国民呼号力争于外而能获胜者乎？又安有牙人坐获中饱大利，富极贵溢，国民莫之谁何，而不从容继续出卖者乎？在曹汝霖、章宗祥无复廉耻，无有天良，上不畏天，下不畏民，无可责矣。若诉而望政府去之乎？然政府怙其威权，不恤国民之怒而倚用之，亦无可望、无可责矣。然则曹汝霖、章宗祥发愤以中国土地人民权利出卖，无所不至，若李完用然[2]，吾国民俯首听之之罪也。然吾国民虽衔恨曹、章至于入骨，然以道涂隔远，无如之何；所以讨恶数罪者，惟有腾之颊舌，扬之笔札而已。则曹、章任他笑骂，好官自我为之，亦既久阅习惯，笑视若无，何足动其方寸之丝毫，何能使其党徒之悔艾哉！

夫以卖国之利不可思议如此，卖国之后无所惩艾如彼，故自清季以来，相沿相师，无忧无惧，党徒日众，卖国成风。则我五千年之中国，二万里之土地，四万万神明之胄，日供其犬马犬羊之束缚，出售以供人之屠宰，至亡国绝种而后已。至今乃讨之，亦已晚矣，岂复有救哉？幸今学生发扬义愤，奉行天讨，以正曹汝霖、章

---

① 这是“五四”运动爆发后作者发出的通电。

② 李完用（1868—1926）：朝鲜大臣。1907 年任朝鲜内阁总理大臣，秉承日本之意，逼迫国王李熙逊位。1910 年，与日本订立《日韩保护条约》，出卖朝鲜全部主权。

宗祥之罪。举国逖闻，莫不欢呼快心，诚自宋大学生陈东、欧阳澈以来希有之盛举也[①]。试问四万万人对于学生此举，有不称快者乎？假令其徒党亲戚有不快者，必无四百人以上。则学生此举，真可谓代表四万万之民意，代伸四万万之民权，以讨国贼者，孟子所谓“国人皆曰可杀”者也。

夫今之中华号称民国，以民为主体，非如专制时之政府为主体也；其法律生杀以民意为主，非如专制时之以政府为主也。在今政府或上承从前专制之旧，或以学生擅殴大僚为应有之罪，而忘今之为民国，政府只有奉行民意，而不得专擅也。自有民国八年以来，未见真民意、真民权；有之，自学生此举始耳。即非民国，而在欧洲、日本诸君主国，凡有众怒之举，政府无不徇民意而屈从之。即至近癸丑年，日本东京之众殴阿部局长，何能捕戮罪人？且日本外交何常少败，而阿尚被众怒而杀之。若曹汝霖、章宗祥而在日本，则众怒诛之久矣！

凡国民有发愤而聚众示威，欧、美、日本之成例，苟不持兵械，举动至文，政府只有恐惧修省，从无严办之者。吾政府之专横行为，罔畏于国民久矣。由北京市民承专制之余威，畏威怯缩，久成风尚之故。北京之市民如此，各省国民虽愤怒而无可如何。盖遍考欧美之能从民意，政府之畏民岩，皆由京都民气能张之故。今有学生代表京都民气，则吾政府知所警畏，后此不敢专横卖国，犹有望也。

《诗》不云乎：“投畀豺虎，豺虎不食；投畀有北，有北不受。”今布告吾全国四万万国民，如有以为学生此举为不然者，若得多数，则学生宜依常律罪之；否则，学生为代表吾中国民意，以公共诛国贼者。吾全国人宜唤醒以救被捕之学生而日请诛卖国贼，政府宜亟释放被捕学生而诛卖国贼。

康有为。鱼。

（1919 年 5 月 6 日）

---

① 陈东、欧阳澈：北宋末士大夫，均曾上书主张抗金，并提出惩奸任能、安边抗敌之策。

陕西第二次讲演[①]

鄙人来陕西，承诸君欢迎厚意，不胜感喜。陕西为周、汉、唐旧都，文化最古，今有刘督军兴学于上，各长官及贤士夫佐助于下，岂待鄙言。惟今日学校诸生数千人大集，皆全陕优秀之士，将来成就人才，为中国，为陕西，所关甚大。鄙人今日来此，愿与诸君言孔教。盖孔教产于中国，与中国最宜，诸生应闻之者。及今中国困穷，应采各国物质之学，以为本末兼备之学说。我辈圆颅方趾，不是天神，不是禽兽，无论为官为民，为士农工商，总而言之曰：人既在世界，生而为人，即有人之道，即应知人之所以为人之道。日本人所谓宗教，英文为理利尽[②]，即神道教也。如婆罗门教、佛教、基督教、回教，皆劝人为善者，但只注重灵魂，所谓神道教也；日本人译为宗教，不误也。日本人信仰佛教，佛教下有禅宗、真宗、天台、华严、慈恩诸宗，故宗教诚为神道教，与中国数千年所谓教固不同也。中国两汉以前，外教未入，所谓教者，非孔子而何？孔子之教，不专言灵魂，而实无所不包。简而言之，曰人道教而已。《中庸》曰："修道之谓教。"中国于佛教未入之先，三代及后汉政化至盛，岂曰无教，盖皆孔子之教，二千年来，以迄于今矣。

人必有性，《中庸》所谓"天命之谓性"；朱子解"性为理"，非也。荀子、庄子、《孝经纬》、《礼纬》、《董子繁露》，皆以性为生之质。盖性有德性，有气质之性之分，董子谓性有阴阳，阳者德性

---

① 1923年9月，康有为游洛阳、过函谷关，11月在陕西作演讲数次。

② 理利尽：英文 religions 的音译，即宗教。

也，阴者气质之性也。二性皆天之与人不可少者。若朱子之说，则有阳而无阴，偏而不举，不能该人之性，即不能尽人之道也。德性具有仁义礼智信之德，质性有视听言动之能，率性而行，能视能听。如今日诸君来听演说，内受而通之智也，外则视能明、听能聪，即率性之端也。故曰："人者，天地之德，阴阳之交，鬼神之会，五行之秀气也。"穀梁与董子曰："非天不生，非父不生，非母不生。"三合而后生，故谓之天之子也可，母之子也可，此孔子至要之微言也。孔教与各教不同之处在此。

夫种瓜仁而得瓜，种豆仁而得豆，以人生人，岂非赖父母乎？若只赖天而不须父母，则人生马，马生人，能之乎？瓜生豆，豆生瓜，能之乎？若只赖父母而不赖天，则灵魂所托，六道轮回，诚有自神道、自禽兽道来者，此岂父母所能生乎？以瞽叟而有舜，以净饭王而有佛[①]，此岂父顽母嚣所能生乎？故孔子三合而后生，乃至论也。知人自天生，则万物自为一体，何止民为同胞，则不期仁而仁矣。知人自父母生，则尊祖敬宗，自亲家族，岂惟爱其一身，则不期孝而孝矣。故《论语》、《中庸》皆曰"明乎郊社之礼、禘尝之义，治国其如视诸斯乎指其掌"。盖郊祭天，社祭地，春禘秋尝，皆以行大祫之祭，以合祭祖祢也。祭天以明万物一体之仁，祭祖以明家族相亲之孝，仁孝皆备，治国可运诸掌矣，此孔子人道之大义也。祭以尊奉天神人鬼，孔子讲魂而运于人道之内，所谓声明魂魄传于罔极也。诸教只言天，只修魂。道教只修魄；基督至仁，盖专重天也；佛教至智，盖专修魂也。而佛谓战胜上帝为弟子，过矣；基督与佛同言魂，盖与佛之人天教同，故不嫁娶、独尊天而寡及父母，言论而寡言孝，尊魂而少言修身也。孔子则天与父母并重，故仁孝兼举，魂与体魄交养，故性命双修；庄子称孔子本神明，育万物，本末精粗，六通四辟，其运无乎不在。董子述孔子曰，"天者，仁也。"又曰："仁为天心。"孟子述孔子曰："人者仁也。"合而言

① 瞽叟：舜的父亲曾与其后妻多次陷害舜。净饭王：释迦牟尼的父亲。

之道也。老子谓“天地不仁，以万物为刍狗；圣人不仁，以万民为刍狗。”夫道二，仁与不仁而已。老子何尝不曰“居善仁慈善为室”，知老子非不言仁也，而曰“将欲取之，必先与之”，是以仁为手段，以不仁为宗旨也。孔子以止辟刑期无刑，非无不仁之事，然以不仁为手段，以仁为宗旨，故尸子谓孔子主仁也[①]。

仁从二人，郑康成谓“相人偶”，盖二人相助之义。假使大地只我一人，则一切无所用也；既有二人，则必有相处之法矣。譬如诸君相见，而傲然背立，始则必相怒以色，中则相詈以口，继则相殴以手，终则拔刃而流血伏尸矣，则不仁之道，其可行乎？若诸君相见而欢然揖让，始则倾盖如故，中则并坐鼓簧，继则同业提携，终或托孤寄命矣，则仁道岂能须臾离乎？欧人今盛行克鲁泡金互助之义[②]，互助者，相人偶之仁也，真人道也，固我孔子日言之仁也。《论语》一书言仁者四十三章，至切之说，则曰“仁者爱人”而已。然则求仁之道如何？曾子谓忠恕违道不远，孟子谓强恕而行，孔子谓终身可行为恕。故自顺言之，则己欲立而立人，己欲达而达人；反言之，则己所不欲，勿施于人。《大学》之言平天下，不过絜矩，所恶于左，无以交诸右；所恶于前，无以先后。孟子谓推心可以保四海，不推心无以保妻子，好货好色亦可，惟须推以待人。故以不忍之心，行不忍之政，则道济天下。古人所以大过人者无他，善推心而已。然爱有差等，施由亲始，孔子立仁、孝两义，而以孝弟为仁之本。故孔子作《孝经》以明孝，作《春秋》以明仁。郑康成解《中庸》立天下之大本，经天下之大经。大本者，《孝经》也；大经者，《春秋》也，其尊《孝经》至矣。朱子以孝为顺德，误矣。《孝经纬》解孝为报。《诗》曰：“欲报之德，昊天罔极。”凡人杀人则偿命，欠债则还钱，乃至公之理也。受父母之腹育顾复而不报，于

---

① 尸子：名佼，战国时期鲁国人，商鞅的弟子，《议书·艺文志》列其为杂家，著有《尸子》。

② 克鲁泡金：即今译克鲁泡特金（1842—1921），俄国革命者和学者，无政府主义运动主要理论家。著有《互助论》等。

理安乎？新学有非孝之说，则欠债可不还钱乎？夫不还债则债主严追之，否则官代押追之。明则有礼乐，幽则有鬼神，不报父母恩者，鬼神代为押报之，故有轮回之事，以报恩报怨。经晓岚《阅微草堂笔记》有人借钱十二千者，久不还，已而见其人来曰："借君钱，今日来还也。"其人忽不见，而田人报牛栏生牛矣，后果卖得十二千，其报应昭昭若此。吾人受父母大恩而不知报，岂止不得为人，以轮回求之，正当入地狱为畜生耳。

孔子至圣，岂不能托为天之师、天之子、天之使以自尊，而于人伦之间，乃曰"所求子以事父未能，所求弟以事兄未能，所求臣以事君未能，所求朋友先施之未能，庸德之行，庸言之谨，有所不足，不敢不勉"。又曰"出则事公卿，入则事父兄，丧事不敢不勉，不为酒困，何有于我"。《大学》为人臣止于敬，为人君止于仁，为人父止于慈，为人子止于孝。圣人之于人伦欿然若无能，故曰中庸不可能也。盖现身为人，生我者为父母，同生者为兄弟，配我者为夫妇，我事者为君，事我者为臣，交游者为朋友，皆人道不能外之也。人既不能超于天上，又不能入于地下，又不能人人出家学道。即能出家，而徒兄徒弟徒子徒孙，依然效法人世，则慈孝友恭之道亦同，然则虽出家，亦不能逃于人道之外，即不能出于孔教之道外矣。至于君臣之义，如一家之中，父母为之君。《易》曰"家人有严君焉"，父母之谓也。即开一店，则司事者为君，众伙即臣也；苟无司事，则生意立败矣。凡百事皆然。然则君臣之义包括甚广，安能去之哉？《左传》曰："王臣公，公臣卿，卿臣大夫，大夫臣士，士臣皂，皂臣隶，隶臣舆，舆臣台。"盖人类治事，迭递为君臣。秦汉之间称人为君，自称为臣，魏晋亦然，郡吏对郡将为君臣。至梁武帝始禁，除对皇帝外，不得称臣，乃改称下官，今唱戏犹有下官之称。是以梁以后臣之一字，专为对皇帝之称，然古无此义也。然则以君臣二字攻孔子，不能也。

夫人生而有耳目口鼻之体，即有视听言动之用，即有声色臭味、男女之欲，人生有欲，必不能免也。人之欲，以礼法制而寡之则可，绝而去之不能也。孔子以人情为田，故曰“道不远人”。人之为道而远人，不可以为道。人有耳目口体之性，孔子则为之五声五色五味以调和之；有男女之欲，则为之定夫妇，以礼乐文之，以婚娶节之，使无过不及，所谓修道之教也。譬如路焉，有木路，有石路，有砖路，有泥路，泥路则天然者也。若孔子修人之路，则礼有三统，尚忠、尚质、尚文，各视其时；尚黑、尚白、尚赤，各视其宜。《春秋》有三世，据乱、升平、太平，其运无所不包，今地球各国之理不能外，后此千百年亦不能外也。《礼运》有大同、小康之别，所谓万物并育而不相害，道并行而不相背。孔子因时权变，求适其宜，此犹木路、石路、砖路之等也。譬如夏葛冬裘，孔子无所不有，而行之视其时与地，苟非其时与地，则不可行也。不可行者，孔子不主也。至于人身之中，视听言动皆为之则，故视思明，听思聪，色思温，貌思恭，言思忠，事思敬；及夫头容直，视容肃，口容止，目容清明，一切言动起居，自天子至于庶人，无不一一为之法则，制为礼经，以为范围。所谓安国家，定社稷，利人民，存后嗣，别嫌疑，定是非，自冠婚丧祭乡相见朝觐会同，无不有制度。人官物曲，曲成不违，皆以为人之法守。若夫人事，又为之立命以安之，故曰“莫非命也，顺受其正”。孔子之为人道至矣。凡有血气，谁能免此，故曰“道不可须臾离也，可离非道也”；又曰“谁能出不由户，何莫由斯道也”。若人能不衣不食不屋不婚，则可出孔子之道之外矣。吾尝至印度，见婆罗门教人，其食有一搤米、半搤米，有过午不食，有一日不食，有三日不食，有七日不食，有十日不食，有一月不食者；有赤体涂身，下铺矢，上悬于十字架，夏日曝烈日中者，有卧于荆棘上遍体流血者，有烧指者，有自焚者。其居则坐于山岩，坐于树下，坐于渠下者。终身不婚嫁，则与僧同矣，若是则出孔子之道之外者矣。否则凡有衣食住婚嫁者，无论何教，皆不能出孔子之道之外也，而欲攻孔子，是自攻也。若今之所谓孔子者，乃朱子耳。朱子之言穷理居敬，朱子之美也，惟不及养欲给求以尽人之性，则割孔子之地而偏安矣。今之议孔子者，议朱子耳，非孔子也。孔子圆通无碍，随时变通，无所不有，无可议者也。

今之新学，自欧美人归者，得外国一二学说，辄敢妄议孔子，岂知欧战之后，欧美人于边沁功利之说，克斯黎天演优胜劣败之论[①]，行之已极，徒得大战之祸，死人千余万，财力皆竭，于是自知前人学说之未善。各国博士乃求于孔子之道，觉其仁道切于人用，乃日渐尊崇之。若今克鲁泡金之言互助，非孔子之仁乎？仁以二人为仁，非互助而何？杜威言发表自性。孔子言尽其性，尽人之性。如阿柏格森言[②]，天只有□，非孔子言“天行健”乎？吾尝见严复之书札曰[③]：“观欧洲三百年之文明，只重物质，然所得不过杀人利己、寡廉鲜耻而已。回思孔子之道，真觉量同天地，泽被寰区，此非仆一人之私言，乃欧、美学者之公言也。”严又陵亦欧洲学者，翻译欧洲学说甚多，且旧归心基督教者，然晚年其论如此。又近有通博之学者，久游欧洲，昔甚反攻孔子，今亦改而尊从孔子，亦可知真理之不可破矣。欧洲之富强在其物质，近世科学日精，文明日盛，机器之用三十倍于手工，近发明电化，倍数更不可思议。吾国长于形上之学，而缺形下之学，科学不讲，物质不修，故至贫弱，不能富强。今应采欧、美之物质，讲求科学，以补吾国之短。若夫道德教化，乃吾所固有，宜力保之，万不可自弃之。愿诸君无惑于异说，毋入于歧途，外求欧美之科学，内保国粹之孔教，力行孔子之道，修身立志以为天下国家之用，鄙人不胜厚望焉。

鄙人有望于学生者五：一曰博学。吾以为吾人生于地上，凡古今万国之学问，皆应通之。凡全地之山川草木鸟兽百产，皆应识而

---

① 边沁（1748—1832），英国思想家、经济学家，功利主义哲学的创立者。著有《道德与立法原理》等。克斯黎：今通译赫胥黎（1825—1895），英国科学家，进化主义论者，著有《进化论与伦理学》等。

② 阿柏格森：即柏格森（1859—1941），法国哲学家，生命哲学代表人物。著有《创造进化论》等。

③ 严复（1854—1921）：字又陵，近代翻译家、学者，翻译了许多西方学术著作。

受用之；凡诸天之日月星辰，皆应识而交通之。古人谓通天地人之谓儒，以一物不知为耻，吾则谓弃天与万物则不取，是暴殄天物，犹陶朱、猗顿之子[①]，其家百宝皆备，然乃不知，发狂行乞，岂不可笑哉！

二曰行仁。天以才力聪明赋于诸君，得以为学，是天之格外优待诸君也。凡民悉同胞，其有愚昧颠连困苦，皆吾兄弟之无告者。天使先知觉后知，使先觉觉后觉，使长兄抚幼弟。故天下有溺者，犹己溺之；天下有饥者，犹己饥之。匹夫不得其所，若己推而纳之。沟中学者，尝有此仁心，然后能为圣贤豪杰，所谓“舜何人也，予何人也”，有为者亦若是。

三曰专门。今大地百国学问甚多，诚非一人所能尽，故分门别类，各因其性之所近，专学一门。今欧洲史学，昔以百年分一人专习者，今改为五十年矣；欧人求如彼十八九纪之李封、黑智儿、斯宾塞等[②]，已为过去不可问之事。故诸生必当专一业之中，以求精求博，以之成学为乐，以之立身成名，以之养家益国。

四曰常识。凡今学人，虽不能博学，而必当有常识。凡地上各国通行之天文地理，通行之政教礼俗，通行之卫生立身，通行之书画文词，必当解之。古所谓“不学诗，无以言；不学礼，无以立”，诗礼，即古人之常识也。无常识则无以言，无以立，不能比于古人。如欧美人非人人大过人，惟常识则无不有之。吾中国人则乏此常识，故小之则见□，大之则不能为用也。

五曰乐学。人生必有类，各有所乐其类。乐施之声色赌酒，则入于下愚，或流于兽类，则民斯为下，不止不能成学，其或荡家失身，且父不以为子，妻不以为夫，弟不以为兄焉；终身落拓，乡党不耻，辱莫大焉。若能崇类于学业，好之无味，则日孳孳不倦，且中心入焉而相忘，因且因而得乐。孔子曰：“知之者，不如好之者；好之者，不如乐之者。”乐之者，执业把卷，如好好色，身心快愉，

① 陶朱（公）、猗顿：均为古代富商。
② 黑智儿：即黑格尔。

若庄子之言承蜩、轮扁、庖丁然[①]。人必如是，而后能成学成名。若勉强为之，借为求富贵利达之具，则入必不深，业必不成，即成亦欺人耳。与其求于外之富贵利达、声色赌酒而以为乐，何如求之于内，而以己之学业为乐，不厌不倦，其味无穷，学而时习，不亦说乎？诸君勤勤待鄙人，用以为报，愿垂采鄙人此言。

（1923年11月15日）

① 承蜩、轮扁、庖丁：均为《庄子》寓言（痀偻承蜩、轮扁斫轮、庖丁解牛）中的人物，分别出自《达生》、《天道》、《养生堂》。

上清帝第一书[1]

奏为国势危蹙，祖陵奇变，请下诏罪己，及时图治，恭折仰祈圣鉴事：

臣闻言事有越职之禁者，所以定名分也；辟门有传言之典者，所以采刍荛也。定分以靖臣下之心，采言以通天下之气。臣猥荷天慈，蒙被荫典，入监读书，虽复疏贱，然自祖父世受国恩，区区之私，常怀报称。窃见方今外夷交迫，自琉球灭、安南失、缅甸亡，羽翼尽翦，将及腹心。比者日谋高丽，而伺吉林于东；英启藏卫，而窥川、滇于西；俄筑铁路于北，而迫盛京；法煽乱民于南，以取滇、粤；教民、会党遍江楚河陇间，将乱于内。臣到京师来，见兵弱财穷，节颓俗败，纪纲散乱，人情偷惰，上兴土木之工，下习宴游之乐，晏安欢娱，若贺太平。顷河决久不塞，兖豫之民，荡析愁苦，沿江淮间，地多苦旱，广东大水，京师大风，拔木百馀，甚至地震山倾，皆未有之大灾也。

而尤可骇痛者，奉天大水，山涌川溢，淹州县十馀；甚至冲及永陵山谷，哆圮坍拆，凡十八山，形势全改。今上海新报馆绘图募赈，遍传各省。伏念永陵为我朝发祥之地，岸谷告变，震动非常，以为皇太后、皇上闻此奇变，必悚惶震悼，戒励群臣，痛哭戒誓。乃伏处下风，未闻有恐惧责躬、求言恤民之特诏；亲臣重臣，卿贰台谏，受国厚恩，亦未闻有直言极谏、痛哭入告之封章。内而侍臣，外而藩僚，不闻一言；下而部寺司员，亦不闻一言。上下内

---

① 光绪十四年（1888）五月，康有为赴京应顺天乡试不第，随后游历京师。十一月上书清帝请求变法，但未能上达。

外，咸知天时人事，危乱将至，而畏惮忌讳，箝口结舌，坐视莫敢发，臣所为忧愤迫切，瞻望宫阙而惓惓痛哭也。

伏读世祖章皇帝圣训曰："近来条奏，多系细务，未见有规切朕躬者。朕一日万几，岂无未合天意、未顺人心之事？良由诸臣畏惮忌讳，不敢进谏耳。朕虽不德，于古帝王纳言容直，每怀欣慕。朕躬如有过失，诸臣须直谏无隐，言之过戆，亦不谴责。钦此。"此真开国圣人省身求言之极则也。

伏惟皇太后、皇上聪听彝训，乐闻谠言，臣窃慕汉、宋时大学生刘陶、陈亮有上书之义；近咸、同时，监生周同穀、贡生黎庶昌递折言事，荷蒙列圣嘉纳，故敢不避斧钺之诛，披沥血诚，忘其僭越，为我皇太后、皇上陈之。

窃维国事蹙迫，在危急存亡之间，未有若今日之可忧也。方今中外晏然，上下熙熙，臣独以为忧危，必以为非狂则愚也。夫人有大疠恶疾不足为患，惟视若无病，而百脉俱败，病中骨髓，此扁鹊、秦缓所望而大惧也。自古为国患者，内则权臣女谒，外则强藩大盗而已。今皇太后、皇上端拱在上，政体清明，内无权臣女谒阉寺之弄柄，外无强藩大盗之发难，宫府一体，中外安肃，宋、明承平时所无也，臣独汲汲私忧者何哉？诚以自古立国，未有四邻皆强敌，不自强政治而能晏然保全者也。

近者洋人智学之兴，器艺之奇，地利之辟，日新月异。今海外略地已竟，合而伺我，真非常之变局也。日本虽小，然其君臣自改纪后，日夜谋我，内治兵饷，外购铁舰，大小已三十艘，将翦朝鲜而窥我边。俄筑铁路，前岁十月已到浩罕，今三路分筑，二三年内可至珲春，从其彼德罗堡都城运兵炮来[①]，九日可至，则我盛京国本，祸不旋踵。英之得缅甸，一日而举之，与我滇为界矣，滇五金之矿，垂涎久矣；其窥藏卫也，在道光十九年已阴图其地，至今乃作衅焉。法既得越南，开铁路以通商，设教堂以诱众，渐得越南之

---

① 彼德罗堡：即圣彼得堡，下文盛京，即今沈阳。

人心，又多使神父煽诱我民，今遍滇、粤间，皆从天主教者，其地百里，无一蒙学，识字者寡，决事以巫，有司既不教民，法人因而诱之。又滇、越、暹罗间，有老挝、万象诸小国，及猓苗诸种，法人日煽之，比闻诸夷合尊法神父为总统焉。法与英仇，畏英属地之多也，近亦遍觅外府，攻马达加斯加而不得，取埃及而不能，乃专力越南以窥中国。数年之后，经营稍定，以诸夷数十万，与我从教之民，内外并起，分两路以寇滇、粤，别以舟师扰我海疆，入我长江，江楚教民从焉，不审何以御之？

夫敌国并立，无日不训讨军实而虞敌之至也。迩者德法之争，十三日失和，十七日德以兵二十四万渡礼吴河而压法境矣[①]。兵势之速如此。而我兵不素练，器不素备，急乃徐购募以应之，虽使廉颇、韩信为将，庸有幸乎？又美人逐我华工，英属澳大利亚随之，将来南洋诸岛纷纷效尤，我民出洋者千数百万，中国漏卮于洋货久矣，稍借此补其尾闾，若不保护，还无所业，必为盗贼，金田之役，将复起矣。

昔甲申之事，法仅以一二舟师惊我海疆，我沿海设防，内外震动，皇太后、皇上宵旰忧劳，召问诸臣，一无所措，乃旁皇募兵购炮，所费数千万计，而安南坐失矣。且是时犹有左宗棠、彭玉麟、杨岳斌、鲍超、冯子材、曾国荃、岑毓英、刘锦堂、王德榜等，皆知兵宿将，布列边外，其余偏裨亦多百战之馀，然已兵威不振，人心畏怯如是。今则二三宿将重臣渐皆凋谢，其余旧将皆已耄老，数年后率已尽，即偏裨之曾列戎行者亦寡，而强邻四逼于外，教民蓄乱于内，一旦有变，其何以支？我既弱极，则德、奥、意、丹、葡、日诸国亦狡焉思启。累卵之危，岂有过此，臣所为日夜忧惧也。

窃观内外人情，皆酣嬉偷惰，苟安旦夕，上下拱手，游宴从容，事无大小，无一能举。有心者叹息而无所为计，无耻者嗜利而借以营私；大厦将倾而处堂为安，积火将然而寝薪为乐，所谓安其

---

① 礼吴河：即通译莱茵河。

危而利其灾者。譬彼病痿，卧不能起，身手麻木，举动不属；非徒痿也，又感风痰，百窍迷塞，内溃外入，朝不保夕，此臣所谓百脉败溃，病中骨髓，却望而大忧者也。今兵则水陆不练，财则公私匮竭；官不择才而上且鬻官，学不教士而下患无学，此数者，人皆忧之痛恨焉，而未以为大忧者也。

夫先王之治，于理财至精也。《周礼》：三农生九谷，园圃毓草木，虞衡作山泽之材，薮牧养蕃鸟兽，又有草人、稻人化土宜焉。善乎《礼记》之言曰："无旷土，无游民，食节事时，乐事劝功，尊君亲上。"《管子》曰："慎民在举贤，慎富在务地。"夫有土此有财，而以政事纬之。地利既辟，于是通商惠工，敬教劝学，授材任能，岂有以中国地方万里之大，人民四万万之众，物产二十六万种之多，而患贫弱哉？故臣皆不以为大忧也。臣所大忧者，患我皇太后、皇上无欲治之心而已。

伏惟皇太后、皇上敬天勤民，法祖宗，用耆旧，圣德之美逾越今古，臣敢以为无欲治之心，何也？窃见与强夷和后，苟幸无事，朝廷晏安，言路闭塞，纪纲日隳。顷奇灾异变，大告警厉，天心之爱至矣，不闻有怵惕修省之事，上答天心。又古者灾异策免三公，枢臣实秉国钧，亦无战兢之意，未闻上疏引罪，请自免谢，泄泄如是。而徒见万寿山、昆明湖土木不息，凌寒戒旦，驰驱乐游，电灯、火车奇技淫巧，输入大内而已。天下将以为皇太后、皇上拂天变而不畏，蓄大乱而不知，忘祖宗艰大之托，国家神器之重矣。天命无常，而民穷难保，栋折榱坏，谁则能免？臣所为夙夜忧惧，不敢畏而自隐也。

伏惟皇太后、皇上恭俭忧勤，临政之日，不为浅矣，所以内修政事，外攘夷狄，雪列圣之仇耻，固万年之丕基，宜有在矣。乃事无寸效，而又境土日蹙，危乱将至者，何哉？以为所任非其人欤？则以皇太后、皇上之明，岂敢谓尽非其人；以为所由非其道欤？则以皇太后、皇上之圣，岂敢谓尽非其道。而遂以致此者，得毋皇太后、皇上志向未坚，无欲治之心故耶？今天下所忧患者，曰兵则水陆不练，财则公私匮竭，官不择材而上且鬻官，学不教士而下皆无学。臣虽痛恨之，皆未以为大患，独患我皇太后、皇上无欲治之心而已。夫诸苑及三山，暨圆明园行宫，皆列圣所经营也，自为英夷烧毁，础折瓦飞，化为砾石。不审乘舆临幸，目睹残破，圣心感动，有勃然奋怒、思报大仇者乎？若有此也，臣欲銮驭日临之也。然亦未闻有兴发耸动之政焉。天下则以为皇太后、皇上无欲治之心也。

以皇太后聪明神武，临政二十年，用人如不及，从善如流水。当同治初年，励精图治，起翁心存、李棠阶相机务于内，用曾国藩、左宗棠治戎事于外，李鸿章、沈葆桢、郭嵩焘、韩超并由道员擢受巡抚，刘蓉且以诸生超授抚藩，开诚心，布大度，孜孜求治，用能芟夷大盗而至中兴。臣每伏读穆宗毅皇帝圣训，未尝不感极起舞而至于流涕也。又光绪八九年，用人行政，赫然有兴作之意。臣窃谓皇太后、皇上有光明圣德，可与为尧、舜之治也；所以倦勤者，得无以励精已久，而致治无期耶？臣维同治初年，大乱甫定，上下肃雍，中外望治，譬大病新愈，补之自强，此中国图治第一机会也。然圣意勤勤，而未足振弱者，不变法故也。光绪八九年，宫廷赫然求治，士风大变，譬久病稍起，非更加医药，不能骤瘳，此中兴第二机会也。不幸法夷入寇，于是复蹶。得无有谗慝之口，间于左右，以为臣下能言者不周于用乎？夫人各有能有不能，通治者未必知兵。夫天下多才，不能以一人偾事，而尽疑天下之才。岂圣意以为尝图治矣，而辅相无人，因而渐怠耶？

生谓中遭事变，所以不竟厥施者，不慎选左右故也。如使皇太后、皇上忧危惕厉，震动人心，赫然愿治，但如同治、光绪初年之时，本已立则末自理，纲已举则目自张，风行草偃，臣下动色，治理之效，必随圣心之厚薄久暂而应之。臣所欲言者三，曰变成法、通下情、慎左右而已。

夫法者，皆祖宗之旧，敢轻言变者，非愚则妄。然今天下法弊极矣。六官万务所集也，卿贰多而无所责成，司员繁而不分委任，每日到堂，拱立画诺，文书数尺，高可隐身，有薪炭数斤之微，银钱分厘之琐，遍行数部者。卿贰既非专官，又多兼差，未能视其事由，劳苦已甚，况欲整顿哉？故虽贤智，亦皆束手，以为周公为今冢宰，孔子为今司寇，亦无能为。法弊至此，求治得乎？州县下民所待治也，兵、刑、赋、税、教、养合责于一人，一盗佚、一狱误、一钱用而被议矣。责之如是其重，而又选之极轻，以万余金而卖实缺焉；禄之极薄，以数百金而责养廉矣。其下既无周人虞、衡、牧、稻之官，又无汉人三老、啬夫之化，而求其教养吾民，何可得哉？以故外省奉行文书，皆欺饰以免罪；京朝委成胥吏，率借例以行奸。他若吏部以选贤才也，仍用签除；武举以为将帅也，乃试弓石；翰林以储公卿也，犹讲诗字；其他紊于法意而迂于治道，舛乱肴决，难遍以疏举。是以皇太后、皇上虽有求治之心，而无致治之效也。

今论治者，皆知其弊，然以为祖宗之法，莫之敢言变，岂不诚恭顺哉？然未深思国家治败之故也。今之法例，虽云承列圣之旧，实皆六朝、唐、宋、元、明之弊政也。我先帝抚有天下，不用满洲之法典，而采前明之遗制，不过因其俗而已，然则世祖章皇帝已变太祖、太宗之法矣。夫治国之有法，犹治病之有方也，病变则方亦变。若病既变而仍用旧方，可以增疾；时既变而仍用旧法，可以危国。董子曰："为政不和，解而更张之，乃可以理。"《吕览》曰："治国无法则乱，守而弗变则悖。"《易》曰："穷则变，变则通。"设今世祖章皇帝既定燕京，仍用八贝勒旧法分领天下，则我朝岂能一统久安至今日乎？故当今世而主守旧法者，不独不通古今之治法，亦失列圣治世之意也。

今之时局，前朝所有也，则宜仍之；若知为前朝所无有，则宜易新法以治之。夫治平世，与治敌国并立之世，固异矣。昔汉臣魏相专主奉行故事，宋臣李沆谓凡人士上利害[①]，一切不行，此宜于治平之世也；若孙叔敖改纪，管仲制国，苏绰立法[②]，此宜于敌国并立之世也。今但变六朝、唐、宋、元、明之弊政，而采周、汉之

---

① 李沆（947—1004），宋代大臣，官至参知政事。为官公正无私，反对当时盛行的密奏。

② 孙叔敖：春秋时楚国大臣。管仲：春秋时齐国大臣。苏绰：南北朝时期西魏大臣。

法意，即深得列圣之治术者也。皇太后、皇上知旧法之害，即知变法之利，于是酌古今之宜，求事理之实，变通尽利，裁制厥中。如欲采闻之，则农夫耕而君子食焉，臣愚愿尽言于后也。尤望妙选仁贤，及深通治术之士，与论治道，讲求变法之宜而次第行之。精神一变，岁月之间，纪纲已振；十年之内，富强可致；至二十年，久道化成，以恢属地而雪仇耻不难矣。

日本崎岖小岛，近者君臣变法兴治，十馀年间，百废俱举，南灭琉球，北辟虾夷，欧洲大国，睨而莫敢伺；况以中国地方之大，物产之盛，人民之众，二帝三王所传，礼治之美，列圣所缔构，人心之固，加以皇太后、皇上仁明之德，何弱不振哉？臣谓变法则治可立待也。今天下非不稍变旧法也，洋差、商局、学堂之设，开矿公司之事，电线、机器、轮船、铁舰之用，不睹其利，反以蔽奸。夫泰西行之而富强，中国行之而奸蠹，何哉？上体太尊而下情不达故也。君上之尊宜矣，然自督、抚、司、道、守、令乃下至民，如门堂十重，重重隔绝；浮图百级，级级难通。夫太尊则易蔽，易蔽则奸生，故办事不核实，以粉饰为工；疾苦不上闻，以摧抑为理。至于奸蠹丛生，则虽良法美意，反成巨害，不如不变之为愈矣。

今上下否塞极矣。譬患咽喉，饮食不下导，气血不上达，则身命可危。知其害而反之，在通之而已。古者君臣有坐论之礼，《大学》之美文王曰“与国人交”，《诗》曰：“呦呦鹿鸣，食野之苹，我有嘉宾，鼓瑟吹笙。”言恳诚发乎中，礼群臣若嘉宾，故群臣尽心。下情既亲，无不上达，则奸消弊缩，虽欲不治，何可得哉？通之之道，在霁威严之尊，去堂陛之隔，使臣下人人得尽其言于前，天下人人得献其才于上。周有土训、诵训之官，掌道地图、地慝、方志、方慝，汉有光禄大夫、太中大夫、议郎，专主言议。今若增设训议之官，召置天下耆贤，以抒下情，则皇太后、皇上高坐法宫之中，远洞万里之外，何奸不照，何法不立哉？以皇太后、皇上明目达聪，宜通下情久矣。然今犹壅噎底滞者，得无左右皆宦官宫妾壅塞聪明，而无学士大夫与论治耶？即有其人，亦皆谗谄面谀之人，而非骨鲠直亮之士耶？

不然，以圣德之茂，何未能日缉熙于光明也？

古者师傅以傅德义，史官以记言动，侍御仆从罔非正人，绳愆纠谬，格其非心，所以养之深而培之密者如此，故君德易成。暨于汉制，君臣犹亲，袁盎、汲黯入内燕见，而唾壶、虎子、执戟皆妙选良士，如东方朔、孔光、扬雄为之，犹有古义也。明年皇上大婚礼成，亲裁庶政，春秋鼎盛，宜慎声色之防；圣德日新，宜慎近习之选。所谓慎者，辨忠佞而已。伊尹曰："有言逆于心，必求诸道；有言逊于志，必求诸非道。"故承颜顺意者，佞臣也，弼违责难者，忠臣也；逢上以土木声色者，佞臣也，格君以侧身修行者，忠臣也；欺上以承平无事者，佞臣也，告上以灾危可忧者，忠臣也。《书》称"毋以侧媚，其惟吉士"；孔子称去谗贱货，所以修身。伏愿皇太后、皇上熟辨之，去谗慝而近忠良，妙选魁垒端方通知古今之士，日侍左右，兼预燕内，以资启沃，则德不期修而自修矣。皇上正一身以正百官，正百官以正万民，士节自奋，风俗自美，馀事何足为哉？

臣伏惟念祖宗辛苦经营，休养生息，有此天下，置之安危，在今日矣。今不筑金汤之业，而筑丹雘之宫；不游勋华之世，而游薮囿之内，臣窃为皇太后、皇上惜之。故从臣之言，及今亟图，犹为可治，俾朝廷益尊，宗社益固，令德神功，播闻后嗣。否则恐数年后，四夷逼于外，乱民作于内，于时乃欲为治，岂能待我十年教训乎？恐无及也。今皇太后、皇上即不自为计，独不为天下计乎？即不为天下计，独不为列祖列宗计乎？即幸而天命眷顾，仅能图存，设令敌人割我尺土寸地，皇太后、皇上何以对列祖列宗乎？《易》曰："其亡其亡，系于苞桑。"《孟子》曰："盘乐怠敖，是自求祸。"伏愿皇太后、皇上念列圣付托之重，答天心警示之勤，无忘庚申之变，震悼祖陵之灾，特下明诏，引咎罪己，誓戒群下，恐惧修省，求言图治，则宗庙幸甚，天下幸甚。

臣草野愚贱，罔识忌讳，竭露愚诚，干冒宸严，不胜战栗惶悚之至。伏惟皇太后、皇上圣鉴。谨禀。光绪十四年十一月初八日。

（1888 年 12 月 10 日）

上清帝第二书[①]

具呈举人康祖诒等，为安危大计，乞下明诏，行大赏罚，迁都练兵，变通新法，以塞和款而拒外夷，保疆土而延国命，呈请代奏事：

窃闻与日本议和，有割奉天沿边及台湾一省，补兵饷二万万两，及通商苏杭，听机器、洋货流行内地，免其厘税等款，此外尚有缴械、献俘、迁民之说。阅《上海新报》，天下震动，举国廷诤，都人惶骇。又闻台湾臣民不敢奉诏，思戴本朝，人心之固，斯诚列祖列宗及我皇上深仁厚泽，涵濡煦覆，数百年而得此。然伏下风数日，换约期迫矣，犹未闻明诏赫然峻拒日夷之求，严正议臣之罪。甘忍大辱，委弃其民，以列圣艰难缔搆而得之，一旦从容误听而弃之，如列祖列宗何？如天下臣民何？然推皇上孝治天下之心，岂忍上负宗庙，下弃其民哉！良由误于议臣之言，以谓京师为重，边省为轻，割地则都畿能保，不割则都畿震动，故苟从权宜，忍于割弃也。又以群义纷纭，虽力摈和议，而保全大局，终无把握，不若隐忍求和，犹苟延旦夕也。又以为和议成后，可十数年无事，如庚申以后也。左右贵近，论率如此。故盈廷之言，虽切而不入；议臣之说，虽辱而易行，所以甘于割地、弃民而不顾也。窃以为弃台民之事小，散天下民之事大；割地之事小，亡国之事大。社稷安危，在此一举。举人等栋折榱坏，同受倾压，故不避斧钺之诛，犯冒越之

---

① 光绪二十一年（1895）二月，康有为与梁启超等人京会试，闻政府签订丧权辱国的《马关条约》，联合十六省应试举子603人，于四月八日上书请愿，但被拒绝代呈。此即著名的《公车上书》。

罪，统筹大局，为我皇上陈之。

何以谓弃台民即散天下也？天下以为吾戴朝廷，而朝廷可弃台民，即可弃我；一旦有事，次第割弃，终难保为大清国之民矣。民心先离，将有见土崩瓦解之患。《春秋》书“梁亡”者，梁未亡也，谓自弃其民，同于亡也。故谓弃台民之事小，散天下民之事大。日本之于台湾，未加一矢，大言恫喝，全岛已割。诸夷以中国之易欺也，法人将问滇、桂，英人将问藏、粤，俄人将问新疆，德、奥、意、日、葡、荷皆狡焉思启。有一不与，皆日本也，都畿必惊。若皆应所求，则自啖其肉，手足腹心，应时尽矣；仅存元首，岂能生存？且行省已尽，何以为都畿也？故谓割地之事小，亡国之事大。此理至浅，童愚可知，而以议臣老成，乃谓割地以保都畿，此敢于欺皇上、愚天下也，此中国所痛哭，日本所阴喜，而诸夷所窃笑者也。

诸夷知吾专以保都畿为事，皆将阳为恐吓都畿，而阴窥边省，其来必速。日本所为日日扬言攻都城，而卒无一炮震于大沽者，盖深得吾情也。恐诸国之速以日本为师也，是我以割地而鼓舞其来也。皇上试召主割地议和之臣，以此诘之，度诸臣必不敢保他夷之不来，而都畿之不震也，则今之议割地、弃民何为乎？皇上亦可以翻然独断矣。或以为庚申和后，乃有甲申之役，二十年中可图自强，今虽割弃，徐图补救。此又敢以美言欺皇上、卖天下者也。

夫治天下者势也，可静而不可动，如箭之在栝，如马之在埒，如决堰陂之水，如运高山之石，稍有发动，不可禁压。当其无事，相视莫敢发难；当其更变，朽株尽可为患。昔者辛巳以前，吾属国无恙也，自日本灭琉球，吾不敢问，于是法取越南，英灭缅甸，朝鲜通商，而暹罗半翦，不过三四年间，而吾属国尽矣。甲午以前，吾内地无恙也，今东边及台湾一割，法规滇、桂，英规滇、粤及西藏，俄规新疆及吉林、黑龙江，必接踵而来，岂肯迟迟以礼让为国哉？况数十国之逐逐于后乎？譬大病后，元气既弱，外邪易侵，变症百作，岂与同治之时，吾国势犹盛，外夷窥伺情形未洽比哉？且民心既解，散勇无归，外患内讧，祸在旦夕。而欲苟借和款，求安目前，亡无日矣，今乃始基耳。症脉俱见，不待卢扁[①]。此举人等所为日夜忧惧，不惮僭越而谋及大计也。

夫言战者，固结民心，力筹大局，可以图存；言和者，解散民礼，鼓舞夷心，更速其亡。以皇上圣明，反覆讲辩，孰利孰害，孰得孰失，必当独断圣衷，翻然变计者。不揣狂愚，统筹大计，近之为可和可战，而必不致割地弃民之策；远之为可富可强，而断无敌国外患之来。伏乞皇上下诏鼓天下之气，迁都定天下之本，练兵强天下之势，变法成天下之治而已。

何谓鼓天下之气也？天下之为物，譬犹器也，用其新而弃其陈，病乃不存。水积为淤，流则不腐；户闭必坏，枢则不蠹。炮烧则晶莹，久置则生锈；体动则强健，久卧则委弱。况天下大器日摩洗振刮，犹恐尘垢；置而不用，坏废放失，日趋于弊而已。今中国人民咸怀忠义之心，非不可用也。而将吏贪懦，兵士怯弱，乃至闻风哗溃，驯至辱国请和者，得无皇上未有以鼓其气耶？是有四万万之民而不善用之也。

伏念世祖章皇帝手定天下，开创之圣人也，而顺治十八年中，责躬之诏屡下；穆宗毅皇帝手定艰难，中兴之盛功也，而同治元、二年开罪己之诏至切。天下臣民，伏读感泣，踊跃奋发，然后知列圣创定之功所由来也。《传》谓：“禹、汤罪己，兴也勃焉。”唐臣陆贽谓：“以言感人，所感已浅，言犹不善，人谁肯怀？”今日本内犯，震我盛京，执事不力，丧师失地，几惊陵寝，列圣怨恫。皇上为人子孙，岂无有震动厥心者乎？然于今经年，未闻有罪己之诏，责躬咎厉，此枢臣辅导之罪，宜天下之有望于皇上也。伏乞皇上近法列圣，远法禹、汤，时下明诏，责躬罪己，深痛切至，激厉天下，同雪国耻。使忠臣义士读之而流涕愤发，骄将懦卒读之而感愧忸怩，士气耸动，慷慨效死，人怀怒心，如报私仇。然后皇上用其方新之气，奔走驰驱，可使赴汤蹈火，而岂有闻风哗溃者哉？此列

---

① 卢扁：即扁鹊，因其家在卢国，故称。

圣善用其民之成效也。故罪己之诏宜下也。

皇上既赫然罪己，则凡辅佐不职、养成溃痈、蔽惑圣聪、主和辱国之枢臣，战阵不力、闻风逃溃、克扣军饷、丧师失地之将帅，与夫擅许割地、辱国通款之使臣，调度非人、守御无备之疆吏，或明正典刑以寒其胆，或轻予褫革以蔽其辜，诏告天下，暴扬罪状。其余大僚尸位、无补时艰者，咸令自陈，无妨贤路。庶几朝廷肃然，海内吐气，忭颂圣明，愿报国耻。此明罚之诏宜下也。

大奸既黜，典刑既正，然后悬赏功之格，为不次之擢。将帅若宋庆、依克唐阿，疆吏若张之洞、李秉衡，谅山旧功若冯子材，皆有天下之望，宜有以旌之，或内综枢柄，或外典畿疆，以鼓舞天下。夫循资格者，可以得庸谨，不可以得异材；用耆老者，可以为守常，不可以为济变。不敢言远者，请以近事言之。当同治初年，沈葆桢、李鸿章、韩超皆以道员擢为巡抚，阎敬铭则由臬司擢抚山东，左宗棠则以举人部员赏三品卿，督办军务，刘蓉且以诸生擢四川藩司，逾月授陕西巡抚，用能各展材能，克佐中兴。若汉武帝之用才，明太祖之任吏，皆用不次之拔擢，不测之刑威，用能奔走人才，克成功业。伏读世祖章皇帝圣训，屡诏举天下之才，下至山林隐逸，举贡生监，佐贰杂职，皆引见擢用。此诚圣主鼓舞天下之盛心也。今日变甚急，天下未为乏才，而未闻明诏有求才之举，似非所以应非常之变也。夫有非常之事变，即有非常之才应之。同治中兴之臣，率多草泽之士。宋臣苏轼谓："智名勇功之人，必有以养之。"伏乞诏下九卿、翰詹、科道、督抚、两司，各举所知，不论已仕未仕，引见擢用，随才器使。昔汉高之于樊哙，每胜增其爵级；其于韩信，一见即拜大将。凡有高材，不次拔擢，天下之士，既怀国耻，又感知遇，必咸致死力以报皇上。故求才之诏宜下也。

夫人主所以驾驭天下者，爵赏、刑罚也。赏罚不行，则无以作士气；赏罚颠倒，则必至离民心。今闻日本要我以释丧师之将，是欲以散众志而激民变也。苟三诏既下，赏罚得当，士气咸伸，天下必距跃鼓舞，奔走动容，以赴国家之急。所谓下诏鼓天下之气者，此也。

何谓定天下之本也？自古都畿，皆凭险阻。自非周公盛德，不敢以洛邑为都，故娄敬挽辂，汉祖移驾；宋汴梁无险，致敌长驱，徽、钦之辱，非独失德使然也。方今旅顺已失，威海既隳，险阻无有，京师孤立。近自北塘、芦台、神堂、涧河，远自山海、抚宁、昌黎、乐亭、清河、蚕沙，处处可入，无以为防守之计。此次和议即成，而诸夷窥伺，皆可扬帆而达津、沽。《易》曰：“王公设险，以守其国。”险既失矣，国何可守？故今日大计，必在迁都。

请以前事言之。我朝当道光之时，天下全盛，林则徐督粤，邓廷桢督闽，叠败英酋朴鼎查、额尔金之兵；而移师天津，即开五口，而偿二千万矣。其后道光二十九年，咸丰六年，咸丰八年，皆始战终和，借京师以为要挟，诸口益开，巨款累偿。暨庚申之变，我文宗显皇帝至为热河之狩，焚烧御园，震惊宗庙。至今万寿山营缮虽新，余烬尚在。由是洋人掉臂都畿，知吾虚实。此事非远，皆诸臣所目击，前车易鉴者也。寻五十年来，吾大臣用事及清流进议者，不深维终始，高谈战事；及震动津、沽，宫廷惶骇，则必以战无把握，输款求和。于是尸位无耻之流，累借和议以容身。朝廷虽深知主战之直，必不见从；亦明知议和之非，俯徇所请。盖实患既至，非复空言所能抵塞。故外夷所累借以胁制者，皆以吾京师近海之故。彼虽小衄，无求不得；吾虽大胜，终必请和，亦既彰明较著矣。用事者既不早为自强之谋，又不预作迁都之计，夷衅既开，虚憍空谈，相与言战；乃稍败衄，震动畏缩，苟幸得和，乃至割根本之地、弃千万之民而亦为之，其不智而失计亦甚矣！

以今事言之，吾所以忍割地弃民者，为保都畿、安乘舆也。微论将来外夷继轨，都畿终不能保，乘舆终必致惊，而以区区十里之城，弃千里之地、十兆之民以易之，甚非策也。以后事料之，诸夷知我之专保都畿也，咸借端开衅，阳攻都畿以索边省，我必将尽割沿边十余省以保都畿，是弃天下万里之地、数万万之民，以易区区之都城也。夫王者有都以治天下耳，岂有割天下以保都城而恃为至计哉？

以五十年来前后今事考之，吾之款和输割，皆为都畿边海之故，其事易征，其理易明。昔者苟能自强，虽不迁都，犹可立国；今日虽欲自强，而外夷连轨，计不及待。故非迁都，智者无所骋其谋，勇者无所竭其力，必将坐困胁割尽而后已。夫以一都城之故而亡其国，岂不痛哉！故今日犹言不迁都者，非至愚病狂，则甘心鬻国。大臣既不能预鉴于前而至辱国，又不补救于后，必至丧邦。皇上圣明，试以诘难诸臣，当无从置喙；或下群臣集议，当亦从同。而后宸衷独断，定议迁都，以安宗庙而保疆土，无逾于此。

或谓我能往，寇亦能往；我迁都以避，寇深入以争。自古迁都之谋，皆遂为偏安之计，此明臣于谦所以力争，而庚申所以止议也。不知古今异形，今昔殊势。外夷政由议院，爱惜民命，用兵甚慎，不敢深入，与古不同；今日本用兵，已可概见。我即迁都，可以力战，虽沿边糜烂，而朝廷深固，不为震慑，即无所胁制，主和者无所容其身，主战者得以激其气。岂不鉴于五十年事，而尚以为孤注哉？独不畏徽、钦之辱乎？

或谓国君有死社稷之义，此尤不达经义之訾也。夫国君者，诸侯之谓，以社稷受之天子，当死守之；犹今地方有司，有城池之责比耳。若天子以天下为家，四方皆可建都立社，何一城之为？明庄烈帝既为迂儒所误，明社遂屋，岂可复以此误我国家哉！且一朝而有数都，自古为然，商七迁，周营三邑，汉室二京，唐世两都。及明祖定鼎金陵，永乐乃迁燕蓟，以太子留守南京，宫殿官僚，悉仍旧制，择有司扈从行在，庙社官署，随时增修，永分两京，可以为法。若夫建都之地，北出热河、辽沈，则更迫强敌，南入汴梁、金梁，则非控天险；入蜀则太深，都晋则太近。天府之腴，崤函之固，莫如秦中。近虽水利不开，漕运难至，然都畿既建，百货自归，若借机器、督散军，亦何水利之不开哉？

夫京都建自辽、金，大于元、明，迄今千年，精华殆尽。近岁西山崩裂，屡年大水，城垣隳圮，闾阎房屋，倾坏无数。甚者太和正门、祈年法殿无故而灾，疑其地气当已泄尽。王者顺天，革故鼎新，当应天命，谓宜舍燕蓟之旧京，宅长安为行在。然人情乐于守常，难于移动，以盘庚迁殷，诚谕至烦“三诰”；以魏文迁洛，世臣犹有违言。盖世臣大家，辎重繁多，迁徙不易，听其恋（变）旧，庶免阻挠。自非大有为之君，不易破寻常之论。魏文南征，永乐北伐，皆借巡幸留而作都。皇上既讲明利害，远之防诸夷之联镳，近之距日本之胁制，急断乃成，亟法汉高，即日移驾，奉皇太后巡于陕西。六龙西幸，万人欢庆。幸当讲和之时，民心稍静，择亲藩之望重者，留守旧京；车驾从容西狩，择百司扈从，以重兵拥卫，必不虑宵小生心。日人虽欲轻兵相袭，数日乃抵津、沽，而我大（军）云集都畿，犹可一战，彼岂敢深入内地，飞越四天门、潼关之险哉？然后扼守函、潼，奠定丰、镐，建为行在，权宜营置，激厉天下，妙选将才，总屯重兵，以二万万之费改充军饷，示之以虽百战百败，沿海糜烂，必不为和。日本既失胁制之术，即破旧京，不足轻重，必不来攻，都城可保；或俯就驾驭，不必割地，和议亦成。即使不成，可以言战矣。故谓迁都以定天下之本者，此也。

何谓强天下之势也？凡两物相交，必有外患。兽有爪牙之卫，人有甲胄之蔽。列国並立，兵者，国之甲胄也。昔战国之世，魏有武卒，齐有轻骑，秦有武士。楚庄投袂，屦及剑及，即日伐宋。盖诸国并骋，无日不训讨军实，国乃可立。今环地球五十余国，而泰西争雄，皆以民为兵，大国练兵至百余万，选兵先以医生视其强弱，乃入学堂学习布阵、骑击、测量、绘图；其阵法、营垒、器械、枪炮，日夕讲求，确有程度；操练如真战，平居如临敌，所由雄视海内也。日本步武其后，遂来侮我。而我犹守大一统之旧制以待之，不训兵备，至有割地款和之事。今日氛未已，不及精练，然能将卒相知，共其甘苦，器械精利，壮其胆气，亦可自用，选将购械，犹可成军。

夫用兵者，用其气也。老将富贵已足，无所愿望，或声色销铄，精气竭衰，暮气已深，万不能战。即或效忠，一死而已，丧师辱国，不可救矣。近者杨芳失律于粤城，鲍超骄蹇于西蜀，令彼再如为兵时跳身坐炮眼上，岂可得哉？此赵惠王所以致疑于廉颇，光武所以不用马援也。伏读圣祖仁皇帝圣训，亦以老将气衰不能用，此真圣人之远谟也。惟少年强力，贱卒怀赏，故敢万死以求一生。故选将之道，贵新不贵陈，用贱不用贵。且外夷战备日新，老将多恃旧效，昧于改图，故致无功。今请更练重兵，以待敌变。都畿根本至重，必有忠勇谋略、下士爱民之督抚，如李秉衡之流者，专督畿辅之军，假令便宜，令其密选将才十人，不拘资格，各练十营，日夜训练，厉以忠义，激以国耻，择其精悍，优其饷糈，以为选锋。既有李克用之义儿，李成梁之家丁，缓急可恃，得此五万，都畿可守。再有将才，可以续练。前敌之宋庆、魏光焘、李光久，宿将之冯子材，并一时人望，可咨以将才，假以便宜，悉用选锋，厉以仇耻。沿边疆臣，亦宜选振作有为之人，不宜用衰老资格之旧，各选将才，各练精兵万人。并饬绅士各自团练，遇有警迫，坚壁清野；并请敕下群臣，外至守令，传谕绅士，有忠义沉毅慷慨知兵之士，不拘资格，悉令荐举，引见拔用，或交关内外军差遣。各县草泽中，皆有魁梧任气忠义谋略之士，责令州县各荐一人，拔十得一，才不可胜用，必有干城之选，足应国家之急者。是谓选将。

《管子》谓："器械不精，以卒予敌。"外夷讲求枪炮，制作日新。枪则德有得来斯枪、毛瑟枪，法有沙士钵枪，英有亨利马梯尼枪，美有哈乞开司枪、林明敦枪、秘薄马地尼枪，俄有俾尔达奴枪，而近者英之黎姆斯枪为尤精。炮自克虏伯炮、嘉立炮外，近有毒烟开花炮、空气黄药大炮，以及暗炮台、水底自行船、机器飞车、御敌戎衣、测量炮子表，巧制日新。日本步武泰西，亦能自制新器，曰苗也理枪。而我中国未能创制，只购旧式，经办委员不解制造，于坚轻远准速无所谙晓，或以旧枪改充毛瑟，贪其价廉，乃不可用，其中饱者益无论。闻近来所购者，多暹罗废枪，香港以二两八钱购得，而中国以十二两购之。查同治十三年，德之攻法，每分时枪十余响。光绪三年，俄之攻土，枪三十余响。至日之犯我，枪乃六十余响。我师溃败，虽将士不力，亦器械不精，故胆气不壮，有以致之。故吾非悬重赏以厉新制，不足取胜。今不及办，宜选精于制造、操守廉洁之士，专购英黎姆斯枪十数万，以备前敌，并广购毒烟空气之炮、御敌之衣，庶器械精利，有恃无恐。是谓购械。

又我南洋诸岛民四百万，虽久商异域，咸戴本朝。以丧师割地为外夷姗笑，其怀愤怒过于内地之民。其人富实，巨万之资以数千计，通达外情，咸思内归中国，团成一军，以雪国耻，特去天万里，无路自通。若派殷商，密令举办，派公忠智略通达商情之大臣领之，或防都畿，或攻前敌，并令联通外国，助攻日本，或有奇功。所谓练兵以强天下之本者，此也。

然凡上所陈，皆权宜应敌之谋，非立国自强之策也。伏念国朝法度，因沿明制，数百年矣。物久则废，器久则坏，法久则弊。官制则冗散万数，甚且鬻及监司，教之无本，选之无择，故营私交赂，欺饰成风，而少忠信之吏。学校则教及词章诗字，寡能讲求圣道，用非所学，学非所用，故空疏愚陋，谬种相传，而少才智之人。兵则绿营老弱，而募勇皆乌合之徒。农则地利未开，而工商无制造之业。其他凡百积弊，难以遍举。而外国奇技淫巧，流行内地，民日穷匮，乞丐遍地，群盗满山，即无外衅，精华已竭，将有他变。方今当数十国之觊觎，值四千年之变局，盛暑已至而不释重裘，病症已变而犹用旧方，未有不暍死而重危者也。

窃以为今之为治，当以开创之势治天下，不当以守成之势治天下；当以列国并立之势治天下，不当以一统垂裳之势治天下。盖开创则更新百度，守成则率由旧章。列国并立，则争雄角智；一统垂裳，则拱手无为。言率由则外变相迫，必至不守不成；言无为而诸国交争，必至四分五裂。《易》曰："穷则变，变则通。"董仲舒曰："为政不调，甚者更张，乃可谓理。"若谓祖宗之法不可变，则我世祖章皇帝何尝不变太宗文皇帝之法哉？若使仍以八贝勒旧法为治，则我圣清岂能久安长治乎？不变法而割祖宗之疆土，驯至于亡，与变法而光宗庙之威灵，可以大强，孰轻孰重，孰得孰失，必能辨之者。不揣狂愚，窃为皇上筹自强之策，计万世之安，非变通旧法，无以为治。

变之之法，富国为先。户部岁入银七千万，常岁亦已患贫。大农仰屋，罗掘无术，鬻官税赌，亦忍耻为之，而所得无几；然且旱潦河灾，船炮巨帑，皆不能举。闻日本索偿二万万，是使我臣民上下三岁不食乃能给之；若借洋债，合以利息扣折，百年亦无偿理，是自毙之道也。与其以二万万偿日本，何如以二万万外修战备，内变法度哉？

夫富国之法有六：曰钞法，曰铁路，曰机器轮舟，曰开矿，曰铸银，曰邮政。

今奇穷之余，急筹巨款，而可以聚举国之财，收举国之利，莫如钞法。今天下银号报明赀本，皆存现银于户部及各省藩库，户部用精工制钞，自一至百，量其多少，皆给现银之数，而加其半，许供赋税禄饷。其大者户部皆助赀本，其亏者户部皆代摊偿，助其流通，昭彰大信。巨商乐借国力，富户不患倒亏。以十八行省计之，可得万万。既有官银行，上下相通，若有铁路、船厂大工，可以代筹；军务、赈务要需，可以立办。国家借款，不须重息中饱；外国汇款，无须关票作押。公款寄存，可有入息；钞票通行，可扩商务。今各省皆有银票钱票，而作伪万种，利不归公，何如官中为之，骤可富国哉？此钞票宜行一。

可缩万里为咫尺，合旬月于昼夜，便于运兵，便于运械，便于赈荒，便于漕运，便于百司走集，便于庶士通学，便于商贾运货，便于负担谋生，便于通言语、一风俗，有此数便，不费国帑而可更得数千万者，莫如铁路。夫铁路之利，天下皆知。山海关外，久已兴筑，今方运兵，其效已见。所未推行直省者，以费巨难筹耳。若一付于民，出费给牌，听其分筑，官选通于铁路工程者，画定行省郡县官路，明定章程，为之弹压保护，凡军务、运兵、运械、赈荒，皆归官用，酌道里远近，人数繁寡，收其牌费。吾民集款，力自能举，无使外国收我利权。天下铁路牌费，西人计之，以为可得七千万，且可移民出于边塞，而荒地辟为腴壤，商货溢于境外，而穷闾化为富民。俄人珲春铁路将成，边患更迫。但为防边，已当亟筑，况可得巨款哉？且可裁漕运，而省千万之需；去驿铺，而溢三百万之项。此铁路宜行二。

机器厂可兴作业，小轮舟可便利通达。今各省皆为厉禁，致吾技艺不能日新，制作不能日富，机器不能日精，用器兵器，皆多窳败，徒使洋货流行，而禁吾民制造，是自蹙其国也。官中作厂，率多偷减，敷衍欺饰，难望致精，则吾军械安有起色？德之克虏伯，英之黎姆斯，著于海内，为国大用，皆民厂也。宜纵民为之，并加保护。凡作机器厂者，出费领牌，听其创造。轮舟之利，与铁路同，官民商贾，交收其益。亦宜纵民行之，出费领牌，听其拖驶，可得巨款。此机器轮舟宜行三。

《周官》“丱人”，汉代铁官，开矿之法久矣。美人以开金银之矿富甲四海，英人以开煤铁之矿雄视五洲。其余各国开矿，均富十倍。而藏富于地，中国为最，如云南铜、锡，山西、贵州煤、铁，湖、广、江西铜、铁、铅、锡、煤，山东、湖北铅，四川铜、铅、煤、铁，其最著者，亘古封禁，留待今日。方今国计日蹙，虽极节俭，岂能济此艰难哉？家有重宝，而仰屋嗟贫，无策甚矣。山西煤、铁尤甚，星罗棋布，有百三十万方里，苗皆平衍，品亦上上，德人以为甲于五洲，地球用之千年不尽。又外蒙古，阿尔泰山即金山也，长袤数千里，金产最著，苗亦平衍，有整块数斤者，俄人并为察验绘图。至滇、粤之矿，尤为英、法所窥伺，我若不开，他人入室。今云南已专设矿务大臣，热河、开平亦设官局，并著成效。而未见大利者，皆由矿学之未开，采办之非人也。矿学以比国为最，自山色、石纹、草木、苗脉、子色，皆有专书。宜开矿学，专延比人教之，且为踏勘。购机器以省人工，筑铁路以省转运，二十取一而无定额税，选才督办而无滥私人，则吾金、银、煤、铁之富，可甲地球。此矿务宜开四。

钱币三品以通有无，其制最古。自濠镜通商，洋银流入中国，渐遍内地，及于京师。观其正朔，则耶稣之年号，而非吾之纪元也，是谓无正朔。考其漏卮，则每岁运入约数百万，进口无税，八成夹铅，而换我足银，市价涨落七钱二分之重，或有涨至八钱者，多方折耗，是谓大漏卮。名实俱亡，吾政之失，孰大于是！而吾元宝及绽，形体既难握携，分两又无一定，有加耗、减水、折色、贴费之殊，有库平、规平、湘平、漕平之异，轻重难定，亏耗滋多。而彼重率有定，体圆易握，人情所便，其易流通，固也。查泰西皆用本国之银，如俄用卢布，德用马克，奥用福禄林，英用喜林，外国银钱不许通用。我宜自铸银钱，以收利权。今广东已开局铸银，但患经费不敷，未能扩充以铸大圆耳。夫金银质软，只用九成。查美国铸银，每刻可成大圆一千二百，而每圆之利，三分移作制造之费，犹有馀饶，利亦厚矣。请饬下户部，预筹巨款，并令行省皆开铸银局，其花纹年号，式样成色，皆照广东铸造，增置大圆。由督抚选廉吏精明专司此局，厚其薪水，严其刑罚，督抚以时月抽提，户部以化学核验。他日矿产既盛，增铸金钱，抵禁洋圆，改铸钱两，令严而民信，可以塞漏卮而存正朔矣。此铸银宜行者五。

我朝公牍文移，谕旨奏摺，皆由塘驿汛铺传递，而军务加紧，又有驿马遍布天下。设官数百，养夫数万，岁费帑三百万两，而民间书札不得过问。赀费厚重，犹复远寄艰难，消息浮沉，不便甚矣！查英国有邮政局寄带公私文书，境内之信费钱二十，马车急递，应时无失，民咸便之，而岁入一千六百余万。我中国人四万万，书信更多，若设邮政局以官领之，递及私书，给以凭样，与铁路相辅而行，消息易通，见闻易广，而进坐收千余万之款，退可省三百万之驿，上之利国，下之便民。此邮政宜行六。

行之六者，国不患贫矣。然百姓匮乏，国无以为富也。中国生齿，自道光时已四万万，今经数十年休养生息，不止此数。而工商不兴，生计困蹙，或散之他国，为人奴隶，或啸聚草泽，蠹害乡邑，虽无外患，内忧已亟。夫国以民为本，不思养之，是自拔其本也。

养民之法：一曰务农，二曰劝工，三曰惠商，四曰恤穷。

天下百物皆出于农，我皇上躬耕，皇后亲蚕，董劝至矣。而田畯之官未立，土化之学不进。北方则苦水利不辟，物产无多；南方则患生齿日繁，地势有限。遇水旱不时，流离沟壑，尤可哀痛，亟宜思良法以救之。外国讲求树畜，城邑聚落，皆有农学会，察土质，辨物宜。入会则自百谷、花木、果蔬、牛羊牧畜，皆比其优劣，而旌其异等，田样各等，机车各式，农夫人人可以讲求。鸟粪可以肥培壅，电气可以速长成，沸汤可以暖地脉，玻罩可以御寒气，刈禾则一人可兼数百工，播种则一日可以三百亩。择种一粒，可收一万八百粒，千粒可食人一岁，二亩可养人一家。瘠壤可变为腴壤，小种变为大种，一熟可为数熟。吾地大物博，但讲之未至。宜命使者择其农书，遍于城镇，设为农会，督以农官。农人力薄，国家助之。比较则弃楛而从良，鼓舞则用新而去旧，农业自盛。若丝、茶为中国独擅，恃为大利。而近年意大利、法兰西、日本皆讲蚕桑，印度、锡兰茶叶与吾敌，夺我之利，致吾衰减至千余万。而吾养蚕未善，种茶未广，再不讲求，中国之利源塞矣。宜设丝茶局，开丝茶学会，力求振兴，推行各省。其余东南种棉蔗，西北讲牧畜。棉以纺织，蔗以为糖，牛毛之毳，可以织呢绒毡毯，以及沙漠可以开河种树，海滨可以渔网取鱼。种树之利，俄在西伯利部岁入数百万；渔人之计，美之沿海可得千余万。今林木之运，罐头之鱼，中国销流甚盛，宜有以抵拒之。又美国养蜂，西人以为能尽其利，所入等于旧金山之金矿，宜有以鼓励之。此务农宜行一也。

《周官》“考工”，《中庸》“劝工”。诸葛治蜀，工械技巧，物究其极；管仲治齐，三服女工，衣被天下。木牛之制，指南之车，富强之效也。尝考欧洲所以骤强之由，自嘉庆十二年英人始制轮船，道光十二年即犯我广州，遂辟诸洲属地四万里；自道光二十五年后铁路创成，俄人以光绪二年筑铁路于黑海、里海，开辟基窪、河尔霸等国六千里。其余电线、显微镜、德律风、留声筒、轻气球、电气灯、农务机器，虽小技奇器，而皆与民生国计相关。若铁舰、炮械之精，更有国者所不能乏。前大学士曾国藩手定大难，考知西人自强之由，创议开机器之局。近者各直省渐为增设，而只守旧式，绝无精思，创为新制，盖国家未尝教之也。宜令各州县咸设考工院，译外国制造之书，选通测算学童，分门肄习，入制造厂阅历数年。工院既多，图器渐广，见闻日辟，制造日精。凡有新制绘图贴说，呈之有司，验其有用，给以执照，旌以功牌，许其专利。工人自为身名，必殚精竭虑，以求新制。枪炮之利，器用之精，必有以应国家之用者。彼克虏伯炮、毛瑟枪，为万国所必需，皆民造也。查美国岁给新器功牌一万三千馀，英国三千馀，法国千馀，德国八百，奥国六百，意国四百，比利时、嗹国、瑞士皆二百馀①，俄国仅百馀，故美之富，冠绝五洲。劝工之法，莫善于此。此劝工宜行二也。

凡一统之世，必以农立国，可靖民心；并争之世，必以商立国，可侔敌利，易之则困敝矣。故管仲以轻重强齐国，马希范以工商立湖南。且夫古之灭国以兵，人皆知之；今之灭国以商，人皆忽之。以兵灭人，国亡而民犹存；以商贾灭人，民亡而国随之。中国之受毙，盖在此也。今外国鸦片之耗我，岁凡三千三百万，此则人尽痛恨之；岂知洋纱、洋布，岁耗凡五千三百万；洋布之外，用物如洋绸、洋缎、洋呢、漳绒、羽纱、毡毯、毛巾、花边、钮扣、针、线、伞、灯、颜料、箱箧、磁器、牙刷、牙粉、肥皂、火油，食物若咖啡、吕宋烟、夏湾拿烟、纸卷烟、鼻烟、洋酒、火腿、洋肉脯、洋饼、洋糖、洋盐、药水、丸粉、洋干果、洋水果，及煤、铁、铅、铜、马口铁、材料、木器、钟表、日规、寒暑针、风雨针、电气灯、自来水、玻璃镜、照相片、玩好淫巧之具，家置户有，人多好之，乃至新疆、西藏亦皆销流，耗我以万万计。而我自丝、茶减色，不敌鸦片；其余自草帽辫、驼毛、羊皮、大黄、麝香、药料、绸缎、磁器、杂货，不值三千万，值得其洋布之半数。而吾民内地则有厘捐，出口则有重税，彼皆无之。吾物产虽盛，而岁出万万，合五十年计之，已耗万兆，吾商安得不穷！今日本且欲

---

① 嗹国：丹麦的旧译。下文夏湾拿，今译哈瓦那。

通及苏、杭、重庆、梧州，又加二万万之偿款。吾民精华已竭，膏血俱尽，坐而垂毙，弱者转于沟壑，强者流为盗贼，即无外患，必有不可言者。似宜特设通商院，派廉洁大臣，辟长于理财者，经营其事。今各直省设立商会、商学、比较厂，而以商务大臣统之，上下通气，通同商办，庶几振兴。商学者何？地球各国贸易条理繁多，商人愚陋，不能周识。宜译外国商学之书，选人学习，遍教直省，知识乃开，然后可收外国之利。商会者何？一人之识未周，不若合众议，一人之力有限，不若合公股，故有大会、大公司。国家助之，力量易厚，商务乃可远及四洲。明时葡萄牙之通澳门，荷兰之收南洋，英人乾隆时之取印度，道光时之犯广州，非其政府之力，乃其公司之权。盖民力既合，有国助之，不独可以富强，且可以辟地，商会所关，亦不少矣。比较厂者何？泰西赛会，非骋游乐，所以广见闻，发心思，辨良楛。凡物有比较，优劣易见，则劣者滞消，而优者必行，彼之货物流行中土，良由此法。今我并宜设立此厂，于是广纺织以敌洋布，造用物以敌洋货。上海造纸，关东卷烟，景德制窑，苏、杭织造，北地开葡萄园以酿酒，山东制野蚕茧以成丝，江北改土棉而纺纱，南方广蔗园而制糖，皆与洋货比较，精妙华彩，务溢其上。又令吾领事探其所好，投其所欲，更出新制，且以夺其利、敌其货而已。然后蠲厘金之害以慰民心，减出口之税以扩商务。此外发金、银、煤、铁之利，足以夺五洲；制台舰枪炮之精，可以横四海。故惠商宜行三也。

我生齿既繁，铁路未开，运货为难。即以北口之皮，京师之煤，天津之货，作货者人四百，而运货者人六百，生之者少，食之者多。其余穷困无业，游散无赖，所在皆是。京师四方观望，而乞丐遍地，其他孤老残疾，无人收恤，废死道路，日日而有。公卿士夫，车声隆隆，接轸不问，直省亦然。此皆皇上赤子也，皇上不忍匹夫之失所，但九重深居，清道乃出，不知之耳。若亲见其呼号无诉，腋疡卧道，岂忍目睹乎！以一人而养天下，势所不给，宜设法收恤之。恤之之法：一曰移民垦荒。西北诸省，土旷人稀，东三省、蒙古、新疆，疏旷益甚。人迹既少，地利益以不开，早谋移徙，可以辟利源，可以实边防，非止养贫民而已。移有三：曰罪遣，今俄国徙希利尼党于西伯利部，而西北利部以开；曰认耕，英之喀拿大、新疆般鸟各岛，美之密士失必河东南各省，巴西全国是也；曰贸迁，荷兰南洋诸岛，皆商留者也。英自移民之后，辟地过本国七十倍，民益繁盛，岂有苦其生齿之繁而弃之。今我民穷困，游散最多，为美人佣奴，然犹不许，且以见逐，澳洲南洋各岛效之，数百倍之民失业来归，何以安置？不及早图，或为盗贼，或为间谍，不可收拾。今铁路未成，迁民未易，若铁路成后，专派大臣以任此事，予以谋生之路，共有乐土之安。百姓乐生，边境丰实，一举数善，莫美于是。二曰教工。《周礼》有里布以罚不毛，圜土以警游惰。游民无赖，小之作奸，大之为盗。宜令州县设立警惰院，选善堂绅董司之。凡无业游民，皆入其中，择其所能，教以艺业。绅董以其工业鬻给其食，十一取之，以充经费，限禁出入，皆有程度。其有大工大役，以军法部署，俾充役作。其能改过，取保乃放，再犯不赦。其小过犯人，皆附入之，等其轻重，以为岁月。其乞丐之非老弱残疾，咸收于外院，工作如之。穷民得食，而良民赖安，仁政之施，似难缓此。三曰养穷。鳏寡孤独，疲癃残疾，盲聋喑哑，断者侏儒，民之无告，先王最矜，皆常饩焉。宜令各州县市镇聚落，并设诸院，咸为收养，皆令有司会同善堂，劝筹巨款，妥为经理司其事。经理有效，穷民乐之，联名请奖，许照军功劳绩奖励，则无一夫之失所，其于皇仁岂为小补？民心固结，国势系于苞桑矣。故恤穷宜行四也。

然富而不教，非为善经；愚而不学，无以广才。是在教民。学校之设，选举之科，先王之法盛矣。然汉、魏以经学举孝廉，唐、宋以词赋重进士，明以八股取士，我朝因之，诵法朱子，讲明义理，亦可谓法良意美矣。然功令禁用后世书，则空疏可以成俗；选举皆限之名额，则高才多老名场。况得之则词馆而躐公卿，偕于旦夕；失之则耆硕不闻征聘，终老茅菅。题难，故少困于搭截，知作法而忘义理；

额隘，故老逐于科第，求富贵而废学业。标之甚高，束之甚窄。甚至鉴于明末，因噎废食，上以讲学为禁，下以道学为笑，故任道之儒既少，才智之士无多，乃至嗜利无耻，荡成风俗，而国家缓急，无以为用。法弊至此，亦不得不少变矣。若夫小民识字已寡，或有一省而无礼律之书，一县而无童蒙之馆，其为不教，甚矣。

夫天下民多而士少，小民不学，则农工商贾无才。产物成器，利用厚生，既不能精；化民成俗，迁善改过，亦难为治，非覆幬群生之意也。故教育及于士，有逮于民，有明其理，有广其智。能教民，则士愈美；能广智，则理愈明。今地球既辟，轮路四通，外侮交侵，闭关未得，则万国所学，皆宜讲求。宋臣姚夔谓："我之所为，彼皆知之；彼之所为，我独不闻，安得不为所制乎?"尝考泰西之所富强，不在炮械军兵，而在穷理劝学。彼自七八岁人皆入学，有不学者责其父母，故乡塾甚多。其各国读书识字者，百人中率有七十人。其学塾经费，美国乃至八千万。其大学生徒，英国乃至一万余。其每岁著书，美国乃至万余种。其属郡县，各有书藏，英国乃至百余万册。所以开民之智者亦广矣。而我中国文物之邦，读书识字仅百之二十，学塾经费少于兵饷数十倍，士人能通古今达中外者，郡县乃或无人焉。

夫才智之民多则国强，才智之士少则国弱。土耳其天下陆师第一而见削，印度崇道无为而见亡，此其明效也。故今日之教，宜先开其智。武科弓刀步石，无用甚矣。《王制》谓："裸股肱，决射御，出乡不与士齿。"此武后之谬制，岂可仍用哉？同治元年，前督臣沈葆桢请废武科，近年词臣潘衍桐请开艺学。今宜改武科为艺学，令各省、州、县遍开艺学书院。凡天文、地矿、医律、光重、化电、机器、武备、驾驶，分立学堂，而测量、图绘、语言、文字皆学之。选学童十五岁以上入堂学习，仍专一经，以为根本；延师教习，各有专门。学政、有司会同院师，试之以经题一论及专门之业，通半中选，不限命额，得荐于省学，谓之秀才，比之诸生。五年不成者出学。省学书器益多，见闻益广，学政、督抚会同其院师，每岁试其专门之业，增以经，一论史，一考掌故，一策，通半中选，不限名额，贡于京师，谓之举人。五年不成者出学。京师广延各学教习，图器尤盛，每岁总裁、礼部会同大教习试之，其法与省学同，不限名次，及半中选，谓之进士。三年不成者出学。其进士得还为艺学州、县总教习，其举人得为分教习，并听人聘用。其诸生得还教其乡学塾，及充作各厂。其文科童试，即以经古场为正场，自古经解一，专门之学一；二场试“四书义”一，中外策一，诗一，亦及格即取，不限名额。每场考试，人数不得过三百。增设学政，每道一人，可从容尽力矣。其乡会试，头场“四书义”一，“五经解”一，诗一，纵其才力，不限格法，听其引用，但在讲明义理，宗尚孔子；二场掌故、策五道；三场问外国考五道，及格者中，不限名额。殿试策问，不论楷法，但取直言极谏、条对剀切者入翰林。其文科、艺科愿互应者听。其有创著一书，发明新义，确实有用者，皆入翰林，进士授以检讨，举人授以庶吉士，诸生授以待诏。如是则天下之士才智大开，奔走鼓舞，以待皇上之用。其余州、县、乡、镇，皆设书藏，以广见闻。若能厚筹经费，广加劝募，令乡落咸设学塾，小民童子，人人皆得入学，通训诂名物，习绘图算法，识中外地理、古今史事，则人才皆可胜用矣。

《周官》“诵方”、“训方”，皆考四方之慝；《诗》之《国风》、《小雅》，欲知民俗之情。近开报馆，名曰新闻，政俗备存，文学兼存，小之可观物价，琐之可见土风。清议时存，等于乡校；见闻日辟，可通时务。外国农业、商学、天文、地质、教会、政律、格致、武备，各有专门，以为新报，尤足以开拓心思，发越聪明，与铁路开通，实相表里。宜纵民开设，并加奖励，庶裨政教。

然近日风俗人心之坏，更宜讲求挽救之方。盖风俗弊坏，由于无教。士人不励廉耻，而欺诈巧滑之风成；大臣托于畏谨，而苟且废弛之弊作。而“六经”为有用之书，孔子为经世之学，鲜有负荷宣扬，于是外夷邪教，得起而煽惑吾民。直省之间，拜堂棋布，而吾每县仅有孔子一庙，岂不可痛哉！今宜亟立道学一科，其有讲学大儒，发明孔子之道者，不论资格，并加征礼，量授国子之官，或备学政之选。其举人愿入道学科者，得为州、县教官；其诸生愿入道学科者，为讲学生，皆分到乡落，讲明孔子之道，厚筹经费，且令各善堂助之。并令乡落淫祠，悉改为孔子庙，其各善堂、会馆俱令独祀孔子，庶以化导愚民，扶圣教而塞异端。其道学科有高才硕学，欲传孔子之道于外国者，明诏奖励，赏给国子监、翰林院官衔，助以经费，令所在使臣领事保护，予以凭照，令资游历。若在外国建有学堂，聚徒千人，确有明效，给以世爵。余皆投牒学政，以通语言、文字、测绘、算法为及格，悉给前例。若南洋一带，吾民数百万，久隔圣化，徒为异教诱惑，将沦左衽，皆宜每岛派设教官，立孔子庙，多领讲学生分为教化。将来圣教施于蛮貊，用夏蛮夷，在此一举。且借传教为游历，可詗夷情，可扬国声，莫不尊亲，尤为大义矣。

夫教养之事，皆由国政。而今官制太冗，俸禄太薄，外之则使才未养，内之则民情不达，若不变通，则无以为养之本也。天下之治，必由乡始。而今知县选之既不择人望，任之兼责以六曹，下则巡检、典史一二人，皆出杂流，岂任民牧？上则藩臬、道府，徒增冗员，何关吏治？若京官则自枢垣、台谏以外，皆为闲散。各部则自掌印主稿以外，徒糜廪禄。堂官则每署数四，而兼差反多。文书则每日数尺，而例案繁琐。至于鬻及监司，而吏治坏滥极矣！今请首停捐纳，乃改官制，因汉世太守领令长之制，唐代节度兼观察之条，每道设一巡抚，上通章奏，下领知县，以四五品京堂及藩臬之才望者充之。其知县升为四品，以给御、编检、郎员及道府之爱民者授之。其巡抚之下，增置参议、参军、支判，凡道府同通改授此官。其知县之下，分设公曹、决曹、贼曹、金曹，以州、县进士分补其缺。其余诸吏，皆听诸生考充，渐拔曹长，行取郎官。其上总督，皆由巡抚兼管，各因都会，以为重镇。使吏胥之积弊，化为士人；三老之乡官，各由民举。整顿疏通，乃可为治。其京官则太常、光禄、鸿胪可统于礼部，大理可并于刑部，太仆可并于兵部，通政可并于察院；其余额外冗官，皆可裁汰，各营一职，不得兼官。章京领天下之事，宜分以诸曹；翰林为近侍之臣，宜轮班顾问。部吏皆听举贡学习，以升郎曹；通政准百僚奏事，以开言路。骈枝既去，宦途甚清，以彼冗糜，增此廪禄。令其达官有以为舆马仆从之费，而后可望以任事；其小吏有以为仰事俯畜之用，而后可责以守廉。若用魏、隋之制，予以世禄之田，既体群臣，庶多廉吏。

内弊既除，则外交宜讲。春秋子羽，能知四国之为，汉武下诏，求通绝域之使。苏武不辱，富弼能争。列国交争，其任重矣。而今使才未养，不谙外务，重辱国体，为夷姗笑。今宜立使才馆，选举贡生监之明敏办才者，入馆学习，其翰林部曹愿入者听。各国语言、文字、政教、律法、风俗、约章，皆令学习。学成或为游历，或充随员，出为领事，擢为公使，庶几通晓外务，可以折冲。考俄、日之强也，由遣宗室大臣游历各国，又遣英俊子弟诣彼读书。俄主彼得，乃至易作工人，躬习其业，归而变政，故能骤强。我亲藩世爵大臣，与国休戚、启沃圣聪者，而不出都城，寡能学问，非特不通外国之故，抑且未知直省之为。一旦执政，岂能有补？大臣固守旧法，习为因循，虽利国便民，力阻罢议，一误再误，国日以替。宜选令游历三年，讲求诸学，归能著书，始授政事。其余分遣品官，激厉士庶，出洋学习，或资游历，并给凭照，能著新书，皆为优奖，归授教习，庶开新学。则上之可以赞圣聪，下之可以开风气矣。

夫中国大病，首在壅塞。气郁生疾，咽塞致死。欲进补剂，宜除噎疾，使血通脉畅，体气自强。今天下事皆文具而无实，吏皆奸诈而营私。上有德意而不宣，下有呼号而莫达。同此兴作，并为至法，外夷行之而致效，中国行之而益弊者，皆上下隔塞、民情不通所致也。夫以一省千里之地，而惟督抚一二人仅通章奏；以百僚士庶之众，而惟枢轴三五人日见天颜。然且堂廉迥隔，大臣畏谨而不敢尽言；州、县专城，小民冤抑而末由呼吁。故君与臣隔绝，官与民隔绝，大臣小臣又相隔绝，如浮屠百级，级级难通，广厦千间，重重并隔。夫天下万物之繁，封圻千里之广，使督抚枢轴皆是大贤，然是数人者，心思耳目所及，必有未周，才力精神之运，必有不逮，以之运骤筹四海，措置百务，已狭隘不广矣。况知人之哲，自古为难。唐帝失之于共兜，诸葛失之于马谡。任用偶误，一切乖方，而欲倚之以扶危定倾，经营八表，岂不难乎？天下人民四万万，庶士亿万，情伪百端，才智甚广。皇上仅寄耳目于数人，而数人者又畏懦保禄，不敢竭尽，甚且炀灶蔽贤，壅塞圣聪，皇上虽欲通中外之故，达小民之阨，其道无由。名虽尊矣，实则独立于上，遂致有割地弃民之举。皇上亦何乐此独尊为哉？

夫先王之治天下，与民共之。《洪范》之大疑大事，谋及庶人为大同；《孟子》称进贤、杀人，待于国人之皆可。盘庚则命众至庭，文王则与国人交。《尚书》之四目四聪，皆由辟门；《周礼》之询谋询迁，皆合大众。尝推先王之意，非徒集思广益，通达民情，实以通忧共患，结合民志。昔汉有征辟有道之制，宋有给事封驳之条。伏乞特诏颁行海内，令士民公举博古今，通中外，明政体，方正直言之士，略分府、县约十万户而举一人，不论已仕未仕，皆得充选，因用汉制，名曰议郎。皇上开武英殿，广县图书，俾轮班入直，以备顾问。并准其随时请对，上驳诏书，下达民词。凡内外兴革大政，筹饷事宜，皆令会议于太和门，三占从二，下施部行。所有人员，岁一更换，若民心推服，留者领班。著为定制，宣示天下。上广皇上之圣聪，可坐一室而知四海；下合天下之心志，可同忧乐而忘公私。皇上举此经义，行此旷典，天下奔走鼓舞，能者竭力，富者纾财，共赞富强，君民同体，情谊交孚，中国一家，休戚与共。以之筹饷，何饷不筹？以之练兵，何兵不练？合四万万人之心以为心，天下莫强焉！然后用府兵之法，而民皆知兵；讲铁舰之精，而海可以战。于以恢复琉球，扫荡日本，大雪国耻，耀我威稜。

昔德国相臣毕士麻克[①]，尝以中国之大冠绝四洲，他日恐为欧

① 毕士麻克：今通译俾斯麦。

罗之患，思与诸国分之；后以中国因循不足畏，议遂中止。今若百度更新，以二万里之地，四万万之人，二十六万种之物产，力图自强，此真日本之所大患，毕士麻克之所深忌，而欧罗巴洲诸国所窃忧也。以之西挞俄英、南收海岛而有余，何至含垢忍耻、割地请款于小夷哉？及今为之，犹可补牢。苟徘徊迟疑，苟且度日，因循守旧，坐失事机，则诸夷环伺，间不容发，迟之期月，事变必来。后欲悔而改作，大势既坏，不可收拾，虽有圣者，无以善其后矣。

且夫天下大器也，难成而易毁；兆民大众也，难静而易动。故先王懔朽索之驭马，虑天命之无常，战战业业，若履渊冰。楚庄王之立国也，无日不训讨军实，虑祸至之无日，戒惧之不可怠；诸葛亮之佐蜀也，工械究极，用兵不戢，屡耀其武。率皆君臣上下，振刮摩厉，乃能自立。稍有因循，即怀愍蒙尘、徽钦见虏矣。近日土耳其为回教大国，不变旧法，遂为六大国割地废君而柄其政。日本一小岛夷耳，能变旧法，乃敢灭我琉球，侵我大国。前车之辙，可以为鉴。

自古非常之事，必待大有为之君。自强为天行之健，志刚为大君之德。《洪范》以弱为六极，大《易》以顺为阴德。《诗》曰："天之方恹，无为夸毗。"[1] 说者谓夸毗，体柔之人也。伏惟皇上英明天禀，下武膺运，历鉴覆辙，独奋乾纲，勿摇于左右之言，勿惑于流俗之说，破除旧习，更新大政，宗庙幸甚！天下幸甚！

夫无事之时，虽勋旧之言不能入；有事之时，虽匹夫之言或可采。举人等草茅疏逖，何敢妄陈大计，自取罪戾；但同处一家，深虞胥溺。譬犹父有重病，庶孽知医，虽不得汤药亲尝，亦欲将验方钞进。《公羊》之义，臣子一例。用敢竭尽其愚，惟皇上采择焉，不胜冒昧陨越之至，伏惟代奏皇上圣鉴。谨呈。

(1895年5月2日)

(原刊光绪二十一年文升阁木刻《公车上书记》，
又刊光绪乙未上海石印书局代印本)

---

① 语出《诗经·大雅·板》。

上清帝第六书[①]

奏为应诏陈言，乞统筹全局以救危立国，恭折仰祈圣鉴事：

窃顷者德人割据胶州，俄人窥伺旅大，诸国环伺，岌岌待亡。自甲午和议成后，臣累上书，极陈时危，力请变法，格未得达；旋即告归，土室抚膺，闭门泣血。未及三年，遂有兹变。臣万里浮海，再诣阙廷，荷蒙皇上不弃刍荛，特命总理各国事务王大臣传询，问以大计；复命具折上陈，并宣取臣所著《日本变政考》、《俄大彼得变政考》，进呈御览。此盖历朝未有之异数，而大圣人采及葑菲之盛德也。臣愚何人，受此殊遇，遭际时艰，敢不竭尽其余，以备采择。

臣闻方今大地守旧之国，未有不分割危亡者也。有次第胁割其土地人民而亡之者，波兰是也；有尽取其利权一举而亡之者，缅甸是也；有尽亡其土地人民而存其虚号者，安南是也；有收其利权而后亡之者，印度是也；有握其利权而徐分割而亡之者，土耳其、埃及是也。我今无士、无兵、无饷、无船、无械，虽名为国，而土地、铁路、轮船、商务、银行，惟敌之命，听客取求，虽无亡之形，而有亡之实矣。后此之变，臣不忍言。观大地诸国，皆以变法而强，守旧而亡，然则守旧开新之效，已断可睹矣。以皇上之明，观万国之势，能变则全，不变则亡；全变则强，小变仍亡。皇上与诸臣诚审知其病之根源，则救病之方，即在是矣。

---

① 光绪二十四年戊戌（1898）正月初三，李鸿章、翁同龢等约见康有为于总理衙门西花厅，问变法事宜。初四，翁以此入奏，光绪帝命康条陈所见。康有为进呈《日本变法考》、《俄彼得变政记》，接着上清帝第六、第七书。

夫方今之病，在笃守旧法而不知变。处列国竞争之世而行一统垂裳之法，此如已夏而衣重裘，涉水而乘高车，未有不病暍而沦胥者也。《大学》言“日新”、“又新”；《孟子》称“新子之国”；《论语》孝子毋改父道，不过三年，然则三年之后，必改可知。夫物新则壮，旧则老；新则鲜，旧则腐；新则活，旧则板；新则通，旧则滞，物之理也。法既积久，弊必丛生，故无百年不变之法。况今兹之法，皆汉、唐、元、明之敝政，何尝为祖宗之法度哉？又皆为胥吏舞文作弊之巢穴，何尝有丝毫祖宗之初意哉？今托于祖宗之法，固已诬祖宗矣。且法者所以守地者也，今祖宗之地既不守，何有于祖宗之法乎？夫使能守祖宗之法，而不能守祖宗之地，与稍变祖宗之法，而能守祖宗之地，孰得孰失，孰重孰轻，殆不待辨矣。

虽然，欲变法矣，而国是未定，众论不一，何从而能舍旧图新哉？夫国之有是，犹船之有舵，方之有针，所以决一国之趋向，而定天下之从违者也。若针之子午未定，舵之东西游移，则徘徊莫适，怅怅何之？行者不知所从，居者不知所往，放乎中流而莫知所休，指乎南北而莫知所极，以此而驾横海之大航，破滔天之巨浪，而适遭风沙大雾之交加，安有不沉溺者哉？今朝廷非不稍变法矣，然皇上行之，而大臣挠之；才士言之，而旧僚攻之。不以为用夷变夏，则以为变乱祖制，谣谤并起，水火相攻，以此而求变法之有效，犹却行而求及前也，必不可得矣。皇上既审时势之不能不变，知旧法之不能不除，臣请皇上断自圣心，先定国是而已。

国是既定矣，然下手之方，其本末轻重、刚柔缓急不同；措置之宜，其规模条理、纲领节目大异，稍有乖误，亦无成功。臣愚尝斟酌古今，考求中外，唐、虞、三代之法度至美，但上古与今既远，臣愿皇上日读《孟子》，师其爱民之心；汉、唐、宋、明之沿革可采，但列国与一统迥异，臣愿皇上上考《管子》，师其经国之意。若夫美、法民政，英、德宪法，地远俗殊，变久迹绝，臣故请皇上以俄大彼得之心为心法，以日本明治之政为政法也。然求其时地不远，教俗略同，成效已彰，推移即是，若名书佳画，墨迹尚存，而易于临摹；如宫室衣裳，裁量恰符，而立可铺设，则莫如取鉴于日本之维新矣。

日本之始也，其守旧攘夷与我同，其幕府封建与我异，其国君守府，变法更难；然而成功甚速者，则以变法之始，趋向之方针定，措置之条理得也。考其维新之始，百度甚多，惟要义有三：一曰大誓群臣以定国是，二曰立对策所以征贤才，三曰开制度局而定宪法。其誓文在决万机于公论，采万国之良法；协国民之同心，无分种族；一上下之议论，无论藩庶。令群臣咸誓言上表，革面相从，于是国是定而议论一矣。召天下之征士、贡士，咸上书于对策所，五日一见，称旨者擢用，于是下情通而群才进矣。开制度局于宫中，选公卿、诸侯、大夫及草茅才士二十人充总裁，议定参预之任，商榷新政，草定宪法，于是谋议详而章程密矣。日本之强，效原于此。

皇上若决定变法，请先举三者：大集群臣于天坛、太庙，或御乾清门，诏定国是，躬申誓戒，除旧布新，与民更始；令群臣具名上表，咸革旧习，黾勉维新，否则自陈免官，以激厉众志，一定舆论。设上书处于午门，日轮派御史二人监收，许天下士民，皆得上书；其群僚言事，咸许自达，不得由堂官代递，以致阻挠；其有称旨者，召见察问，量才擢用，则下情咸通、群才辐辏矣。设制度局于内廷，选天下通才十数人，入直其中，王公卿士，仪皆平等，略如圣祖设南书房、世宗设军机处例；皇上每日亲临商榷，何者宜增，何者宜改，何者当存，何者当删，损益庶政，重定章程，然后敷布施行，乃不谬紊。

近泰西政论，皆言三权：有议政之官，有行政之官，有司法之官，三权立，然后政体备。以我朝论之，皇上则为元首，百体听从；军机号为政府，出纳王命，然跪对顷刻，未能谋议，但为喉舌之司，未当论思之寄。若部寺督抚，仅为行政之官，譬于手足，但供奔持，岂预谋议？且部臣以守例为职，而以新政与之议，事既违例，势必反驳而已，安有以手足而参谋猷哉？近者新政多下总署，总署但任外交，岂能兼营商务？况员多年老，或兼数差，共议新政，取决俄顷，欲其详美，势必不能。若御史为耳目之官，刑曹当司法之寄。百官皆备，而独无左右谋议之人，专任论思之寄。然而新政之行否，实关军国之安危。而言者妄称施行，主者不知别择，无专司为之讨论，无宪法为之著明，浪付有司，听其抑扬，恶之者驳诘而不行，决之者仓卒而不尽，依违者狐疑而莫定，从之者条画而不详。是犹范人之形，有头目手足口舌身体，而独无心思，必至冥行擿埴，颠倒狂瞀而后已。以此而求新政之能行，岂可得哉？故制度局之设，尤为变法之原也。

然今之部寺，率皆守旧之官，骤与改革，势实难行。既立制度局总其纲，宜立十二局分其事：

一曰法律局。外人来者，自治其民，不与我平等之权利，实为非常之国耻。彼以我刑律太重而法规不同故也。今宜采罗马及英、美、德、法、日本之律，重定施行；不能骤行内地，亦当先行于通商各口。其民法、民律、商法、市则、舶则、讼律、军律、国际公法，西人皆极详明，既不能闭关绝市，则通商交际势不能不概予通行。然既无律法，吏民无所率从，必致更滋百弊，且各种新法，皆我所夙无，而事势所宜，可补我所未备。故宜有专司，采定各律，以定率从。

二曰度支局。我国地比欧洲，人数倍之，然患贫实甚，所入乃下等于智利、希腊小国，无理财之政故也。西人新法，纸币、银行、印税、证券、讼纸、信纸、烟酒税、矿产、山林、公债，皆致万万，多我所无。宜开新局专任之。

三曰学校局。自京师立大学，各省立高等中学，府县立中小学及专门学，若海、陆、医、律、师范各学，编译西书，分定课级，非礼部所能办，宜立局而责成焉。

四曰农局。举国之农田、山林、水产、畜牧，料量其土宜，讲求其进步改良焉。

五曰工局。司举国之制造机器美术，特许其新制而鼓厉之，其船舶、市场，新造之桥梁、堤岸、道路，咸属焉。

六曰商局。举国之商务、商学、商会、商情、商货、商律，专任讲求激厉之。

七曰铁路局。举国之应修铁路、绘图、定例权限咸属焉。

八曰邮政局。举国皆行邮政以通信，命各省府县乡，咸立分局，并电线属焉。

九曰矿务局。举国之矿产、矿税、矿学属焉。

十曰游会局。凡举国各政会、学会、教会，游历、游学各会，司其政律而鼓舞之。

十一曰陆军局。选编国民为兵，而司其教练。

十二曰海军局。治铁舰、练军之事。

十二局设，庶政可得而举矣。然国政之立，皆以为民，民政不举，等于具文而已。

夫地方之治，皆起于民。而县令之下，仅一二簿尉杂流，未尝托以民治。县令任重而选贱，俸薄而官卑，自治狱、催科外，余皆置之度外。其上乃有藩、臬、道、府之辖，经累四重，乃至督抚，而后达于上。藩、臬、道、府，拱手无事，皆为冗员，徒增文书、费厚禄而已。一省事权，皆在督抚，然必久累资劳，乃至此位，地大事繁，年老精衰，旧制且望而生畏，望其讲求新政而举行之，必不可得。向者兴学堂、农商之诏累下矣，而各直省多以空文塞责，亦可见矣。日本以知县上隶于国，汉制百郡以太守达天子。我地大不能同日本，宜用汉制，每道设一民政局，妙选通才，督办其事。用南书房及学政例，自一品至七品京朝官，皆可为之。准其专折奏事，体制与督抚平等；用出使例，听其自辟参赞随员，俾其指臂收得人之助。其本道有才者，皆可特授；否则开缺另候简用，即以道缺给之。先拨厘税，俾其创办新政。每县设民政分局督办，派员会同地方绅士治之，除刑狱赋税暂时仍归知县外，凡地图、户口、道路、山林、学校、农工、商务、卫生、警捕，皆次第举行。三月而备其规模，一年而责其成效。如此则内外并举，臂指灵通，宪章草定，奉行有准，然后变法可成，新政有效也。

若夫广遣亲王大臣游历以通外情，大译西书、游学外国以得新学，厚俸禄以养廉耻，变通科举以育人才，皆宜先行者。犹虑强邻四逼，不能容我从容图治也。且我民穷国匮，新政何以举行？闻日本之变法也，先行纸币，立银行，财源通流，遂以足维新之用。今宜大筹数万万之款，立局以造纸币，各省分设银行，用印度田税之法，仿各国印花之税，我地大物博，可增十倍。然后郡县遍立各种学堂，沿海皆设武备学院，大购铁舰五十艘，急练民兵百万，则气象丕变，维新有图，虽不敢望自强，亦庶几可以自保。

臣愚夙夜忧国，统筹大局，思之至详。其能举而行之，惟皇上之明；其不能举而行之，惟诸臣之罪。时阽国危，谨竭愚诚，伏乞皇上圣鉴。谨呈。

（1898 年 1 月 29 日）

请御门誓众开制度局以统筹大局折[①]

工部主事臣康有为跪奏，为推行新政，请御门誓众，开制度局以统筹大局，革旧图新，以救时艰，恭折仰祈圣鉴事：

窃臣海滨下士，才识闇愚，皇上过听人言，破格召对[②]，宽其戆直，待以优容。臣自顾何人？过承知遇，并蒙圣恩，许令将面对未详者，准具折条陈，并将著书进上；又蒙恩旨，着在总理各国事务衙门章京上行走[③]。隆天厚地，诚非小臣所当被蒙，感激天恩，灰骨莫报。方今国势危蹙，朝不及夕。伏承圣训，指明守旧之贻害，发明变法之宜一，叹通才之乏绝，仰见圣明天纵，洞达时变。皇上之及此也，天下之福也；中国之能自强，基于此矣。臣欢喜踊跃，益思自竭涓埃，以仰报圣明。

臣所欲言而未详者，审时势而定从违、筹大局而定制度、誓群臣而明维新而已。中国自汉、唐、宋、明之后，皆为大一统之时；及今欧、亚、美、澳之通，遂为诸国竞长之世。一统、竞长二者之为治，如方之有东西、色之有黑白、天之有晴雨、地之有水陆、时之有冬夏、器之有舟车，毫发不同，冰炭相反。伏承圣训，裘葛不能两存，皇上知之至明，实超出群臣智虑之外。故当泛海之时，则乘巨舰，虽有金车之美，亦必舍之；当盛暑之时，则衣絺綌，虽有狐白之裘，亦必弃之。则今日之宜全用诸国竞长之法，而不能毫厘

---

① 在被光绪帝破格召对并准专折奏事后，康有为连续呈递了此折及以下诸折。

② 破格召对：指 1898 年 6 月 16 日（戊戌四月二十八日）光绪帝在颐和园仁寿殿召见康有为，长谈达九刻钟，命其在总理衙门章京上行走，并准“专折奏事”。

③ 总理各国事务衙门：清朝办理洋务即外交事务的中央机构，官员分大臣、章京两级。

用一统闭关之法至明。

夫治一统之世以静，镇止民心，使少知寡欲而不乱；治竞长之世以动，务使民心发扬，争新竞智，而后百事皆举，故国强。治一统之世以隔，令层级繁多，堂阶尊严，然后威令行；治竞长之世以通，通上下之情，通君臣之分，通心思，通耳目，通身体，咸令无阻阂，而后血脉流注而能强。治一统之世以散，使民不相往来，耕田凿井，不识不知；治竞长之世以聚，令人人合会讲求，然后见闻广、心思扩，有才可用。治一统之世以防弊，务在防民，而互相牵制；治竞长之世以兴利，务在率作兴事，以利用成务。

窃伏愿皇上智之既明，更扩充而熟讲之，别白分明，念兹在兹。而后措施不误，尽涤旧制，尽除旧俗，不留毫厘，以累新政。摧陷廓清，比于武事。行歧道者不至，骑墙者不下。此为变法辨门径之始也。皇上已深知变法，而臣犹为此言者，以方今不变固害，小变仍害，非大变、全变、骤变不能立国也。数十年来，亦渐知变法矣。而或辨证不清，诊脉不明，或不通外感内因之变，或未谙明堂方药之理，故小试而无效，或杂投而不决；否则执不治中医之说，坐以待亡。至今人人知病症之危，而尚未求医救之方。

夫泰西立国数千年，源流深远，能致富强，具有本末。其规模极大，条理极繁，次第有宜，章程极密。其守旧不变者无论，即以开新者言，大都皆补漏支拄、苟且度日之谋，未尝统筹全局，究极终始，穷古今之变，酌中外之宜，定下手之方，求先后之理。或举其末而忘其本，或言其粗而忘其精，或明其小而闇其大，或得其面而失其骨，或肖其形而失其神。无论今者粗末未举，固无成效；即使零碎凑合，亦复不成体格；况稍失其本、稍乱其节，必无成功。匠人筑室，缝人制衣，犹有鸠工庀材，审定全体，绘定图样，而后下手；医者治病，亦有先后缓急之序。安有救国之大、救危之时，而冥行踯躅、方药杂投者乎？《中庸》言博学审问、慎思明辨，然后笃行。伏愿皇上统筹全局，而后可讲变法下手之方、先后缓急之理也。

今之言变法者，皆非变法也，变事而已。言兵制，言学校，言铁路、矿务，无论如何，大率就一二事上变之，而不就本原之法变之，故枝枝节节，迄无寸效。皇上既统筹全局，臣谓下手之始，宜先变法，将内政、外交一切法度尽行斟酌改定，使本末、精粗、大小、内外皆令规模毕定，图样写就，然后分先后缓急之序次第举行，选天下通达之才与之分任，然后有效也。故必变定法度，而后徐图举事也。

今言变法，规模如何，未加讨论；图样若何，未见谱写。凡臣下条陈一事，则交议行之，亦可谓从善如圜，欲图自强矣。然无论部臣守例驳斥，疆臣阁置不行；即使不驳尽行，亦于自强无当。日本变法之始，盖能定规模、画图样，而后举行，故能骤致富强。故非特开制度局于内廷，妙选通才入直，皇上亲临，日夕讨论，审定全规，重立典法，何事可存，何法宜改，草定章程，维新更始。此所谓先写图样而后鸠工庀材也。若其粗具，若法律、度支、学校、农、工、商、矿、铁路、邮政、海军、民兵及各省民政诸局，臣前者既言之；变科举、开学会、译西书、广游历，以开民智，臣面对已略举之，皆制度局中条理之一端而已。

臣愚以为，皇上不欲变法自强则已，若欲变法而求下手之端，非开制度局不可也。虽然，国是未昭，人心未改，议论未一，人才未出，转移改易之始，未易易也。伏读二十三日上谕①，国是已明定矣，然臣以为未者，何也？诚以数千年之旧说、数百年之积习、数千万守旧之人心，非常之原，黎民所惧，非能以一二言遽能易之也。非有雷霆霹雳之声光，风电震惊之气势，未能使蛰虫发动、草木甲拆而万物昭苏也。

臣又以为，皇上不欲变法则已，若欲变法，请皇上亲御乾清门，大誓群臣，下哀痛严切之诏，布告天下：一则尽革旧习，与之更始；二则所有庶政，一切维新；三则明国民一体，上下同心；四

---

① 二十三日上谕：指戊戌四月二十三日（1898年6月11日）光绪帝颁布“定过是诏”，决定变法，揭开“百日维新”序幕。

则采万国之良法；五则听天下之上书；六则著阻挠新政、既不奉行，或造谣惑众、攻诋新政者之罪。诏书榜之通衢，令群臣具表签名，奉行新政，咸发愤报国，不敢怠违。

经此严切明白之诏，庶几天下改视易听，革面洗心，然后推行新政，自能令下若流水，无有阻碍者矣。而其本原，全在皇上深警时局之危，日讲竞长之理，发愤为雄之意，自强不息之心。以皇上之明，存之以诚，行之以勇，夙夜震动，念兹在兹，日夕讲求，某法未立，某事未举，某人未用，某政未善，刻日程功，义在必办，无惑于庸人之论，无摇于谣谬之言，则三月而规模成，一年而条理具，三年而效略见，十年而化大成。若复听诸臣之徘徊两可，从容迟疑，因循偷安，苟且度日，则强邻虎视，旦夕变作，有不可问；即幸能苟安，而俄人铁路既成[①]，亦无幸免之理。

臣窃忧危，过承恩遇，不敢不竭尽其愚，伏乞皇上圣鉴训示。谨奏。

（1898 年 6 月 19 日）

---

① 俄人铁路：指沙俄强迫清政府签订的《旅大租地条约》等规定俄国享有修筑中东铁路支线特权即租借地附近的独占权。

请废八股试帖楷法试士改用策论折

奏为恭谢天恩特许专折奏事，请罢弃八股试帖楷法取士，复用策论，冀养人才以为国用，恭折仰祈圣鉴事：

窃臣以疏贱，荷蒙召对，询臣以中外之事、救国之谟，对逾二时，皆承嘉纳，天颜有喜；并问取所著各书，咸令写进；又令随时上陈，特许专折奏事。殊恩异数，非臣之贱所当被蒙；粉骨碎身，非臣之愚所能上报。臣窃惟今变法之道万千，而莫急于得人才；得才之道多端，而莫先于改科举。今学校未成，科举之法未能骤废，则莫先于废弃八股矣。夫八股之无用，臣即业八股以窃科第者也，从其业之既久，知其害之尤深，面对未详，敢为我皇上先陈之。

夫自《春秋》讥世卿而选郊野，汉世举孝秀而考经行；六朝至唐、宋，词章与帖括并用，元、明及国朝，经义与试帖俱行。自周与宋，曾取士于学校；经汉迄今，多试士以策论。虽立法各殊科，要较之万国、比之欧土皆用贵族，尤为非才，则选秀于郊，吾为美矣；任官先试，我莫先焉。美国行之，实师于我。夫若汉之光禄四行，宋臣司马光之十科试士，朱子之学校贡举法，皆为良法，惜不见行。且凡法虽美，经久必弊；及其弊已著，时会大非，而不与时消息、改弦更张，则陷溺人才，不周时用，更非立法求才之初意矣。

推宋王安石之以经义试士也，盖鉴于诗赋之浮华寡实，帖括之迂腐无用，故欲借先圣深博之经文，令学者发精微之大义，以为诸经包括人天，兼该治教，经世宰物，利用前民，苟能发明其大义微言，自可深信其通经致用。立法之始，意美法良。迨至明与国初，人士渐陋，然抉经心而明义理，扶人伦而阐心性，当闭关之世，虽未尽足以育才兴学，犹幸以正世道人心焉。

惟垂为科举，立法过严，以为代圣立言，体裁宜正，不能旁称诸子而杂其说，不能述引后世而谬其时，故非三代之书不得读，非诸经之说不得览，于是汉后群书，禁不得用，乃至先秦诸子，戒不得观。其博学方闻之士，文章尔雅，援引今故，间征子纬，旁及异域，则以为犯功令而黜落之。若章句瞀儒，学问止于《论语》，经义未闻《汉书》，读《礼记》则严删国恤，学《春秋》则束阁《三传》。若夫《周礼》以经国家，《仪礼》以范人伦，以试题不及，无人读诵；乃至《诗》、《书》、《易》、《礼》之本经，亦复束汉注唐疏而不观；甚乃《学》、《庸》、《论》、《孟》之微言，亦只守兔园坊本之陋说[①]。盖以功令所垂，解义只尊朱子；而有司苟简，三场只重首场。故令诸生荒弃群经，惟读《四书》；谢绝学问，惟事八股。于是二千年之文学扫地无用，束阁不读矣。渐乃忘为经义，惟以声调为高歌；岂知圣言，几类俳优之曲本。东涂西抹，自童年而咿唔摹仿；妃青俪白，迄白首而按节吟哦。既因陋而就简，咸闭聪而黜明。试官妄取，谬种展转以相传；学子循声，没字空疏而登第。虽有经文五义，皆以短篇虚衍；虽有问策五道，皆依题字空对。但八股清通，楷法圆美，即可为巍科进士、翰苑清才；而竟有不知司马迁、范仲淹为何代人，汉祖、唐宗为何朝帝者；若问以亚非之舆地，欧美之政学，张口瞪目，不知何语矣。既流为笑语，复秉文衡，则其展转引收，为若何才俊乎？

然凡此所讥，尚属进士、举贡、生员以上者也，若夫童试，恶习尤苛。断剪经文，割截圣语，其小题有枯困缩脚之异，其搭题有截上截下之奇，其行文有钓伏渡挽之法，譬如《中庸》“及其广大，草木生之”，则上去“及其广”三字，下去“木生之”三字，但以“大草”二字为题。如此之例，不可殚书，无理无情，以难学者。

---

① 兔园坊本：喻指浅陋的粗率的读物。兔园，指《兔园策》，唐代的一种类书。

不止上侮圣言，试问工之何益？而上自嘉、道，下迄同、光，举国人士伏案揣摩，皆不出此“大草”之文法也。

夫人士之才否，国命之所寄托也。举、贡诸生，为数无几，若童生者，士之初基。吾国凡为县千五百，大县童生数千，小县亦复数百，但每县通以七百计之，几近百万人矣。夫各国试皆无额，惟通是求；而吾国学额寡少，率百数十额乃录一人。故录取者百之一，而新试者不止百之一。故多有总角应试，耄耋犹未青其衿者；或十年就试，已乃易业。假三十年之通，则为三百万人矣。故有人士终身未及作一大题，以发圣经大义者。夫以总角至壮至老，实为最有用之年华，最可用之精力，假以从事科学，讲求政艺，则三百万之人才，足以当荷兰、瑞典、丹麦、瑞士之民数矣。以为国用，何求不得？何欲不成？乃以三百万可用之精力、人才、月日，钩心斗角，敝精费神，举而投之枯困搭截文法之中，以言圣经之大义，皆不与之以发明也，徒令其不识不知，无才无用，盲聋老死，是比白起之坑长平赵卒四十万，尚十倍之。其立法之谬异，流弊之奇骇，诚古今所未闻，而外人所尤怪诧者矣。即以臣论，丱角学文，于小题搭截，尤畏苦之。其文法严苛，过于钳网，触处皆犯。束书不读，稍能习熟；若复涉群书，置而不事，即复犯文法。故六应童试，见摈以此。知其于学问最相阻相反也。

且童生者，全国人之蒙师也。师之愚陋盲瞽既极，则全国人之闭塞愚盲益甚。是投全国人于盲瞽也，何以为国？昔在一统闭关之世，前朝以之愚民则可矣；若夫今者万国交通，以文学、政艺相竞，少不若人，败亡随之。当此绸缪未雨之时，为兴学育才之事，若追亡救火之急，犹恐其不能以立国也，而乃以八股试多士，以小题枯困截搭缚人才，投举国才智于盲瞽，惟恐其稍为有用之学，以为救时之才也，不亦反乎？

然则中国之割地败兵也，非他为之，而八股致之也，故臣生平论政，尤痛恨之。即日面奏，荷蒙圣训，以八股为学非所用，仰见圣明，洞见积弊。夫皇上既深知其无用矣，何不立行废弃之乎？此在明诏一转移间耳，而举国数百万人士，立可扫云雾而见青天矣！从此内讲中国文学，以研经义、国闻、掌故、名物，则为有用之才；外求各国科学，以研工艺、物理、政教、法律，则为通方之学。以中国之大，求人才之多，在反掌间耳。尚虑群臣守旧，或有阻挠。皇上睿虑，内断于心，请勿下部议，特发明诏，立废八股。其今乡会童试，请改试策论——以其体裁能通古证今，会文切理，本经原史，明中通外，犹可救空疏之宿弊，专有用之问学。然后宏开校舍，教以科学，俟学校尽开，徐废科举。其试帖风云月露之词，亦皆无用；其楷法方光乌之尚，尤为费时。昔在闭关之世，或以粉饰夫承平；今当多难之秋，不必敝精于无用。应请定例，并罢试帖，严戒考官，勿尚楷法。庶几人士专研有用之学，其于立国育才，所关至大。

臣愚颛颛，首以是请。恭折叩谢天恩，伏维皇上圣鉴。谨奏。

（1898 年 6 月 19 日）

敬谢天恩并统筹全局折

奏为敬谢天恩准予专折奏事，请统筹全局以变法强国，恭折仰祈圣鉴事：

窃臣岭海下士，才识暗愚，以时事艰难，屡次上书，冒渎天听。荷蒙皇上天地之量，采及刍荛，顷乃蒙过听虚声，特予召见，垂问殷勤，过二时许，容其狂愚，宽其礼数，复令有所条陈，准其专折递奏，隆天重地，稠叠有加。臣俯念时艰，仰感知遇，祇竭驽钝，图报涓埃。顷仰承圣训，以国家之败，归罪守旧诸人，臣妄陈大计，皆承俞允。仰见圣明天纵，求治若渴，洞万国之故，审时变之宜，此真中国之福也，四万万臣民之幸也。臣愚但有喜舞忭蹈，咏歌圣德。然皇上询访之盛意，臣何敢知而不言？臣今所欲陈者，曰统筹全局以图变法，御门誓众以定国是，开局亲临以定制度，三者而已。

方今累经外患之来，天下亦知旧法之敝，思变计图存矣。然变其甲不变其乙，举其一而遗其二，枝枝节节而为之，逐末偏端而举之，无其本原，失其辅佐，牵连并败，必至无功。夫物之为体，合多质点而后成；室之可居，合多土木而后备。体不备，谓之不成人；政不备，亦谓不成国。故臣以为不变则已，若决欲变法，势当全变。如匠人筑室，千门万户，必绘图画则，先定雏形，而后鸠工庀材，乃行兴筑。若全局未定，图绘全无，听甲言而为宲为桷；尺寸不知，又听乙言而肯构肯堂。木石未备，砖瓦乱构，工匠杂陈，及其全局合龙，必致乖牾凿枘，风雨骤至，托庇仍无。若夫缝人裁衣，必量全体之度；庖人调味，必酌酱齑之宜。若妄施刀剪，势必颠倒裳衣；乱下盐梅，以致难供刀匕。薄物犹尔，况于举万里之国而治之哉？故臣请变法，不欲言某事宜举、某事宜行者，恐虽诏行，难收成效，必至与总署、使馆、海军、船厂、电线，铁路、矿务、制造厂、同文馆，同为守旧者借口攻挠而已。故今欲变法，请皇上统筹全局，商定政体，自百司庶政，用人交外，并草具纲领条目，然后涣汗大号，乃与施行。本末并举，首尾无缺，治具毕张，乃收成效。臣所请统筹全局者此也。

顷者胶旅既割[1]，内地权利尽失，危亡逼迫，若火燎原。皇上审时变法，发愤图存，特下诏书，明定国是，苦心明断，天下共知。而诸臣惑于旧俗，谣谤纷纭。或庸人知见摈于维新，恐富贵之难保；或佥人思媚于权贵，造疑谤而诋諆。交章飞文，变乱黑白，诬攻新政；贝锦如织，流言惑听，害过流贼。或老耄旧学，自托清流，挟"用夷变夏"之言，持"变乱祖制"之说，劫乱民听。众志荧惶，藐王言如弁髦，视纶音如草莽。臣惟三代大举，亦复胥动浮言；盘庚迁殷，屡烦誓诰，戒以"黜心从一"，责其"起秽自臭"，警以"祖父断弃"，严以"劓殄无遗"。盖誓者经义取重，亦西国通行。昔圣祖高宗时，频有御门之典。臣伏乞皇上诹日斋戒，特御乾清门，大集群臣，相与敕誓，布告天下，与民更始，咸令具名上表，尽革旧习，黾勉维新。其有不率，予之休免；其有造谣兴谤、不奉新政者，上用盘庚劓灭之刑，旁采泰西谣谤之律，明罚敕法，刑兹无赦。庶几浮言可靖，众志乃一。国是既定，大势咸趋。臣所请御门誓众者此也。

今天下之言变者，曰铁路，曰矿务，曰学堂，曰商务，非不然也。然若是者，变事而已，非变法也。变一事者，微特偏端不举，即使能举，亦于救国之大体无成，非皇上发愤自强之意也。周公思兼三王，孔子损益四代，乃为变法。臣所请者：规模如何而起，条理如何而详，纲领如何而举，节目如何而备，宪法如何而定，章程

---

① 胶旅既割：指 1897 年 11 月德国军队强占胶州湾事件。

如何而周，损益古今之宜，斟酌中外之善，若者宜革，若者宜增，若者宜删，若者宜改，全体商榷，重为草定。兹事体大，关国安危，举错偶乖，必至龃龉。此非特开专司，以妙选通才，不足以商鸿业而定巨典。今欲行新政，但听人言，下之部议，尤重者，或交总署枢臣会议；然大臣皆老耄守旧之人，枢垣总署皆兼差殷忙之候，求其议政详善，必不可得也。臣前请用日本例，开制度局于内廷，选天下通才任之，皇上亲临，日共商榷；其有变法之折，并下制度局商议，拟旨施行。然后挈领振裘，目张纲举，新政可行，自强有效。臣所请开制度局者此也。

虽然，以皇上之明，岂不知筹全局而全变哉？其有不能者，或势有所限也。然人主有雷霆万钧之力，所施无不披靡。就皇上所有之权，行方今可为之事，举本握要，则亦可一转移间而天下移风，振作人心矣。国势危迫，不能需时，及今为之，已迟不及事。惟皇上乾纲独揽，速断圣心，以救中国，天下幸甚！

臣愚忧国，敢冒死以竭拳拳，伏乞皇上圣鉴。谨奏。

（1898 年 6 月 19 日）

请尊孔圣为国教立教部教会以孔子纪年而废淫祀折

奏为进呈《孔子改制考》、《新学伪经考》、《董子春秋学》，敬备宸览，乞设立教部教会并以孔圣纪年，听民间庙祀先圣，而罢废淫祀，以重国教，恭折仰祈圣鉴事：

窃臣昔面对，蒙荷圣慈，令进所著群书，又承天恩，特令军机大臣廖寿恒迭次传问，催将所著书速写进呈。以臣愚陋，粗事撰述，奚足以仰承天鉴。乃蒙眷问稠叠，自非大圣人虚怀下问，垂采刍荛，安得有此。经昼夜写黄，将臣所编《日本明治变法考》、《俄大彼得变政致强考》、《突厥守旧削弱记》、《波兰分灭记》、《法国革命记》进呈御览，聊备法戒。然凡此只言治术，未及教旨，未足以上酬圣意也。今并将臣所著《孔子改制考》、《新学伪经考》、《董子春秋学》进呈，以卷帙繁重，日月迁速，未及写黄，谨以刻本上呈，惶恐万罪。

窃惟孔子之圣，光并日月；孔子之经，流亘江河，岂待臣愚，有所赞发。惟中国尚为多神之俗，未知专奉教主，以发德心。祈子则奉张仙，求财则供财神，工匠则奉鲁般。甚至士人通学，乃拜跳舞之鬼，号为魁星，所在学宫巍楼，高高坐镇，胄子士夫，齐祈膜拜，不知羞耻，几忘其所学为何学也。即称为城隍，列为正祀，而号为阴官，多列鬼判，虽狞恶足警，亦非经典所昭垂。其里祀土地，亦犹是矫诬也。其他龙王、牛王、猴王之祀，以人祀兽，尤为反异。若夫木居士之一株，石敢当之一片，亦有无穷求福之人。

夫神道设教，圣人所许，乡曲必庙，祷赛是资。而牛神蛇鬼，日窃香火，山精木魅，谬设庙祀，于人心无所激厉，于俗尚无所风导，徒令妖巫欺惑，神怪惊人，虚靡牲醴之资，日竭香烛之费。而欧、美游者，视为野蛮，拍像传观，以为笑柄，等中国于爪哇、印度、非洲之蛮俗而已。于国为大耻，于民无少益。夫教民正俗，修礼重教，此岂细故哉？中国数千年来，敬教正学，凡历代儒先所论，我朝圣训所垂，罔不迪于正典，力辟怪邪，而坐听妖巫神怪不经之事，大供奉于民间，积久尊崇，或光列夫祀典，岂不异哉？历朝间有刚正之大臣，时请为淫祀之严禁，明主在上，亦或采行，乃不旋踵而淫祀复兴，遍于民间。推原其故，盖朝廷虽言敬教正学，只等具文，而未令天下人民专祀先圣故也。

今自学宫尊祀孔子，许教官诸生岁时祀谒外，其余诸色人等，及妇女皆不许祀谒。民心无所归，则必有施敬之所；地方必有庙，则必有所奉之神。以兹大事，功令又不为正定，奉祀何神，朝廷既听民立庙，不加禁止，一任人民自由举措。夫小民智者少而愚者多，势必巫觋为政，妄立淫祠，崇拜神怪，乃自然之数矣。积势既久，方将敬奉之不暇，孰敢与争？于是淫祠遍地，余波普荡，妖庙繁立于海外，重为欧、美所怪笑，以为无教之国民，岂不耻哉？然旋观欧、美之民，祈祷必于天神，庙祀只于教主，七日斋洁膜拜，诵其教经，称于神名，起立恭默，雅琴合歌，一唱三叹，警其天良，起其斋肃。此真得神教之意，而又不失尊教之心。回视吾国民，惟童幼入学，读经拜圣，自稍长出学，至于老死，何尝一日有尊祀教主之事，有诵读遗经之文？而欲警其天良，起其齐肃，何可得哉？其所耳濡目染，膜拜尊奉，皆妖巫神怪者，风俗何由而善？正学何由而兴？大教何由而一？臣每有睹闻，不能不为我数千年之儒先怪也。即祀文昌[1]，或谓一星，或谓张亚子，何功何德，而妄祀之？即观音慈悲可奉，乃一印度之僧尼；关帝忠义可尊，不过奉春秋之遗教，而今家家祭祀，地地崇奉。则吾国自有教主，春秋作自先圣，何不直祀孔子，同奉教主，不更足以感动人之仁慈忠信

---

① 文昌：即文昌神，又称文昌帝君，掌管文运和士子前程的神。其起源有谓奎星者，有谓晋代孝子张亚者。

哉？闻昔在明世，民间尚有祠祀孔子者。至康熙时，御史吴培乃始奏禁妇女入孔庙烧香。自是禁民间庙祀孔子，以为尊崇先圣，岂知圣教从此不及于民矣。圣教日微，而淫祀日盛，吴培不知大理，其罪可胜诛哉！

臣窃谓中国祀法，有过尊之弊，而大害生焉。《穀梁传》述孔子之大义，曰人非天不生，非父不生，非母不生，故谓天之子也可，谓之母之子也可。尊者取尊称焉，卑者取卑称焉，故王者称为天子，不过取尊称云尔，实则凡人皆天之子也。《易》曰："天地絪缊，万物化醇。"董仲舒述孔子大义亦曰："天者，人之祖父也。"人既不忘所生，祀其祖父，又岂可忘所自出，而不祀天哉？王者至尊，为天之子，宜祀天；人民虽卑，亦天之子也，亦宜祀天也。不过古者尊卑过分，故殊其祀典，以为礼秩，岂所论于今升平之世哉？《论语》子路请祷于天。孟子曰："虽有恶人，斋戒沐浴，可以祀上帝。"然则孔、孟大义，许人人祷祀天帝矣。且今功令即不定人民祀天，而民间岁时向空，无不祀天者。既久听之而不禁，何不因而正定其礼乎？即今欲禁之，则基督之教人，皆曰膜拜上帝矣。信教自由，为宪法大义，万无禁理。若实与而文不与，于民教既大损，于国秩又何益哉？

孔子为圣之时，礼以时为大。《易》曰"观其会通"，以行其典礼，今尤通变之时矣。臣窃考孔子实为中国之教主，而非谓学行高深之圣者也。昔周末大乱，诸子并兴，皆创新教，孔子应天受命，以主人伦，集成三代之文，选定六经之义，其诗书礼乐，因借先王之旧而正定之，其《易》以通阴阳，《春秋》以张三世，继周改制，号为素王[①]，苍帝降精，实为教主。庄子以为本天地、育万物，小大精粗本末，四通六辟，无乎不在，推为神明圣王；子贡、有子，以为生民未有。其弟子三千，徒侣六万，分传其教，遍于中国，皆信行之。当其时，诸子争为教主者十数，而老、墨尤大。老为虚

① 素王：古代称有王之德、但不必居王之位的贤人。后特指孔子。

无、为我、刑法之祖，其流为神仙符箓。墨为尊天、尚同、兼爱之宗，其短在非乐俭觳。二大教亦遍行中国，而不若孔子之宏大周遍，又不若孔子之近人中庸，故至汉武时儒学一统，二教败亡，孔子为中国教主，乃定一尊。

夫大地教主，未有不托神道以令人尊信者；时地为之，若不假神道而能为教主者，惟有孔子，真文明世之教主，大地所无也。及刘歆起，伪作古文经，托于周公，于是以六经为非孔子所作，但为述者，唐世遂尊周公为先圣，抑孔子为先师。于是仅以孔子为纯德懿行之圣人，而不知为教主矣，近人遂妄称孔子为哲学、政治、教育家。妄言诞称，皆缘是起，遂令中国诞育大教主而失之，岂不痛哉！臣今所编撰，特发明孔子为改制教主，六经皆孔子所作，俾国人知教主，共尊信之。皇上乙夜览观，知大圣之改制，审通变之宜民，所以训谕国人，尊崇教主，必有在矣。

夫孔子之道，博大普遍，兼该人神，包罗治教，固为至矣。然因立君臣夫妇之义，则婚宦无殊；通饮食衣服之常，则齐民无异。因此之故，治教合一，奉其教者，不为僧道，只为人民。在昔一统闭关之世也，立义甚高，厉行甚严，固至美也。若在今世，列国纵横，古今异宜，亦少有不必尽行者。其条颇多，举其大者。盖孔子立天下义，立宗族义，而今则纯为国民义，此则礼律不能无少异，所谓时也。孔子自有平世之义，臣所辑《春秋笔削大义微言考》略发明之，但今未明，若尽以据乱旧道绳人，则时义事势不能行。若不以孔子大教为尊，则人心世道不可问。故今莫若令治教分途，则实政无碍而人心有补焉。

夫举中国人皆孔教也，将欲令治教分途，莫若专职业以保守之，令官立教部，而地方立教会焉。首宜定制，令举国罢弃淫祀，自京师城野省府县乡，皆独立孔子庙，以孔子配天，听人民男女，皆祀谒之，释菜奉花，必默诵圣经。所在乡市，皆立孔教会，公举士人通六经四书者为讲生，以七日休息，宣讲圣经，男女皆听。讲生兼为奉祀生，掌圣庙之祭祀洒扫。乡千百人必一庙，每庙一生，多者听之。一司数十乡，公举讲师若干，自讲生选焉。一县公举大讲师若干，由讲师选焉，以经明行修者充之，并掌其县司之祀，以教人士。或领学校，教经学之席，一府一省，递公举而益高尊，府位曰宗师，省曰大宗师，其教学校之经学亦同。此则于明经之外，为通才博学者矣。合各省大宗师公举祭酒老师、耆硕明德，为全国教会之长，朝命即以为教部尚书，或曰大长可也。

各国学校，皆隶于教，学生日必顶礼，况我孔子，向专为学校所奉哉？应密其仪节矣，至凡为传教奉职讲业之人，学业言行，悉以后汉、宋、明之儒先为法，矩矱礼法，不得少逾，执持大义，匡弼时风。虽或极迂，非政客士流所堪，难从难受，而廉耻节义，有所扶赖。政教各立，双轮并驰，既并行而不悖，亦相反而相成。国势可张，圣教日盛，其于敬教劝学，匡谬正俗，岂少补哉？

抑臣更有请者。大地各国，皆以教主纪年，一以省人记忆之力，便于考据；一以起人信仰之心，易于尊行。日本无教主，亦以开国二千五百年纪元，与其时王明治年号并行，一以贵当王，一以便考古。若吾国历朝数十，阅帝数百，年号几千，记述既艰，考据不便，苟非通博专门，今人不知何世，既为前代，无关尊王。不若以教主纪年，更于敬教有补。伏惟皇上圣明，传心先圣，敬教审时，洞达中外，乞明诏设立教部，令行省设立教会讲生，令民间有庙，皆传祀孔子以配天，并行孔子祀年以崇国教。其祀典旧多诬滥，或人神杂揉；妖怪邪奇，或无功德。应令礼官，考据经典，严议裁汰，除各教流行久远、听民奉教自由及祀典昭垂者外，所有淫祠，乞命所在有司，立行罢废，皆以改充孔庙，或作学校，以省妄费而正教俗。所关至大，伏乞皇上圣鉴。谨奏。

（1898 年 6 月 19 日）

进呈《日本明治变政考》序

臣闻国无小大，民无众寡，能修其政则强，不修其政则弱。臣不敢远述，请言至近者。明有天下，岂不庞大哉？然而圣朝龙兴东土，起自旅成，遂能北收蒙古四十国，东定朝鲜，入主华夏，数月而奄有率土。若夫近者，俄本蕞尔，自大彼得起，发愤变法，而霸北球；德大非特猎起自小普[①]，能胜奥、俄、法而成强大，威廉第一能用俾士麦治国，今乃霸全欧。萨谛尼小侯国耳，有贤相嘉窝，与其主伊曼奴核起而胜帝国之奥[②]，遂合十一国以立意。若夫日本，地域比我四川，人民仅吾十之一，而赫然变法，遂歼吾大国之师，割我辽、台，偿二万万[③]。若夫印度、突厥，岂非古有名万里大国哉？然今则夷为奴属，或割为病夫，听诸欧蹂躏焉。夫以普鲁士、萨谛尼、日本，与印度、突厥比土量民，不足一映焉；然强弱盛亡荣辱，若是其远也，臣滋惧焉。况今者四海棣通，列国互竞，欧美之新政新法新学新器，日出曹奏，欧人乃挟其汽船、铁路，以贯通大地，囊括宙合，触之者靡，逆之者碎；采而用之，则与化同，乃能保全。突厥至大国，守旧拒之则弱削；日本极小国，更新变之则

---

① 大非特猎：即弗里德里希二世（1712—1786），又称腓特烈大帝，普鲁士第三代国王（1740—1786 年在位）。威廉第一：即威廉一世，普鲁士国王（1861—1888 在位）。在位期间任用俾斯麦为宰相兼外交大臣，实现了德国统一。1871 年起为德意志帝国皇帝。

② 萨谛尼：即撒丁王国，建立于 1720 年，1861 年统一意大利。嘉窝：今译加富尔（1810—1861），撒丁王国首相，统一后的意大利王国第一任首相。伊曼奴核：今译埃曼努伊尔，1849 年继任撒丁国王，1861 年任意大利国王。

③ 这里说的是日本在甲午战争中打败北洋海军，迫使清政府签订《马关条约》，规定割让辽东和台湾给日本，并赔偿白银二万万两。

骤强。此其明效大验，公理正则，无可遁逃者矣。

尝考日本变法之始至难矣，与欧、美语文迥殊，则欲译书而得欧美之全状难；帝者守府，而武门握权，列藩拱之，其孝明天皇欲作诗而无纸，则收权难；及倒幕维新，而革命四起，则靖人心难；新政初变，百度需支，变乱频仍，兵饷交困，而国库乏绝，初创国家银行，资本仅得二十九万，全国岁入仅逾千二百万，直至前岁胜我之后，岁入亦仅八千万，则筹款难。然二十年间，遂能政法大备，尽撮欧、美之文学艺术，而熔之于国民，岁养数十万之兵，与其十数之舰，而胜吾大国。以蕞尔三岛之地，治定功成，豹变龙腾，化为霸国。

若以我广土众民，十倍于日，皇上乾纲独揽，号令如雷霆，无封建之强侯，更无大将军之霸主，片纸涣汗，督抚贯行，四海无虞，民罔异志。就今岁入已逾万万，若括陋规，必可得倍；若正经界，更得倍蓰；若善银行之用，则不可思议也。若因日本译书之成业、政法之成绩而妙用之，彼与我同文，则转译辑其成书，比其译欧美之文，事一而功万矣；彼与我同俗，则考其变政之次第，鉴其行事之得失，去其弊误，取其精华，在一转移间，而欧、美之新法，日本之良规，悉发现于我神州大陆矣。

夫凡有兴作，必有失弊，几经前车之覆，乃得后轨之遒，今我有日本为向导之卒，为测水之竿，为探险之队，为尝药之神农，为识途之老马，我尽收其利而去其害，何乐如之！譬如作室，欧美绘型，日本为匠，而我居之也；譬如耕田，欧美觅种灌溉，日本锄乂，而我食之也。虽国势不同，民俗少异，有不可尽用者，则斟酌补苴，弥缝救正，亦何难焉？且我数千年文明之旧，亦自有应保全者，其不能尽同，且不可尽采，奚待言哉！但借其同文，因其变迹，规模易举，条理易详，比之采译欧文之万难，前无向导之盲瞽，岂不相距万里哉！

昔在圣明御极之时，琉球被灭之际，臣有乡人，商于日本，携示书目。臣托购求，且读且骇，知其变政之勇猛，而成效之已著也。臣在民间，募开书局以译之，人皆不信，事不克成；及马江败后，臣告长吏，开局译日本书，亦不见信；及东事既兴，举国上下，咸昧日事，若视他星。臣曾上书言日本变法已强，将窥辽东，先谋高丽，大臣不信，猥以疏贱，九门深远，格不上达；及东事之兴，举国人皆轻日本之小国，贸然兴戎，遂致败辱，则太不察邻国、误轻小邦之所由也。向使二十年前，臣译局书成；或十年前，长吏听臣言而译之；或六年前，大臣信臣言而上奏，皇上亟变法而预防：有一于此，其在前乎，则国民必瞭而不矇；其在后乎，则中国已强而无患。乃皆不获，遂至丧师辱国，割地赔款，以至乎此也。臣不能不叹息痛恨也夫！

臣愚狂谬，岂敢妄陈前事，几类炫伐，上渎圣明？所以敢不避斧钺，拳拳上告者，诚以前事不忘，后事之师也；亡羊补牢，今未为晚也。臣考日本之事至久且详，睹前车之覆，至险可鉴；若采法其成效，治强又至易也。大抵欧美以三百年而造成治体，日本效欧美，以三十年而摹成治体。若以中国之广土众民，近采日本，三年而宏规成，五年而条理备，八年而成效举，十年而霸图定矣。臣荷皇上非常之知，筹为中国自强之计，未有过此。皇上若采臣言，中国之治强，可计日而待也。臣昔译集日本群书，但割取明治变政之事，编辑成记。累承圣问，今乃写定，上呈圣鉴。臣康有为序言。

（1898 年 1 月底）

进呈《俄罗斯大彼得变政记》序[①]

臣闻一姓之霸有天下者，刻籀其钟鼎，摩呵其灵庙，徘徊其册府，皆有神谟远算，深计长虑，以为子孙万世之业；然类皆数百年而断灭，或数十年而断灭，其祖宗之经文纬武，皆废弛败坏而不可用，子孙墨守其陈迹而失其精意，遂相以寻于祸败，谓一姓不再兴，览四千年青史氏之载，历朝兴亡之迹，岂不哀哉！

《诗纬》曰："王者三百年一变政。"盖变者，天道也，天不能有昼而无夜，有寒而无暑，天以善变而能久；火山流金，沧海成田，历阳成湖，地以善变而能久。人自童幼而壮老，形体颜色气貌，无一不变，无刻不变。《传》曰："逝者如斯。"故孔子系《易》，以"变易"为义；又曰："时为义大"。时者，寒暑裘葛，后天而奉天时，此先圣大声疾呼，以仁后王者耶？

泰西之国，一姓累败而累兴，盖善变以应天也。中国一姓不再兴者，不变而逆天也。夫新朝必变前朝之法，与民更始。盖应三百年之运，顺天者兴，兴其变而顺天，非兴其一姓也；逆天者亡，亡其不变而逆天，非亡其一姓也。一姓不自变，人将顺天代变之，而一姓亡矣；一姓能顺天，时时自变，则一姓虽万世存可也。

夫创业中兴之人，能变政者，其才武，其志深，其力雄，其气猛，推移旋运，举重若轻，故治天下如弄丸，椎柏宛转，宽绰有余。晚季中叶，不能变政，其才文，其志浅，其力薄，其气弱，故因循苟且，畏难偷安，故治天下如患痿痹麻木，不能自知自举，而

---

① 大彼得：俄罗斯沙皇彼得一世（1672—1725），又称彼得大帝。在位期间推行改革，使俄罗斯臻于世界强国之列。

国之大小存亡强弱兴败视之。

今地球万国，俄地三万里为大，俄兵八百万为强，割辽之事，俄一言而日归之，吾乃以银行、铁路与之为德。虽然，乃考俄之始，乃以八万兵败于瑞典万人，乃割边地于瑞国，无学校，无练兵，无通商，无制造良工，愚冥狉獉，既蠢既顽，昧塞小弱，岌岌殆亡，固有甚于我中国者。大彼得知时从变，应天而作，奋其武勇，破弃千年自尊自愚之习，排却群臣沮挠大计之说，微服作隶，学工于荷、英，遍历诸国，不耻师学，雷动霆震，万法并兴。昔卫文大布衣冠，务材训农，通商惠工，敬教劝学，授材任能，是以兴卫；句践卧薪尝胆，躬耕，夫人织，下贤厚客，振贫吊死，同营百姓，用以沼吴。彼得集而兼之，举动非常，神功超越，用是数十年而文明大辟，开地万里，为霸地球。呜呼！雷动而草木拆，其变力大者，其治功大。苍萌亿亿，皆草木也，待雷而拆，于以荣华，于以参天。彼得之变力，雷力也哉？宜其拆而荣华，而参天。呜呼！凡数百年一姓之国，既危既弱者，宜鉴于斯。臣谨辑彼得行事，以备采择。上呈圣鉴。臣康有为序言。

（1898 年 1 月底）

进呈《突厥削弱记》序

臣闻医而后知病之轻重，鉴而后知貌之妍媸。鉴于远古，不若鉴于近今；镜于不同类而异我者，不若镜于同类而似我者。故苏援切近，诊切脉络，至要矣。横览万国与中国至近形似，比拟同类，鉴戒最切者，莫如突厥矣。

突厥出自匈奴，盖殷人淳维之后，而吾同种也。昔在隋、唐之世，赫然控北方数万里，亘自辽东，延瀚海，至于里海，奄有中亚，自蒙古前，莫比强焉。及败逐于契丹时，号为西突厥；终败逐于蒙古燕帖木儿，走为今突厥。已而攻东罗马，灭而代之，迁居其君士但丁那部之大都[①]。当是时，突之四域，北据今强俄之全土，东破取波斯之半壤，南臣服非洲数万里之北域，中抚亚喇伯[②]、希腊之旧国，东取欧洲之塞维布加利牙、罗马尼亚之腴壤，挟其黑海、地中海、印度海幅员之力，兼有摩西、穆护、希腊、罗马文教之旧疆，东向而争欧土。当明之中叶，其苏丹索立曼拥马队兵百万以压全欧[③]，玉节金幢，铁马鸣镝，鞭棰所指，指日灭欧。德之维也纳城门不启，匈之标德卑士京邑濒危[④]。诸欧列国王侯联兵合拒之，幸霖雨泥泞，疫病大起，仅乃得解，否则诸欧咸为吞并矣。自尔三百年间，诸欧同心竭力，奔命靡遑，盖闻突厥之声威，而心慑骨震矣。

---

① 君士坦丁那部：即君士坦丁堡。

② 亚喇伯：即阿拉伯。下文的塞维布加利牙，即塞维利亚、保加利亚。

③ 索立曼：即苏莱曼，奥斯曼土耳其帝国苏丹（1520—1566 在位）。

④ 标德卑士：即布达佩斯。

然而是三百年间，适当欧人新世勃兴，科仑布则寻得美洲[①]，渐乃觅得全地以增新识，意大利文学复兴后，新教出而旧教殆，于是倍根、笛卡儿创新学，讲物质，自是新艺新器大出矣。突人得大炮火药于蒙古而输之欧，于是破封建万千之侯垒而王权成，腾扬丕天之革命波而立宪遍于各国矣。

至近世百年，诸欧治定功成，其新政新法新学新器，绝出前古，横被全球，其汽船、铁路、电线、汽球并出齐奏，绝地通天，欧人用以囊括四海，席卷大宇，无有留者。而突厥恃其强大，鼾睡于其比邻，阅数百年，渺若无知，不少觉寤，岂不异哉！及夫欧势内膨，兵力外挺，眈眈逐逐，惟此地兼三海三洲之神皋腴壤，始因种争教争，借扶其民，于是埃及、希腊自立，罗马尼亚、塞维继之。及布加利牙教案之起，俄人借口仗义兴师，于是可萨克数十万兵，立马巴达坎岳之颠，以俯瞰君士但丁那部矣[②]。当是时，突君主大臣惴惴不国，英人为均势而争郑之虎牢也，乃连法、意、德、奥之师，勒俄退兵。列强乃分割其要壤，俄得黑海、高加索，奥得赫次戈两省，英得毛鲁塌，布加利牙与门的内哥均自立。自是突遂偏安，地壤褊小，君废国几亡。

当是时，尚幸赖贤相阿士文之才[③]，立宪法，变新政，订外交，令国家危而复安，国民悬而复解。若使突主倚用之，以突之兵强国大，至今二十年，虽齐法德、轶奥意可也。然而突之苏丹，乃逐阿士文，废宪法，复守旧，至于今二十年，全突黑暗，仍数百年之故俗也。闻其国土地芜茀，与我国同；道路污秽，与我国同；无自来水，无排泄，无电灯煤灯，无机器，与我国同；全国少铁路、电线，交通不便，与我国同；人民愚昧笃旧，于读回教经典外，地球大势，瞎无所知，其学校皆无世界学，无各专门化、光、电、重、

---

① 科仑布：今译哥伦布。

② 布加里亚：即保加利亚。可萨克：今译哥萨克，生活于东欧大草原的游牧族群，以骁勇善战、骑术精湛著称。巴达坎岳：今译巴尔干山，横贯保加利亚。

③ 阿士文：通译阿哈迈德·米德哈特帕夏（1822—1884），奥斯曼帝国宰相，土耳其第一部宪法的制定者。

工程、机器学，无商船驾驶学，与我国学子昧昧于八股试帖楷法同；人民无权，国无议院，县乡无议局，无选举，与我国同；其财政困乱，人民穷苦如牛马，与我国同；其讼武断，其狱黑苦，与我国同；其负外国债累数万万，与我国同；英、俄、德、法、奥、意六国大使，外揽收其财，内干预其政，日迫压取其利权，国民愁怨咨嗟，与我国同。于是革命四起，人人思易朝逐君矣。突厥苏丹，以其黑暗守旧之治法，晏然处诸欧列强狡启之中，偃然卧国民愤怒革命之上，所谓寝积薪之上，火未然而以为安；卧群虎之旁，虎未噬则且酣醉，岂有不危哉！突厥不亡国，则革命殆不远矣，无可救药矣；岂止削弱而已哉！

《书》曰："与治同道，罔不兴；与乱同道，罔不亡。"中国与突厥乎，西欧久诮为东方两病夫矣，其意谓未知孰为先死也。今中国之形与突厥同，中国之病亦与突厥同。臣编译突厥事，窃窃自危，旁皇泪下。窃幸恭逢我皇上神圣英武，维新变法，且决立宪，有以起病而扶衰焉；惟此独与突厥异。中国不亡，国民不奴，惟皇上是恃。《书》曰："一人有庆，兆民赖之。"此中国四万万人民之幸也。

臣谨编译，上呈圣鉴。臣康有为序言。

（1898 年 6 月）

进呈《法国革命记》序

昔孔子读《诗》，至“殷士肤敏，灌将于京”，乃掩卷而叹曰：“大哉！天命无常，故君子不可不戒惧，黎民不可不劝勉。”臣读各国史，至法国革命之际，君民争祸之剧，未尝不掩卷而流涕也。流血遍全国，巴黎百日，而伏尸百二十九万；变革三次[①]，君主再复，而绵祸八十年。十万之贵族，百万之富家，千万之中人，暴骨如莽，奔走流离，散逃异国，城市为墟，而革变频仍，迄无安息，漩入洄渊，不知所极。至夫路易十六[②]，君后同囚，并上断头之台，空洒国民之泪，凄恻千古，感痛全球。自是万国惊心，君民交战，革命之祸，遍于全欧，波及大地矣。诸欧鉴戒巴黎，杀戮略减，而君主杀逐，王族逃死，流血盈野，死人如麻，则百年来百国宝书实录，莫不同然。普大地杀戮变乱之惨，未有若近世革命之祸酷者矣。盖皆自法肇之也。

《大学》曰：“惟命不于常，道善则得之，不善则失之。维石岩岩，民具尔瞻。故有国者不可以不慎，辟则为天下戮。”故桀放南巢，而民曰“时日曷丧”；厉王放彘，而下乃共和为政。至于首悬太白，身焚渐台[③]，盖皆不慎不善，以辟为天下戮也。若夫路易十

---

① 变革三次：指拿破仑发动雾月政变建立法兰西第一帝国、波旁王朝复辟、路易·波拿巴建立第二帝国。

② 路易十六：法国波旁王朝国王（1774—1792）。在位期间实行封建专制统治，引发 1789 年的法国革命。1792 年被革命法庭处以死刑，次年其王后亦被处死。下文说路易十四“宽裕爱民”、“为恭俭之君”，反映了作者的保皇思想。

③ 放南巢：指夏桀被商汤攻败后流放到南巢而死。厉王放彘：指周厉王在国人暴动后被放逐到彘。下文首悬太白，指商纣王自焚后被周武王斩首悬于太白旗上；身焚渐台，指王莽逃到未央宫的渐台上被汉兵所杀，“身焚”当为作者失记。

六宽裕爱民，实为恭俭之君，故遭祸戮，民多哀怜之。以怜民饥，特许开议院，至仁也；许平民预议而立宪法，至公也；饥民从其徽赊喇宫推至巴黎[1]，至宽也。惜其许行立宪，不尽出于己意，而多出于民迫；不刚断于速行，而游移于众议。始则恃瑞士之军，以兵为卫，既乃撤之，则无兵而同于匹夫矣。中则与民党米拉伯盟，而付以大政，则得人而王室固矣；既乃背之，则民党失心矣。终则恃外援而不出奔，遂激民怒而成大戮，身首异处，为天下笑。

盖民性可静而不可动也，一动之后，若转石于悬崖，不至于趾不去也。《传》曰："岂其使一人肆于民上。"民愚不知公天下之义则已，既知之，则富贵崇高者，众之所妒；事权尊一者，众之所争也。法民既远感于美民主之政，近睹于英戮楂理士、逐占士第二之故[2]，久受压制，具瞻岩岩，必倾覆之。吴起所谓"水能载舟，亦能覆舟"，《书》所谓"顾畏于民岩"也。民情大动，民心大变矣。昔之名分，不足以定之，适足以激之；向之权势，不足以压之，适足以怒之。若使路易十六刚愎雄武，仍压其民，若秦始皇则祸延后嗣，二世而亡，如其祖路易十四而已。而雄武之才，乃天实生之，非寻常人主所能学也。苟误师之，则如秦二世、吴孙皓、隋炀帝、英楂理士而已。

既不能为秦始皇、路易十四，则察时势，审民情，知变之不能复止也，动之不能复静也，违之愈激，迟之生变。且夫寡不敌众，私不敌公，人理之公则也，安有以一人而能敌亿兆国民者哉？则莫若立行乾断，不待民之请求迫胁，而与民公之，如英之威廉第三后诸主然[3]。明定宪法，君民各得其分，则路易十六必有泰山磐石之

---

① 徽赊喇宫：凡尔赛宫的旧译。

② 楂理士：即查理一世，英国国王（1625—1649 年在位）。1649 年 1 月被英国特别最高法庭判决为暴君、叛徒、杀人犯和国家公敌，处以死刑。占士第二：即詹姆斯二世，英国国王（1685—1688 年在位）。因国会反对逃亡法国，随后英国代表会议宣布其"自行退位"。

③ 威廉第三：即威廉三世，英国立宪君主（1688—1702 年在位）。1688 年 2 月"光荣革命"后，他被迎立为国王，英国自此确立君主立宪制。

安，聃、彭之寿[1]，尧、舜之誉，生死荣哀，国家长久，天下后世，师之慕之。而惜路易十六不能审时刚断也，徘徊迟疑，欲与不与，缓以岁月，靳其事权，遂至身死国亡，为天下戮笑，几没其贤也，岂不哀哉！昔司马迁笑项羽为妇人之仁，匹夫之勇，宽柔不断，遂以身死国亡；至今观之，与路易十六同出一辙。有国者固与匹夫异体哉！

臣窃观近世万国行立宪之政，盖皆由法国革命而来。迹其乱祸，虽无道已甚，而时势所趋，民风所动，大波翻澜，回易大地，深可畏也。盖大地万千年之政变，未有宏巨若兹者，亦可鉴也。中国未有此书，臣谨编译，上呈圣鉴。臣康有为序言。

（1898 年 7 月）

① 聃、彭之寿：聃指老聃，彭指彭祖，他们都是古代传说中的长寿者。

进呈《波兰分灭记》序

刘据生活的时代，方士及诸神巫多聚京师，皆率左道（古以右为上为正，左为下为邪）女巫往来宫中，教美人渡厄，每个屋里埋木人祭祀之。因后宫闻波兰分灭后①，其民散走欧、美。俄人虐待之，几同犹太，俄、普皆禁其作波兰语文，禁买地；即美至平等，均为仆婢，亦耻与波兰人伍，盖虽为欧种，几视与印度人等矣。哀哉，亡国人也！

波兰分灭事，未入中国载记，臣每读之，睹夫列强同谋之诡，连兵压逼之酷，波兰君相忍辱频仍之苦，割讲渐次之尽；及将分灭，君主后妃，亲王大臣，迫劫囚掳之惨，若读晋怀愍、宋徽钦、石重贵故事，岂徒富贵皆空，其戮辱困苦，求为奴隶，不可得也。国民性懦，不早事力争，及经万变，流血无数，获开议员，而俄人环兵三千，阵炮对院，以监囚诸议员，莫敢噤声，其勇烈者，言出而戮矣。臣既痛波兰之君民，行复自念中国，未尝不为之掩卷流涕、泪下沾襟也。

尝推波兰所以致分灭之由，一由其君忍受耻辱，不早英武自强也；一在其宰相大臣，守旧保禄，苟延旦夕，而甘心卖国也。夫以列强之窥逼如彼，而波君相之怯偷如此，未有不亡国者也。使其民早同心竭力，以与君相争，国会不二心、不易虑、不畏囚死，波王本亦宽柔爱民之主，未尝不可得也，徒惑于其大臣耳。乃国民爱死

① 波兰分灭：指波兰历史上三次被瓜分。1772 年，沙皇俄国、普鲁士、奥地利三国瓜分波兰；1793 年，俄国、普鲁士瓜分波兰；1795 年，俄国、奥地利瓜分波兰，至此，波兰领土被全部瓜分。

坐视，不早争之，至于国已濒危，大势尽去，虽得开国会，而已为强邻所制，虽有圣者，无救于亡也。及亡后，乃始沉族破家，肝脑原野，欲以救亡，终无成也。此则国民酣嬉目前之罪也，所以为亡国之民也。若其君主，既上制于椒房之太后，下制于贵族之大臣，不能自奋矣。与其分灭于外，惨为亡国之戮囚，孰若付权于民，犹得守府而安荣，乃逡遁避终，徘徊不决。至于国势濒危，大势尽去，乃始开国会而听之民献，则已为强邻所制，虽有无数之忠臣义士，终无救于亡也。若其亲贵大臣守旧持禄，日以剥民纳财、卖国鬻权为事，诛囚才贤，压抑新法，蒙闭人主，力拒国会，以为一身富贵长久之计，而不知分地既尽，剥床切肤，家族妻子，囚掳诛夷，高台倾而玩好散，身首不保，白首同归，是则自作之孽，无复可悯者矣。惟惜其君宽仁好善，不能自克，以至身死国亡，为天下戮，祸及其民，延于累世，此则后之览者，不能无累欷三叹也夫。

嗟夫！弱为六极，需者事贼，以召分灭，亦可鉴也。谨辑叙之，上呈圣鉴。臣康有为谨序。

（1898 年 8 月）

《日本杂事诗》序[①]

古者记事之文，有详有略，有纲有目，有经有记，有大题，有小注。立干以举要，条柎而结繁。简要，欲其易诵也；繁条，欲其明备也。故《礼经》仅十七篇，至简也，而《记》则二百余篇。《书》二十八篇，而《大传》、《五行传》数十篇。《易》上下篇、《卦》、《彖》、《象》、《爻》之辞尤简矣，而《易》说、卦气、纳甲、消息、升降详焉。《春秋》万九千字，简严矣，而其指数千。若其述国政，陈风俗，圣人之意，尤托于《诗》。

尝窃疑《诗》三百篇，其文至简，其学非博，而授政不达，使不能对，孔子责之何深也？及考三家《诗》说，则诗篇虽简，《诗》说极多，一经或至百万余言，凡一章一句之所涵托，义旨无穷。以十五国言之，一国之风，《诗》说几近十万言，于地舆、民俗、物产、国政、人才、沿革得失，了如豁如，若聚米而画山，若家人子之自道其生产也，岂犹患其授政不达、专对不能哉？

后世著书记事，此体久失。自《水经注》外，惟方技医卜歌诀，尚有见者。盖古学既兴，《诗》说尽废，不知其为圣制，备详略，合纲目，便记诵，宜考求久矣。近世《宋纪事诗》、《十国宫词》、《外国竹枝词》之作，有词有注，详略互备，此体乃复。

吾友嘉应黄观察公度，壮使日本，为《日本杂事诗》，似续是义，窈窕其思，娟嫮其辞，条柎繁荑，华叶舒铺，文用互殊，纲目

---

① 《日本杂事诗》，是清末诗人黄遵宪的作品。黄遵宪（1848—1905），字公度。广东嘉应州（今梅县）人。光绪举人。历任驻英、日等国外交官，著有《日本国志》和《日本杂事诗》等。

列胪，可诵可娱。如游扶桑之都，迈武门之酷炎，美维新之昌图，嘉高、蒲之秀烈，庶王、朱之令谟①。其于民俗、物产、国政、人才，了如豁如，如家人子之自道其家人产也。黄子文而思，通以瑟，周历大地，略佐使轺，求百国之宝书，罗午旁魄，其故至博以滋，而日本同文，而讲其沿革、政教、学俗，以成其《国志》，而耸吾国人，用意尤深，宜其达政专对绰绰也。《杂事诗》者，亦黄子威风之一羽而已。

方今日本新强，争我于东方。考东国之故者，其势至急。诵是诗也，不出户牖，不泛海槎，有若臧旻之画、张骞之凿矣②。

---

① 高、蒲：高山彦九郎和蒲生秀实。明治维新运动的重要理论家。提出“尊王攘夷”口号，主张加强天皇权力，反对幕府统治。王、朱：指王守仁（王阳明）和朱之瑜（朱舜水）。他们的学术思想对当时日本知识界有一定的影响。

② 臧旻：汉代官吏，出使回还后，对西域情形口讲指画，熟稔异常。张骞：汉代外交家，出使西域，打通了通往西域及中亚的交通孔道。

《礼运注》叙[①]

大漠也，巨海也，泛之而无涯，行之而无途，杳杳茫茫，人之迷方，失路以悲，漂泊可伤者皆是也。浩乎孔子之道，荡荡则天，六通四辟，其运无乎不在。然以其彍博浩弥，举二千五百年之绵蘉，合四万万人民之繁众，并日本、高丽、安南之同文，立于学官，著为国教，诵之读之，尊之服之，而苍苍无正色，渺渺无终极，欲实为孔子之至道也，莫可得而指也。人好其私说，家修其旧习，以多互证，以久相蔽，以小自珍，始误于荀学之拘陋[②]，中乱于刘歆之伪谬，末割于朱子之偏安，于是素王之大道暗而不明，郁而不发，令二千年之中国，安于小康，不得蒙大同之泽。耗矣哀哉！

予小子六岁而受经，十二岁而尽读周世孔氏之遗文，乃受经说及宋儒先之言。二十七岁而尽读汉、魏、六朝、唐、宋、明及国朝人传注考据义理之说，所以考求孔子之道者，既博而劬矣。始循宋人之途辙，炯炯乎自以为得之矣，既悟孔子不如是之拘且隘也；继遵汉人之门径，纷纷乎自以为践之矣，既悟其不如是之碎且乱也。苟止于是乎，孔子其圣而不神矣。既乃离经之繁而求之史，凡数千年国家风俗治乱之故，若者与孔教相因而进退者，得之于战国、秦、汉之间，东汉为美矣，以为未足尽孔子之道也。

既乃去古学之伪而求之今文学，凡齐、鲁、韩之《诗》，欧阳、

---

① 《礼运》是《礼记》中的一篇，大约是战国末年或秦汉之际儒学家托名孔子答问的著作。康有为为之作注，在注解中发挥其有关变法维新的主张。

② 荀学：荀子的学说。

大小夏侯之《书》，孟、焦、京之《易》，大小戴之《礼》，公羊、穀梁之《春秋》[①]，而得《易》之阴阳之变、《春秋》三世之义[②]，曰：孔子之道大，虽不可尽见，而庶几窥其藩矣；惜其弥深太漫，不得数言而赅大道之要也！乃尽舍传说而求之经文。读至《礼运》，乃浩然而叹曰：孔子三世之变，大道之真，在是矣；大同小康之道，发之明而别之精，古今进化之故，神圣悯世之深，在是矣；相时而推施，并行而不悖，时圣之变通尽利，在是矣。是书也，孔氏之微言真传，万国之无上宝典，而天下群生之起死神方哉！天爱群生，赖以不泯，列圣呵护，幸以流传。二千五百年，至予小子而鸿宝发见。辟新地以殖人民，揭明月以照修夜，以仁济天下，将纳大地生人于大同之域，令孔子之道大放光明，岂不异哉！

康有为乃猎缨敷衽而正言曰：吾中国二千年来，凡汉、唐、宋、明，不别其治乱兴衰，总总皆小康之世也；凡中国二千年儒先所言，自荀卿、刘歆、朱子之说，所言不别其真伪精粗美恶，总总皆小康之道也。其故则以群经诸传所发明，皆三代之道，亦不离乎小康故也。夫孔子哀生民之艰，拯斯人之溺，深心厚望，私欲高怀，其注于大同也至矣。但以生当乱世，道难躐等，虽默想太平，世犹未升，乱犹未拨，不能不盈科乃进，循序而行。故此篇馀论及他经所明，多为小康之论，而寡发大同之道，亦所谓“知其不可而为之”者耶？若其发礼意之本，极天人之故，抑可以撢先圣制作之意焉。

幼孩不能离襁褓，蒙学不能去严师。害饥渴者，当醉饱以济其虚，不能遽与八珍；病伤寒者，当涤荡以去其邪，不能遽投参术。乱次以济，无翼以飞，其害更甚矣。若子弟成人，尚必服以襁褓；寒邪尽去，尚不补以参苓，泥守旧方而不知变，永因旧历而不更

---

① 这里的齐、鲁、韩等分别是汉代研习儒家经典《诗》、《书》、《易》、《礼》、《春秋》的各家门派。

② 三世：指据乱世、升平世、太平世。“三世说”为汉代公羊学派解释历史演变的一种观点，康有为将之与《礼运》结合，认为从据乱世进为升平世（小康之道），更进为太平世（大同之道）是人类社会形态演进的共同规律。

新，非徒不适于时用，其害且足以死人。今者，中国已小康矣，而不求进化，泥守旧方，是失孔子之意而大悖其道也，甚非所以安天下、乐群生也，甚非所以崇孔子、同大地也。且孔子之神圣，为人道之进化，岂止大同而已哉！庄子建德之国，列子甔甀之山，凡至人之所思，固不可测矣，而况孔子乎？圣人之治，如大医然，但因病而发药耳，病无穷而方亦无穷；大同小康，不过神人之一二方哉。窃哀今世之病，搜得孔子旧方，不揣愚妄，窃用发明，公诸天下，庶几中国有瘳而大地群生俱起乎？其诸好学高识之君子，有以正之。

孔子二千四百三十五年，即光绪十年甲申冬至日，康有为叙。

（1884 年 12 月 21 日）

《广艺舟双楫》序[①]

可著圣道，可发王制，可洞人理，可穷物变，则刻镂其精，冥縩其形为之也；不劬于圣道、王制、人理、物变，魁儒勿道也。

康子戊己之际，旅京师，渊渊然忧，悁悁然思，俯揽万极，塞钝勿施，格细于时，握发憖然，似人而非。厥友告之曰："大道藏于房，小技鸣于堂；高义伏于床，巧奰显于乡。标枝高则陨风，累石危则坠墙。东海之鳖，不可入于井；龙伯之人，不可钓于塘。汝负畏垒之材，取桀杙，取欂栌，安器汝？汝不自克，以程于穷，固宜哉！且汝为人太多，而为己太少，徇于外有，而不反于内虚，其亦闇于大道哉！"

"夫道无小无大，无有无无。大者小之殷也，小者大之精也。蟭螟之巢蚊睫，蟭螟之睫，又有巢者；视虱如轮，轮之中，虱复傅缘焉。三尺之画，七日游不能尽其蹊径也。拳石之山，丘壑岩峦，窈深窅曲，蠛蠓蚋生。蛙蠙之衣，蒙茸茂焉。一滴之水，容四大海，洲岛烟立，鱼龙波谲，出日没月。方丈之室，有百千亿狮子广座。神鬼神帝，生天生地。反汝虚室，游心微密，甚多国土，人民丰实，礼乐黼黻，草木茏郁。汝神禫其中，弟靡其侧，复何骛哉？盍黔汝志，锄汝心，息之以阴，藏之无用之地以陆沉。山林之中，钟鼓陈焉；寂寞之野，时闻雷声。且无用者，又有用也。不龟手之药，既以治国矣。杀一物而甚安者，物物甚安焉；苏援一技而入微者，无所往而不进于道也。"

---

① 《艺舟双楫》是清人包世臣所著论文、论书的著作，康有为续其为《广艺舟双楫》(1889)，但只"广"了其论书的部分，成为我国书学史上的重要著作。

于是康子翻然捐弃其故。洗心藏密，冥神却扫；摊碑摛书，弄翰飞素。千碑百记，钩午是富。发先识之复疑，窾后生之宧奥。是无用于时者之假物以游岁莫也。

国朝多言金石，寡论书者。惟泾县包氏，鉥之扬之。今则孳之衍之，凡为二十七篇。永惟作始于戊子之腊，实购碑于宣武城南南海馆之汗漫舫，老树僵石，证我古墨焉；归欤于己丑之腊，乃理旧稿于西樵山北银塘乡之澹如楼，长松败柳，侍我草玄焉。凡十七日至除夕述书讫，光绪十五年也。述书者，西樵山人康有为也。

（1890 年 1 月 20 日）

长兴学记[①]

鄙人戆愚，文质无底，虽尝钻励，粗知记诵，非能知学也。二三子以踸踔之志，斐然之资，荡涤污泽，嗌肯来游，鄙人无以告焉。然尝侍九江之末席，闻大贤之余论，谨诵所闻，为二三子言之。二三子之来游，非为学耶？学者，效也。有所不知，效人之所知；有所不能，效人之所能。若已知、已能，共知、共能，则不必学；不知、不能，而欲知、欲能，故当勉强也。董子曰[②]："勉强学问，则闻见博而知益明；勉强行道，则行日起而有功也。"

夫性者，受天命之自然，至顺者也。不独人有之，禽兽有之，草木亦有之，附子性热，大黄性凉是也。若名之曰人，性必不远，故孔子曰："性相近也。"（孟子性善之说，有为而言。荀子性恶之说，有激而发。告子生之谓性，自是确论，与孔子说合，但发之未透。使告子书存，当有可观。王充、荀悦、韩愈即发挥其说。程子、张子、朱子分性为二，有气质，有义理，研辨较精。仍分为二者，盖附会孟子。实则性全是气质，所谓义理，自气质出，不得强分也。余别有《论性篇》。）夫相近，则平等之谓，故有性无学，人人相等，同是食味、别声、被色，无所谓小人，无所谓大人也。有性无学，则人与禽兽相等，同是视听运动，无人禽之别也。

学也者，由人为之，勉强至逆者也。不独土石不能，草木不

① 1891年春，康有为在广州长兴里邱氏书屋开设讲堂，称"长兴学舍"，从学者有陈千秋、梁启超等。是年撰成《长兴学记》，定为学规。

② 董子：指董仲舒。下文的程子、张子、朱子、陆子，分别指宋代儒学家程颐、张载、朱熹、陆九渊。

能，禽兽之灵者亦不能也。鹦鹉能言，舞马能舞，不能传授扩充，故无师友之相长，无灵思之相触，故安于其愚，而为人贱弱也。犀象至庞大，人能御之；虎豹鸷猛，人能伏之，惟其任智而知学也。顺而率性者愚，逆而强学者智，故学者惟人能之，所以戴天履地，而独贵于万物也。之京师者，能为燕语；入吴越者，能作吴言；游于贵人之门者，其舆服甚都矣，其外有以灌输之也。终身不出乡，老于山居谷汲者，虽饶衍，朴鄙可笑，蔽其所见而无所学也。况以天地为之居，以万物为之舆，以圣人为之师者乎？

同是物也，人能学则贵，异于万物矣；同是人也，能学则异于常人矣；同是学人也，博学则胜于陋学矣。同是博学，通于宙合，则胜于一方矣；通于百业，则胜于一隅矣；通天人之故，极阴阳之变，则胜于循常蹈故、拘文牵义者矣。故人所以异于人者，在勉强学问而已。夫勉强为学，务在逆乎常纬。顺人之常，有耳、目、身体，则有声、色、起居之欲，非逆不能制也；顺人之常，有心思识想，则有私利隘近之患，非逆不能扩也。人之常俗，自贵相贱；人之常境，自善相高。造作论说，制成事业，与接为构，而目惑荧，而心洽就。其为是俗，非一人也，积千万人，积亿兆人，积京陔秭壤沟人，于是党类立矣。其为是俗，非一时也，积日月年，积百十年，积千万年，于是积习深矣。欲矫然易之，非至逆安能哉？故其逆弥甚者，其学愈至，其远于人愈甚，故所贵勉强行道也。《大戴·保傅篇》曰："胡越之人，生而同声，嗜欲不异，及其长而成俗也，累数译而不能通。"故孔子曰："习相远。"习，即学也。惟其学相远，故人与禽兽相远，人与人相远，学人与学人相远，其相远之道里，不啻百十里也，不啻千万里也，不啻亿兆里至于无可计议、无可知识里也。今譬若尧、舜之与秦政、隋炀，周、孔之与张献忠、李自成，相去之远，巧历岂能算之哉？吾党嚣然操简毕、被章缝而为士人，其得天厚矣，亦勉于学，思以异于常人而已。

然学也者，浩然而博，矫然而异，务逆于常，将何所归乎？夫所以能学者，人也；人之所以为人者，仁也。孟子曰："人者，仁也。”荀子曰：“人主仁，心设焉，知其役也。”董子曰：“仁者，人也；义者，我也。”自黄帝、尧、舜开物成务，以厚生民；周公、孔子垂学立教，以迪来士，皆以为仁也。旁及异教，佛氏之普度，皆为仁也。故天下未有去仁而能为人者也。虎狼鹰鹯，号称不仁，而未尝食其类，则亦仁也。人莫不爱其身，则知爱父母，其本也；推之天下，其流也，有远近之别耳，其为仁一也。是故其仁小者，则为小人；其仁大者，则为大人。故孝弟于家者，仁之本也；睦姻于族者，仁之充也；任恤于乡者，仁之广也。若能流惠于邑，则仁大矣；能推恩于国，则仁益远矣；能锡类于天下，仁已至矣。《记》曰：“凡有血气之物，莫不有知；有知之物，莫不知爱其类。”圣人至仁，亦仅能自爱其类，不能及物。为人，亦为我也，所谓仁至义尽也。夫即能仁及天下，亦仅能自爱其类，尽乎人道耳。吾仁亦有所限，方自慊然，岂为高远哉！孔子曰：“我欲仁，斯仁至矣。”先师朱先生曰[①]：“伯夷之清易，伊尹之任难，故学者学为仁而已。若不行仁，则不为人，且不得为知爱同类之鸟兽，可不耸哉！”

孔子曰：“学之不讲，是吾忧也。”陆子曰：“学者一人抵当流俗不去。”故曾子谓“以文会友，以友辅仁”。朋友讲习，磨励激发，不可寡矣。顾亭林鉴晚明讲学之弊[②]，乃曰：“今日只当著书，不当讲学。”于是后进沿流，以讲学为大戒。江藩谓：“刘台拱言义理而不讲学，所以可取。”其悖谬如此。近世著书，猎奇炫博，于人心世道，绝无所关。戴震死时，乃曰：“至此平日所读之书，皆不能记，方知义理之学，可以养心。”段玉裁曰：“今日气节坏，政事芜，皆由不讲学之过。”此与王衍之悔清谈无异[③]。故国朝读书之博，风俗之坏，亭林为功之首，亦罪之魁也。今与二三子剪除棘荆，变易陋习，昌言追孔子讲学之旧。若其求仁之方，为学之门，

---

① 朱先生：指作者的老师朱九江。

② 顾亭林：即顾炎武，与下文的江藩、戴震、段玉裁，都是清代著名的学者。

③ 王衍（256—323）：西晋大臣，官至太尉。喜好老庄义理，执麈尾而谈，影响一时风尚。

当以次告也。

从上圣贤，并义甚广；近世儒先，学规良多。或有为而言，或因时立教，或便于入门而归宿未精，或偏重一义而该举未备。鄙人深思古义，综约教旨，下学上达，原始要终，尊德道学，由内及外。群言淆乱，则折衷于洙泗之圣；末世昏浊，则上探于三代之英。道器兼包，本末并举，盖皆人道之宜，天理之节。始于为士，终于为圣，由斯道矣。诸子勖哉！

（1891 年）

《新学伪经考》叙[①]

《新学伪经考》凡十四篇，叙其目而系之辞曰：

始作伪乱圣制者，自刘歆；布行伪经篡孔统者，成于郑玄。阅二千年岁月日时之绵暧，聚百千万亿衿缨之问学，统二十朝王者礼乐制度之崇严，咸奉伪经为圣法，诵读尊信，奉持施行，违者以非圣无法论，亦无一人敢违者，亦无一人敢疑者。于是夺孔子之经以与周公，而抑孔子为传；于是扫孔子改制之圣法，而目为"断烂朝报"[②]。"六经"颠倒，乱于非种；圣制埋瘗，沦于雺雾；天地反常，日月变色。以孔子天命大圣，岁载四百，地犹中夏，蒙难遘闵，乃至此极，岂不异哉！且后世之大祸，曰任奄寺，广女色，人主奢纵，权臣篡盗，是尝累毒生民、覆宗社者矣。古无有是，而皆自刘歆开之。是上为圣经之篡贼，下为国家之鸩毒者也。

夫始于盗篡者，终于即真；始称伪朝者，后为正统。司马盗魏，嵇绍忠；曹节矫制，张奂卖[③]。习非成是之后，丹黄乱色，甘辛变味。孤鸣而正易之，吾亦知其难也。然提圣法于既坠，明"六经"于暗曶，刘歆之伪不黜，孔子之道不著，吾虽孤微，乌可以已！窃怪二千年来，通人大儒，肩背相望，而咸为瞀惑，无一人焉发奸露覆，雪先圣之沉冤，出诸儒于云雾者，岂圣制赫暗有所待

---

① 《新学伪经考》14卷，刊行于1891年，与《孔子改制考》都是康有为打着公羊学派旗号宣扬托古改制的重要著作。

② 断烂朝报：北宋王安石称《春秋》为"断烂朝报"。朝报，当时朝廷的公报。

③ 司马盗魏：司马氏盗取曹魏政权。嵇绍：嵇康（被司马昭所杀）之子。以身护卫晋惠帝而被杀。曹节矫制：指东汉末年宦官头子曹节等矫诏杀害窦武、陈蕃等党人。张奂卖：张奂参与围捕窦武，知道被曹节出卖后深自追悔而不肯接受封爵。

邪？不量绵薄，摧廓伪说，犁庭扫穴，魑魅奔逸，雺散阴豁，日縻星呀；冀以起亡经、翼圣制，其于孔氏之道，庶几御侮云尔。

光绪十七年夏四月朔，南海康祖诒长素记。

述叙既讫，乃为主客发其例曰：

客问主人曰："伪经"何以名之"新学"也？《汉·艺文志》号为"古经"，《五经异义》称为"古说"，诸书所述"古文"尤繁。降及隋唐，斯名未改，宜仍旧贯，俾人易昭。

主人听然曰：若客所云，是犹为刘歆所绐也。夫"古学"所以得名者，以诸经之出于孔壁，写以古文也。夫孔壁既虚，古文亦赝，伪而已矣，何"古"之云？后汉之时，学分今古，既托于孔壁，自以古为尊，此新歆所以售其欺伪者也。今罪人斯得，旧案肃清，必也正名，无使乱实。歆既饰经佐篡，身为"新"臣①，则经为"新学"，名义之正，复何辞焉！后世汉宋互争，门户水火，自此视之，凡后世所指目为"汉学"者，皆贾、马、许、郑之学，乃"新学"，非"汉学"也；即宋人所尊述之经，乃多伪经，非孔子之经也。"新学"之名立，学者皆可进而求之孔子，汉宋二家退而自讼，当自咎其夙昔之眯妄，无为谬讼者矣。

客又问主人曰：别伪文，正"新"名，既得闻命矣。主人所著《毛诗伪证》、《古文尚书伪证》、《古文礼伪证》、《周官伪证》、《明堂月令伪证》、《费氏易伪证》、《左氏传伪证》、《国语伪证》、《古文论语伪证》、《古文孝经伪证》、《尔雅伪证》、《小尔雅伪证》、《说文伪证》，既遍攻伪经，何不合作一书，沧海之观既极，犁靬之幻自祛②，发蒙晓然，绝其根株？离而贰之，鄙犹惑诸。

主人曰：伪经虽攻，然其蒂附深远，未能尽去也。百诗证王肃

---

① 新：西汉末年王莽篡汉建立的短暂王朝。

② 犁靬：古国名，曾经把大鸟卵和魔术师献给汉朝。

之伪《书》[①]，而王《书》自行也；司马证刘炫之伪《传》[②]，而刘《传》自传也。吾采西汉之说，以定孔子之本经；亦附“新学”之说，以证刘歆之伪经。真伪相校，黑白昭昭，是非穮穮。虽有苏、张[③]，口呿舌挢，无事麋聚于此，致启哓哓。

客又问主人曰：主人之于文字，既攻许学之伪矣[④]，然三古之真字不传，后世之野文日增；传流有绪，无如《说文》。虽乱淄渑，犹有寄君；若舍汶长，将何依因[⑤]？

主人曰：文字之别，有户有门，寻端绎绪，承变相因。若欲复篆，中隔汉隶，难逾此关。魏晋争乱，书体杂越，更难求真。唯开元之定今隶[⑥]，为后世之矩绳，于今用之，正极为衡。《开成石经》、《干禄字书》、《九经字样》、《五经文字》，依此写定，是师是承。其张、唐二本，如“桃桤”、“枲刊”，《说文》、《石经》，两体并存。《九经字样》不言《石经》，然曰“经典相承”，即《石经》之类也。考中郎刊正，本主今文；南阁稽撰，专宗古学[⑦]。今尊《石经》，其诸雅正欤？

门人好学，预我玄文。其赞助编检者，则南海陈千秋、新会梁启超也；校雠讹夺者，则番禺韩文举、新会林奎也。

（1891 年）

---

① 百诗：即阎若璩，字百诗，清初经学家，撰有《古文尚书疏证》。王肃：三国魏人，世称《古文尚书》为其伪造。

② 司马：指司马贞，唐代学者。刘炫：隋代经学家，曾伪造《连山易》、《鲁史记》等。

③ 苏、张：苏秦、张仪，战国时的纵横家，能言善辩。

④ 许学：许慎《说文解字》之学。

⑤ 淄渑：山东临淄境内的两条河流，易于混淆。寄君：指许慎。汶长：许慎做过汶县的县长，世称“许汶长”。

⑥ 开元：唐玄宗年号。开元五年曾令规范汉字，定为“今隶”，即楷书。

⑦ 中郎：汉代蔡邕官左中郎将，故称。他曾写定“熹平石经”。

《春秋董氏学》自序

苟非毛羽爪角之伦，有所行，必有道焉；有所效，必有教焉。无教者，谓之禽兽；无道者，谓之野人。道、教何从？从圣人。圣人何从？从孔子。孔子之道何在？在“六经”。“六经”粲然深美，浩然繁博，将何统乎？统一于《春秋》。《诗》、《书》、《礼》、《乐》并立学官，统于《春秋》，有据乎？据于孟子。孟子述禹、汤、文、武、周公而及孔子，不及其他书，惟尊《春秋》。《春秋》“三传”何从乎？从公羊氏；有据乎？据于孟子。孟子发《春秋》之学曰：“其事则齐桓、晋文，其文则史，其义则丘取之矣。”《左传》详文与事，是史也，于孔子之道无与焉。惟《公羊》独详《春秋》之义。孟子述《春秋》之学，曰：“《春秋》天子之事也。”《穀梁传》不明《春秋》王义，传孔子之道而不光焉。惟《公羊》详素王改制之义，故《春秋》之传在《公羊》也。

《春秋》文成数万，其旨数千，大义炟炟，然仅二百余，脱略甚矣，安能见孔子数千之大旨哉？又多非常异义可怪之论，意者不足传信乎？《春秋纬》：“孔子曰：‘乱我书者董仲舒。’”乱者，理也。太史公曰：“汉兴，唯董生明于《春秋》，两汉博士，公羊家严彭祖、颜安乐，皆其后学。”刘向称董仲舒为王者之佐，虽伊、吕无以加[①]。既刘歆作伪，力攻《公羊》，亦称为群儒首。朱子论三代下人物，独推董生为醇儒。其传师说最详，其去先秦不远。然则欲学《公羊》者，舍董生安归？

---

① 伊、吕：伊尹、吕尚。伊尹为商初大臣，辅佐商汤灭夏桀。吕尚又叫吕望，俗称姜太公，周朝大臣。辅佐文王、武王灭商。

虽然，公羊家多非常异义可怪之说，辄疑异之。吾昔亦疑怪之，及读《繁露》，则孔子改制变周，以《春秋》当新王，王鲁绌杞，以夏、殷、周为三统，如探家人筐箧，日道不休。董子何所乐而诞谩是？董子岂愚而不知辩是？然而董子举以告天下则是，岂不可用心哉！吾以董子学推之今学家说而莫不同，以董子说推之周秦之书而无不同。若其探本天元，著达阴阳，明人物生生之始，推圣人制作之源，扬纲纪，白性命，本仁谊，贯天人，本数末度，莫不兼运。信乎明于《春秋》为群儒宗也。

然大贤如孟、荀，为孔门龙象，求得孔子立制之本。如《繁露》之微言奥义，不可得焉。董生道不高于孟、荀，何以得此？然则是皆孔子口说之所传，而非董子之为之也。善乎王仲任之言曰[①]："文王之文，传于孔子；孔子之文，传于仲舒。"故所发言，轶荀超孟，实为儒学群书之所无。若微董生，安从复窥孔子之大道哉！

顾是书久不诵于学官，阙夺百出，如临绝壑崩崖，无絙索，无铁梁，惟有废然而返。又自古学变后，今为宋儒之学，视董生旧说如游异国，语言不解，风俗、服食、宫室皆殊绝，或不求其本而妄议之。故二千年来遂如泛太平洋而无轮舰，适瀚海而无乡导，徒尔尔向若而惊，望流沙而叹，人踪几绝。近惟得江都凌氏曙为空谷足音[②]，似人而喜，然缘文疏义，如野人之入册府，聋者之听钧天，徒骇玮丽，不能赞一辞也，况于条举以告人哉？不量窾启，数宗庙百官之美，因董子以通《公羊》，因《公羊》以通《春秋》，因《春秋》以通"六经"，而窥孔子之道本。昧昧思之，如图建章之宫，写《霓裳》之曲，岂有涯哉，庶俾学者亦竭其钻仰之愚云尔。好学深思之君子，其亦乐道之欤？

孔子二千四百四十四年，光绪十九年癸巳七月南海康有为序。

（1893 年）

---

① 王仲任：即王充，字仲任，东汉思想家。

② 凌氏曙（1775—1829）：清代礼学家，著有《公羊礼说》、《公羊礼疏》等。

考定《王制》经文序

《礼记·王制篇》，大理物博，恢恢乎经纬天人之书。其本末兼该，条理有序，尤传记之所无也。

卢植谓[①]："汉文帝令博士诸生作。"然史记文帝所造书《本制》、《兵制》、《服制篇》，非今《王制》也。

郑康成以《王制》制度与《孟子》同[②]，故答临硕云："《孟子》当赧王之际，《王制》之作，复在其后。"盖无所据，但臆度之辞。

今以《王制》之义验《春秋》。《公羊》讥世卿，而《王制》大夫不世爵禄；《穀梁》古者什一藉而不税，而《王制》公田藉而不税。其他班爵三等，搜狩四时，葬不为雨止，不近刑人，无一义不重规叠矩也。推考他书，自刘歆未伪窜古学之前，凡周秦传记，西汉论说，莫不同条共贯，绝少纷纶。展转寻求，参证互校，乃知西汉以前，学出于一，皆为孔子改制之礼。而《王制》者，盖孔子将修《春秋》，损益《周礼》而作。王者，谓素王；庄子说王制者，素王改制之义。句容陈立、德清俞樾皆有此说[③]。乃知孔子以布衣之贱，而上继尧、舜、禹、汤、文、武、周公之统者，不因道德之高，实沿制度之大一统也。孟子论尧、舜、三王而及孔子，必以《春秋》为据，又云《春秋》"天下之事"。

汉世政事，昔用孔法，至今二千年，士夫无世官，郡国兴科

---

① 卢植（？—192）：东汉末年学者、官吏，字子干。著《尚书章句》、《三礼解诂》等（皆佚）。

② 郑康成：即郑玄（127—200），东汉经学家，字康成。有《毛诗注》、《三礼注》、《周易注》、《论语注》，其学被称为"郑学"。

③ 陈立、俞樾：均为清代学者。

举，皆出《王制》之礼。而汉、唐及明，忽“不近刑人”之戒，遂亡其国。圣法之垂鉴大哉！

孔子作《春秋》而改制，自孟子至汉儒无异说。及《左传》兴，而《公》、《穀》微，师法沦斁，老、佛盛行，孔学衰息，学术晦杂，治道废塞，生民不被其泽，耗矣衰哉！

《礼记》义理博大，皆七十子之说，孔子之微言大义多存焉。《大学》之教，义理精美；《王制》之法，经世条备。其博大弘深，首尾毕举，则一也。宋儒精于义理，独拔出《大学》以教士。而《王制》尚杂《戴记》中，又多错简，或记注杂出。今考定经文条理秩序，因与门人东莞张篁溪，集周、汉传说证明之，使孔子经世之学一旦复明于天下，俾后世言制度者有所折衷，考礼者有所依据，不复聚讼。好古隆礼之士，其诸亦有乐于此欤？

（1894 年）

桂林广东新会馆记[1]

光绪十八年香山黄公布政西粤[2]，率其乡人作广东新会馆于桂林城中。二十年□月馆成。其腊，康祖诒以著书被议，游于桂山，公命其寮余铭勋、杜应时来，属为文记之。

康祖诒曰：治人道者，苟不异其异而同其同，不可得而治也。异其异，同其同，以物类，以名品，以方族。治名类、方族者，苟不亲其亲、乡其乡，治无所托始也。亲其亲，乡其乡，以亲睦，以赒救，以友助。先生为饮酒、射礼创堂室门塾，陈琴瑟管鼓，合宾主僎介，聚大夫士尊者，设鼎俎脯腊，习跪坐揖让，立献酬洗酢，歌《鹿鸣》、《皇华》，选贤能俊造，皆于乡，本之贤贤以异之，亲亲以同之。思谊明溥，情好洽穆，人道之弥久，王教之烈郁也。

古者仕不出于国，游不出于乡，乃至自汉迨宋得于乡仕，至明始令回避其行省。自是丞传以上皆去其乡，凡都会、郡邑舟车骈凑之地，载贽捧檄，云滃而雾集，各合其乡人筑为馆舍，饮酒行礼，笑语庐旅，迁者如归，客者忘家，名曰"会馆"，虽先王未之有乎！而沿汤沐之义，著射饮之意，即于人心，岂可已哉！

广西于东粤连疆接畛，地迩俗同，商旅联榻，隐隐展展，率吾乡人士夫橐笔游宦，軨轸属道，较诸行省尤夥颐也。旧东洲暨城南有馆二区，然城闉缅隔，昏宵稽阻，车驰马跃，是畏是苦。维同治

---

① 光绪二十年（1894）十二月，作者游广西桂林，讲学四十余日，著《桂学问答》及《分日读书课程表》等。

② 黄公：指黄槐森（1829—1902），广东香山人，进士出身。光绪十八年任广西布政使。

时有康公国器[1]，吾先中丞公于抚于藩，吾叔祖也，实创改纪，辍而弗康。右江道许公其光递代修议，率莫集究。暨公来旬宣，去疵去庞，政薰以和，既施于民，用惠厥家。乃大号其乡人，奔走应附，得李氏旧宅于行春门内，右挟独秀，左掖伏波，形势嬗便，乃救乃陾。呀其閈闳，庨其台隍，綅以卉石，缦以楯廊，飞阁渠渠，魏观亢亢，丹漆金青，艶奕严庄。公政成务纾，羡延其乡，杂还袿裳，礼饮悦康。匪惟游观乡人之绸，惟公是修；匪惟究获乡人之乐，惟公是度。

公告祖诒曰："是馆也，一草一木，一石一屋，寸尺方曲，皆缅于心、营于目者。故开洞闳，纳群山，知其耳目之疏远，才隽之列位也；别大蕉，分修竹，知其权豪之敛迹、直士之不蔽也；累美石，絙曲房，杂葩药，饰题瀵，知其器使寮吏、细察民隐也；执馆政及岁时宴饮观剧，士夫与商旅共之，知其与民同乐也。"公所以惠乡人者，意在斯夫，意在斯夫！乐道于后士来游者，岂无兴耶？

（1894 年）

① 康公国器：康国器（？—1884），清末将领，曾参与剿灭太平军。

《桂学答问》序

光绪二十年秋，吾以著书讲学被议[1]，游于桂林，居于风洞，过于桂山书院之堂。仰视楹桷，金题艳然，天藻绚烂，有“经明行修”四字，旁有板锓，其词曰：“同治十三年八月二十一日，内阁奉上谕，康国器奏‘重修省会书院，请颁匾额’一折。广西省城向设秀峰、宣成、榕湖三书院，因年久倾圮，筹款兴修，现已一律工竣，著南书房翰林各书匾额一方，交该护抚祗领，悬挂各书院，以示嘉惠士林至意。钦此。护理广西巡抚布政使司布政使臣康国器敬刊。”凡一百十有八字。盖穆宗毅皇帝所赐先臣请颁秀峰、宣成、榕湖三书院匾额之诏书，而先臣刊示士民者也。（赐秀峰额曰“书岩津逮”，宣成额曰“道德陶钧”，榕湖额曰“经明行修”。）又仰视堂栋，粉白大书曰：“同治十一年孟夏月，广西巡抚刘长佑、布政使康国器建。”盖先中丞公创建桂山书院之题也。（先中丞公既护巡抚，修三书院，复以榕湖居太隘，不足容师弟子，乃另辟地桂山之阳，建桂山书院。工未就而巡抚刘武慎公莅任，先公回布政司，故榕湖赐额移奉桂山讲堂，而堂栋题名如此。）

予小子瞢下梼昧，畴昔撰先中丞公行状，罔知修建各书院事，无以发扬盛德。今幸获瞻视，既愧既喜，乃作乃悚，嚄唶叹曰：先帝教诲桂人士，训辞深厚；先公教惠桂人士，手泽浓渥若此哉！于今二十年，桂士彬彬，其举人在今皇帝时再魁天下，而创作桂山书院以教惠之者，宜不能忘也。

先中丞公既建书院；又置经史各书于院中，用惠来学。吾因考

---

① 以著书讲学被议：指 1894 年秋，给事中余联沅劾康有为“非圣无法，同少正卯，圣世不容，请焚《新学伪经考》，而禁粤士从学”。

宜成、秀峰、榕湖三书院，旧皆有书。宜成建最早，雍正中，巡抚李公绂穆堂修之，又藏书焉。（见《穆堂别稿》，有《行知书院藏书檄》及书目，省志失载。）秀峰建雍正末，书则嘉庆初巡抚台公布置之。（见省志。）榕湖建道光中，稍后，书则池龠庭学使、阿镜泉按察储之。（见郑方伯祖琛《榕湖经舍碑记》。）先中丞公来粤时，则三书院均圮，榕湖书置最近，亦无存。因与中丞苏公凤文谋复之，马平王通政拯适主榕湖讲席，实总其成事。厥后桂山新书院成，遂移其书于楼中。嗣是而中丞涂公宗瀛、张靖达公、沈公秉成，均续有捐书之美。书之藏在桂山，其称名率而不改，故沈公述藏书目录，仍系之榕湖经舍，盖其所以开先而振起之者，亦粤西掌故一大事也。近者，巡抚马公丕瑶玉山创开书局，藏各直省书于各郡，又于省垣刻经史书，以惠多士。今中丞张公联桂丹叔复有所增益，按察使胡公燏棻云楣、盐法道张公人骏安圃请于中丞张公，因书局而创逊业堂，课士以经史古文辞，而移榕湖旧书并置局中。吾登楼而观藏书，其《聚珍》一种，吾童年所摩挲者，犹能识之，盖先公臬闽所刻，而挟之至桂，以赠多士者也。其他书则吾不知之矣。

吾处风洞间，书局去所居尤近，暇辄与桂士读书逊业堂者相过从，睹马公所创书局，心向往之。又见公所书额联，壁间规条，立法甚密，用心良苦。有用之书亦略备。盛德在人，前未尝有，多士望风，宜无不争先趋向矣。乃吾初入读书堂，则苍梧高茂才嘉仁伯慈为余言："终岁除同肄业诸人，鲜有来堂读书者。"吾闻而惜之。省垣如此，他郡可知矣。窃意多士盖昧于读书门径，故仍裹足不前，殊失马公暨诸公盛意。若为疏通证明以诱之，既有书册，又识途径，学者当亦未尝无志于书也。既居风洞月余，来问学者踵屦相接，口舌有不给，门人请写出传语之。吾永惟帝"经明行修"之诲，思推先中丞公修学舍惠多士之意，与桂士有雅故焉，不敢固辞，敢妄陈说所闻，以告多士。他日有英绝踔起之士，莘莘济济，其亦先中丞公之惠也，予小子岂有知耶？南海康祖诒恭纪。

（1894 年）

《味梨集》序[①]

为文辞者，尊诗而卑词，是谬论也。四五七言、长短句，其体同肇始于《三百篇》。墨子称“歌诗三百，舞诗三百，弦诗三百”[②]，故《三百篇》皆入乐之章也。乐章以咏叹淫佚、感移人心为要眇，故其为声高下急曼曲折，亦以长短为宜。于是，汉之《将进酒》、《艾如张》、《上之回》，亦以长短句为章。六朝时，汉《铙歌》、《鼓吹曲》既废，于是《清波》、《白鸠》、《子夜》、《乌栖》之曲，亦以长短句为章。中唐时，六朝之曲废，于是合律绝句“黄河远上”曼声之调出。爰暨晚唐，合三五七言古律，增加附益，肉好眇曼，音节泠泠，俯仰进退，皆中乎桑林之舞、经首之会。暨宋人，益变化作新声，曼曼如垂丝，飘飘如游云，划绝如斫剑，拗折如裂帛，幽幽如洞谷龙吟凤啸莺啭猿啼，体态万变，实合《诗》、《骚》、乐府、绝句而一协于律，盖集辞之大成，文之有滋味者也。古诗朴，律体雅，词曲冶，如忠、质、文之异尚，而郁郁彬彬，孔子从文；以词视诗，如以周视夏，周为胜也。或讥其体艳冶靡曼，盖词祢律绝而祖乐府，以《风》、《骚》为祖所自出，与《雅》、《颂》分宗别谱，然《雅》、《颂》远裔为《铙歌》、《鼓吹》，皆用长短句，则亦同祖黄帝也。

吾尝游词之世界，幽嫮灵眇，水云曲曲，灯火重重，林谷奥郁，山海苍琅，波涛相撞，天龙神鬼，洲岛渺茫；吐滂沛于寸心，

---

① 《味梨集》：清末文人王鹏运的词集。王鹏运（1848—1904），字幼遐，自号半塘老人，广西临桂人。历官内阁侍读、监察御史、礼科给事中。著有《半塘定稿》。

② 语出《墨子·公孟》。

既华严以芬芳，忽感入于神思，彻八极乎彷徨，信哀乐之移人，欲揽涕乎大荒；惟情深而文明者，能依声而厉长。

桂林王侍御迈遐，所谓情深而文明者耶。争和议而逐鹰鹯，非其义深君父耶？叹日月而惜别离，非情深朋好耶？温柔敦厚之至，而为咏叹淫佚之辞。其为稼轩之飞动耶？其为游扬詄荡之美成耶？其为草窗、白石之芳馨耶？[①] 但闻裂帛，听幽涛，古琴瑟瑟。它日游王子之故乡，泛訾洲之烟雨，宿风洞之岚翠[②]，天晴豁开，万壑涌秀；忽而云雾半冥，一峰青青，有人独立其上，苍茫问天，其必情深而文明者哉！

光绪二十一年七月，南海康有为长素父记。

（1895 年 8 月）

---

① 这里提及的词人，其字号相对应者为：稼轩：辛弃疾；美成：周邦彦；草窗：周密；白石：姜夔。

② 訾洲：漓江中的一个沙洲，在象鼻山对面。风洞：叠彩山中的岩洞。

强学会序[①]

俄北瞰，英西睒，法南瞵，日东眈，处四强邻之中而为中国，岌岌哉！况磨牙涎舌，思分其馀者，尚十馀国。辽台茫茫[②]，回变扰扰，人心皇皇，事势儳儳，不可终日。

昔印度，亚洲之名国也，而守旧不变，乾隆时英人以十二万金之公司，通商而墟五印矣[③]。昔土耳其，回部之大国也，疆土跨亚欧非三洲，而守旧不变，为六国执其政，剖其地，废其君矣。其馀若安南，若缅甸，若高丽，若琉球，若暹罗，若波斯，若阿富汗，若俾路芝[④]，及为国于太平洋群岛、非洲者，凡千数百计，今或削或亡，举地球守旧之国，盖已无一瓦全者矣。

我中国孱卧于群雄之间，鼾寝于火薪之上，政务防弊而不务兴利，吏知奉法而不知审时，士主考古而不主通今，民能守近而不能行远。孟子曰："国必自伐，而后人伐之。"蒙盟、奉吉、青海、新疆、卫藏土司圉徼之守，咸为异墟；燕、齐、闽、浙、江、淮、楚、粤、川、黔、滇、桂膏腴之地，悉成盗粮。吾为突厥黑人不远矣。

西人最严种族，仇视非类。法之得越南也，绝越人科举富贵之路，昔之达宦，今作贸丝也；英之得印度百年矣，光绪十五年始举一印人以充议员，自馀土著，畜若牛马。若吾不早图，倏忽分裂，

---

① 强学会：康有为倡导下于 1895 年在北京成立的一个政治学术团体。后又有上海强学会。故此文又名《京师强学会序》。

② 辽台：辽东和台湾，《马关条约》把两地割让予日本。

③ 公司：指东印度公司。五印：古代印度分东南西北中五部，故称五印。

④ 俾路芝：今译俾路支，巴基斯坦西南部的一个省。

则桀黠之辈，王、谢沦为左衽；忠愤之徒，原、郤夷为皂隶[1]。伊川之发，骈阗于万方；钟仪之冠，萧条于千里[2]。三州父子，分为异域之奴；杜陵弟妹，各衔乡关之戚。哭秦庭而无路，餐周粟而匪甘。矢成梁之家丁，则螳臂易成沙虫；觅泉明之桃源，则寸埃更无净土[3]。肝脑原野，衣冠涂炭。嗟吾神明之种族，岂可言哉！岂可言哉！

夫中国之在大地也，神圣绳绳，国最有名，义理制度文物，驾于四溟，其地之广于万国等在三，其人之众等在一，其纬度处温带，其民聪而秀，其土腴而厚，盖大地万国未有能比者也。徒以风气未开，人才乏绝，坐受凌侮。昔曾文正与倭文端诸贤[4]，讲学于京师，与江忠烈、罗忠节诸公，讲练于湖湘，卒定拨乱之功。普鲁士有强国之会，遂报法仇。日本有尊攘之徒，用成维新。盖学业以讲求而成，人才以摩厉而出，合众人之才力，则图书易庀；合众人之心思，则闻见易通。《易》曰："君子以朋友讲习。"《论语》曰："百工居肆以成其事，君子学以致其道。"

海水沸腾，耳中梦中，炮声隆隆。凡百君子，岂能无沦胥非类之悲乎？图避谤乎？闭户之士哉！有能来言尊攘乎？岂惟圣清，二帝、三王、孔子之教，四万万之人将有托耶！

（原刊 1895 年 9 月《强学会》第 1 号）

---

① 王、谢：指东晋王、谢两个世家大族。原、郤：春秋时期晋国的两个大族。

② 伊川之发：指外族的发式。钟仪之冠：春秋时期楚人钟仪被俘后所戴之冠，指囚徒之冠。

③ 成梁：指明末辽东总兵李成梁。泉明：指陶渊明。

④ 曾文正：指曾国藩。倭文端：指倭仁。以下江忠烈、罗忠节，分别指江忠源、罗泽南。

《孔子改制考》序[1]

孔子卒后二千三百七十六年，康有为读其遗言，渊渊然思，凄凄然悲，曰：嗟夫！使我不得见太平之泽、被大同之乐者，何哉？使我中国二千年，方万里之地，四万万神明之裔，不得见太平之治、被大同之乐者，何哉？使大地不早见太平之治、逢大同之乐者，何哉？

天既哀大地生人之多艰，黑帝乃降精而救民患，为神明，为圣王，为万世作师，为万民作保，为大地教主。生于乱世，乃据乱而立三世之法，而垂精太平；乃因其所生之国而立三界之义，而注意于大地远近大小若一之大一统；乃立元以统天，以天为仁，以神气流形而教庶物，以不忍心而为仁政，合鬼神山川、公侯庶人、昆虫草木一统于其教，而先爱其圆颅方趾之同类，改除乱世勇乱争战角力之法，而立《春秋》新王行仁之制，其道本神明，配天地，育万物，泽万世，明本数，系末度，小大精粗，六通四辟，无乎不在。此制乎，不过于一元中立诸天，于一天中立地，于一地中立世，于一世中随时立法，务在行仁，忧民忧以除民患而已。《易》之言曰："书不尽言，言不尽意。"《诗》、《书》、《礼》、《乐》、《易》、《春秋》为其书，口传七十子后学为其言。此制乎，不过其夏葛冬裘，随时救民之言而已。

若夫圣人之意，窈矣，深矣，博矣，大矣。世运既变，治道斯移，则始于粗粝，终于精微。教化大行，家给人足，无怨望忿怒之

---

① 《孔子改制考》始作于1892年，历时四年成书，1897年由上海大同译书局印行。康有为在书中打着公羊学派的旗号，解释"三世说"，宣传变法改制思想。

患，强弱之难，无残贼妒疾之人。民修德而美好，被发衔哺而游，毒蛇不螫，猛兽不搏，抵虫不触，朱草生，醴泉出，凤凰麒麟游于郊陬，囹圄空虚，画衣裳而民不犯。则斯制也，利用发蒙，声色之以化民，末矣。

夫两汉君臣、儒生，尊从《春秋》拨乱之制而杂以霸术，犹未尽行也。圣制萌芽，新歆遽出，伪《左》盛行，古文篡乱。于是削移孔子之经而为周公，降孔子之圣王而为先师，公羊之学废，改制之义湮，三世之说微；太平之治，大同之乐，暗而不明，郁而不发。我华我夏，杂以魏、晋、隋、唐佛老词章之学，乱以氐、羌、突厥、契丹、蒙古之风，非惟不识太平，并求汉人拨乱之义亦乖剌而不可得，而中国之民遂二千年被暴主、夷狄之酷政。耗矣，哀哉！

朱子生于大统绝学之后，揭鼓扬旗而发明之，多言义而寡言仁，知省身寡过而少救民患，蔽于据乱之说而不知太平大同之义，杂以佛老，其道觳苦。所以为治教者，亦仅如东周、刘蜀、萧詧之偏安而已。

大昏也，博夜也，冥冥汶汶，雺雾霿霿，重重錮昏，皎日坠渊。万百亿千缝掖俊民，跂跂脉脉而望，篝灯而求明，囊萤而自珍，然卒不闻孔子天地之全，太平之治，大同之乐。悲夫！

天哀生民，默牖其明，白日流光，焕炳莹晶。予小子梦执礼器而西行，乃睹此广乐钧天，复见宗庙百官之美富。门户既得，乃扫荆榛而开途径，拨云雾而览日月，别有天地，非复人间世矣。不敢隐匿大道，乃与门人数辈朝夕钩撢，八年于兹，删除繁芜，就成简要，为《改制考》三十卷。同邑陈千秋礼吉、曹泰著伟，雅才好博，好学深思，编检尤劳，墓草已宿。然使大地大同太平之治可见，其亦不负二三子铅椠之劳也夫！

嗟夫！见大同太平之治也，犹孔子之生也。《孔子改制考》成书，去孔子之生二千四百四十九年也。

有清光绪二十四年正月元日，南海康有为广夏记。

（1896年1月22日）

保国会序[①]

举四万万圆颅方趾聪明强力之人，二万万方里膏腴岩阻之地，而投之不测之渊，掷之怒涛之海，悬诸绝岸之下，施以凌迟之刑，羁以牛马之络，刲之缚之，割之鬻之，而是四万万之人者，寝于覆屋之下，锁于漏舟之中，跃于炎炎薪火之上，以舞以歌，以食以哺，未闻大声疾呼、揭鼓长号者，则是真死矣、亡矣，不可救矣。

我中国大地，号称最古之名国也；神圣绳绳，民皆神明之华胄也；孔子营营，文明之教也。而自经割台巨创之后，我士我大夫，醉乐酣嬉，不识不知，三年于兹，去岁遂有割胶之事，于是旅顺、大连、威海、广州湾继割矣。自今岁元旦来，春分以前，失地失权，乃至两日而一事。其一，开大连湾通商而俄不许；其二，欲开南宁通商而法不许；其三，英借我万万而俄不许；其四，德既得济南铁路而索沂州铁路；其五，既得沂州铁路而索全省铁路工程；其六，既得铁路而索全省之矿；其七，既得矿而索商务矣；其八，我津镇铁路道经山东，三电德廷而不许矣；其九，并绕道河南而不许，赖英美使臣责言乃许矣；其十，调一兖沂漕济道而限二十四点钟斥去矣；其十一，俄勒逐德教习矣；其十二，聂提督士成之俄教习，不听聂提督节制而要抗行矣；其十三，并不听中国去留，而听俄定去留矣；其十四，畿辅、直隶、山东、山西、东三省练兵，须请俄教习矣；其十五，安南法人被虏而勒偿款十万矣；其十六，不借英款而仍许内河行轮船矣；其十七，再借英万万，而要以全归日

---

① 保国会：康有为组织的爱国救亡团体，成立于1898年4月17日。

本，不得留作他用矣；其十八，长江江浙厘金皆谕英人征收矣；其十九，云南之西听英筑铁路矣；其二十，云南蒙自之间，听法筑铁路，且听办邮政矣。

夫弱而割地，则我堂堂万里封疆，犹可为大国也；筑路、用人之权皆失，则是国土夷于属地，君上等于仆隶，岂得为有国者哉？《春秋》书梁亡者，《公羊》谓鱼烂而亡；夫吾今鱼烂也哉，但未纪侯大去矣。两月之失地失权如此，呜呼！无冬无夏，何以卒岁？我海疆，我民虻，人不自保；我妇女，我婴儿，人不聊生，皆不自审为何国之民哉！抚印度、埃及之狂澜，念安南、缅甸之覆辙，远怀波兰分裂之巨祸，近睹高丽戕贼之惨刑，呜呼！我士我大夫，何蹈于斯哉？何辜于天？我罪伊何，终为戎虏，为谋将多，落阱抵坑，奔谷投崖，闭门锁国，枕藉相借，耳无枪炮之声，目无旌旗之形，钟虡不移，朝市无惊，壑有藏舟。大昏也，博夜也，醉梦不醒，移之甚轻，国无耻心，人无愤情，灯火张夕，金丝万声，红尘扬道，冠盖奔营，而孰知为崇祯甲申之燕市、北宋政和之汴京哉！

我士我庶我大夫，乃欲超阱越坑，登岸出门，弃彼漏舟，舍兹覆屋，独力孤掌，又安能哉？将效士燮之祈死耶，则徒死无益；将为褚渊之偷生耶，则视息不忍；将为管宁之避地耶，则乾坤更无干净之土；将为鲁连之蹈海耶，则东海已非父母之邦；将托身于白足黄冠，则象教将微；将发奋为贰臣无耻，为印度灭时甘为第六等人者，亦不见用矣。志士仁人，能佯狂，能饿死，而我四万万同气同种之胄，忍回视其奴隶牛马哉？天地为愁，我将何容？昧昧我思之，惟有合群以救之，惟有激耻以振之，惟有厉愤气以张之。我四万万人知身之不保，移其营私之心以营一大公，知家之不存，移其保家之心以保一大国；无富贵之可图，无格式之可循；同舟遭溺，同室遭焚，被发缨冠，奔走呼救，宜亦仁人志士所不弃也耶？宜亦仁人志士所不弃也耶？

（1898 年 4 月 17 日）

《中庸注》叙[①]

孔子生二千四百五十一年，康有为避地于槟榔屿英总督署之明夷阁，蒙难艰贞，俯地仰天，乃以其暇绎思，故记。瞷然念孔子之教论，莫精于子思《中庸》一篇[②]。此书自《汉·艺文志》既别为篇，梁武帝曾为之注，而朱子注之，辑为《四书》，元、明至今，立于学官，益光大矣。恨大义未光，微言不著，予小子既推知孔子改制之盛德大仁，昔讲学广州，尝为之注，戊戌遭没，稿多散佚，吾既流亡，不知所届。逡巡退思，此篇系孔子之大道，关生民之大泽，而晦冥不发，遂虑掩先圣之隐光，而失后学之正路，不敢自隐，因润色夙昔所论思，写付于世，而序之曰：

郑康成曰："《中庸》者，孔子之孙子思作之，以昭明圣祖之德也。"天下之为道术多矣，而折衷于孔子；孔子之道大矣，荡荡如天，民难名之，惟圣孙子思，亲传文道，具知圣统。其云"昭明圣祖之德"，犹述作孔子之行状云尔。子思既趋庭捧手，兼传有子、子游之统，备知盛德至道之全体。原于天命，发为人道；本于至诚之性，发为大教之化。穷鬼神万物之微，著三世三统之变。其粗，则在人伦言行，政治之迹；其精，出于上天无声无臭之表。而所以行之后世，为人不可离者，则以其不高不卑，不偏不蔽，务因其宜，而得人道之中；不怪不空，不滞不固，务令可行，而为人道之

---

① 《中庸》本为《礼记》的第三十一章，北宋时二程将其抽出加以改编，使之独立成篇。南宋朱熹又予加工，作成章句，与《大学》、《论语》、《孟子》合成《四书》。

② 子思（前483—402）：名孔伋，字子思，孔子嫡孙。春秋战国时期思想家，与其门徒著有《子思子》。

用。尚恐法久生弊，又预为三重之道，因时举措，通变宜民。惟其错行代明，故可并行不悖，既曲成万物而不遗，又久历百世而寡过。因使孔子之教，广大配天地，光明并日月，仁育覆后世，充全球。

嗟乎！传孔子之教者，如子思之亲贤，亦可尊信矣。天下欲求大道之归、至教之统者，亦可识所从事矣。去圣久远，伪谬滋炽，如刘歆之派，既务攻今学，而乱改制之经，于是大义微言湮矣。宋明以来，言者虽多，则又皆向壁虚造，仅知存诚明善之一旨，而遂割弃孔子大统之地，僻陋偏安于一隅。后进承流守旧，画地自甘，不知孔子三重之道，通变因时，并行不悖之妙，气弊水浅，不足以容民畜众，则群生将困，而不得被其泽。耗矣哀哉！圣道不明，为害滋大，予因此惧。幸仲尼祖述尧舜之旨，犹存大义；子思昭明祖德之说，尚有遗言。敢据兹义，推阐明之，庶几孔子之大道复明，而三重之圣德乃久。此区区之意，其诸后圣复起，亦不惑于予言乎？

光绪二十七年辛丑春二月，康有为叙。

（1901年）

《春秋笔削大义微言考》序

宅神州之中，绵二千年之邈暖，合万百亿兆之衿缨，咸奉孔子为国教。诵其遗书，尊之信之，垂为科举，习之传之。然言孔子之道，则若指天而谈空，苍苍不得其正色，浑浑不得其际极。或割大圆，得锐角以自珍；或游沙漠，迷方向而失道。所号称巨子元儒，皆不出是矣。

夫孔子之道，广矣博矣，邃矣奥矣，其条理密矣繁矣，又多不言之教，无声无臭，宜无得而称焉。请撢其涯，求其门。子贡曰："我不欲人之加诸我，吾亦欲无加诸人。"庄子者，得子贡太平之传，故善言孔子者，莫如庄子。曰：古之人，其备乎，配神明，醇天地，万物和天下，六通四辟，小大精粗，其运无乎不在。其传而在六艺者，邹鲁之士，搢绅先生能言之，《诗》以道志，《书》以道事，《礼》以道行，《乐》以道和，《易》以道阴阳，《春秋》以道名分。然则求孔子之道者，于六艺其可乎？子思曰："仲尼祖述尧舜，宪章文武，上律天时，下袭水土，譬如天地之无不持载，无不覆帱。如四时之错行，日月之代明。"孟子者，得子思升平之传，故善言孔子者，莫如孟子。孟子言禹，则曰抑洪水；言周公，则曰兼夷狄、驱猛兽；言孔子，不举其他，但曰"知我罪我，其惟《春秋》"，又曰："其事则齐桓、晋文，其文则史，其义则丘窃取之。"然则于六艺之中，求孔子之道者，莫如《春秋》。于《春秋》之中，有鲁《春秋》之史文，有齐桓、晋文之事，有孔子之义，惟义乃为孔子所制作。然则求孔子之道于《春秋》之义，其不误乎？董子，群儒首也。汉世去孔子不远，用《春秋》之义以拨乱改制，惟董子开之。凡汉世学官师师所传，惟公、穀二家，实皆孔门弟子、后学口说。然则求《春秋》之义于公、穀、董、何及刘向之说，其不谬乎？《春秋经》多无传无说，凡无传者一千零八条，无说者七百零五条，其遗落不闻者，盖已多矣。据今二家口说所存者，虽掇什一于千百，微言大义，粲然具在，浩然闳深，虽其指数千，不尽可窥，然综其指归，亦庶几得其门而入焉。

康有为乃言曰：孔子之道，其本在仁，其理在公，其法在平，其制在文，其体在各明名分，其用在与时进化。夫主乎太平则人人有自主之权，主乎文明则事事去野蛮之陋，主乎公则人人有大同之乐，主乎仁则物物有得所之安，主乎各明权限则人人不相侵，主乎与时进化则变通尽利。故其科指所明，在张三世。其三世所立，身行乎据乱，故条理较多；而心写乎太平，乃神思所注，虽权实异法，实因时推迁，故曰孔子圣之时者也。若其广张万法，不持乎一德，不限乎一国，不成乎一世，盖浃乎天人矣。汉世家行孔学，君臣士庶，劬躬从化，《春秋》之义，深入人心。拨乱之道既昌，若推行至于隋唐，应进化至升平之世，至今千载，中国可先大地而太平矣。不幸当秦汉时，外则老子、韩非所传刑名法术、君尊臣卑之说既大行于历朝，民贼得隐操其术以愚制吾民；内则新莽之时，刘歆创造伪经，改《国语》为《左传》以大攻《公》、《穀》，贾逵、郑玄赞之。自晋之后，伪古学大行，《公》、《穀》不得立学官而大义乖，董、何无人传师说而微言绝。甚且束阁三传，而抱究鲁史为遗经，废置于学，而嗤点《春秋》为断烂朝报，此又变中之变，而《春秋》扫地绝矣。于是三世之说，不诵于人间；太平之种，永绝于中国。公理不明，仁术不昌，文明不进，昧昧二千年，瞀焉惟笃守据乱世之法以治天下。病愈而仍服旧方，儿壮而仍衣襁褓，群盲相证，以为此名医所开之方不敢不食，父母所遗之服不敢不衣也。呜呼！使我大地先开化之中国，五万万神明之种族，蒙然荼然，耗矣衰落，守旧不进，等诮野蛮，岂不哀哉！

天未丧斯文，牖予小子，得悟笔削微言大义于二千载之下，既著《伪经考》而别其真赝，又著《改制考》而发明圣作，因推公、榖、董、何之口说，而知微言大义之所存；又考不修《春秋》之原文，而知笔削改本之所托。先圣太平之大道，隐而复明，暗而复彰。撰始于广州之草堂，纂注于桂林之风洞。戊戌蒙难，遗稿略存，东走日本，抱以从事。己亥之春，游欧美不能携焉，存于《清议报》中，九月渡太平洋而东归，二十二日过横滨，而《清议报》火，稿从焚焉。孔子生二千四百五十年，岁在庚子，康有为避地槟屿，刺客载途，拳贼大乱，蒙难晦明，幽居深念，喟然曰：昔孔子厄陈、蔡，作《春秋》，今《春秋》灭于伪《左》，孔道晦于中国，太平绝于人望，岌岌殆哉！吾虽当厄，恐予身不存，先圣太平之大道不著，不揣孤陋，再写旧闻，因旧传凡得一十一卷。岂有所明，亦庶几孔子太平之仁术、大同之公理不坠于地，中国得奉以进化，大地得增其文明，亦后之君子所不罪欤？其诸君子亦乐道之耶？

孔子二千四百五十一年，即光绪二十七年辛丑夏六月二十三日书成。康有为写于槟屿英督署之大庇阁。

（1901 年 8 月 7 日）

《孟子微》自序①

一

一王之起，必有熊罴之士，不二心之臣，为之先后疏附御侮，而后大业成。一教主之起，亦何独不然？必有魁垒雄迈，龙象蹴踏之元夫巨子，为之发明布漫，而后大教盛。不惟其当时，而多得之于身后。若佛教之有龙树，基督教之有保罗是也②。孔子改制创教，传于七十子，其后学散布天下，徒侣六万，于是儒分为八③，而战国时孟、荀尤以巨儒为二大宗。太史公编《孔子世家》、《弟子列传》，继以《孟子荀卿列传》，诚知学派之本末矣。

昔庄生称孔子之道，原天地，本神明，育万物，本末精粗，四通六辟，其运无乎不在。后学各得其一体，寡能见天地之容，故暗而不明，郁而不发，而大道遂为天下裂。嗟夫！盖颜子早殁，而孔子微言大义不能尽传矣。荀卿传《礼》，孟子传《诗》、《书》及《春秋》。礼者，防检于外，行于当时，故仅有小康据乱世之制，而大同以时未可，盖难言之。春秋本仁，上本天心，下该人事，故兼据乱、升平、太平三世之制。子游受孔子大同之道，传之子思，而

---

① 《孟子微》是康有为隐居印度时所作，他将原著七篇序次打乱，重编为八卷十八篇，并引西学入儒学。

② 龙树：印度高僧。他在释迦牟尼入灭七百年后阐发佛学，造作诸论（如《中论》、《大智度论》等），故有“龙树造论”之说。保罗：也译保禄。相传《新约全书》中有十余封书信为他所写，对后世基督教教义影响深远。

③ 儒分为八：指孔子死后，其弟子和再传弟子形成八个学派。

孟子受业于子思之门，深得孔子《春秋》之学而神明之。故论人性，则主善而本仁，始于孝弟，终于推民物；论修学，则养气而知言，始于资深逢源，终于塞天地；论治法，则本于不忍之仁，推心于亲亲，仁民爱物，法乎尧舜之平世。盖有本于内，专重廓充，恃源以往，浩然旁沛滈汗，若决江河，波涛澜汗。传平世大同之仁道，得孔子之本者也。其视礼制之末，防检之严，盖于大道稍轻，故寡言之。盖礼以防制为主，荀子传之，故礼经三百，威仪三千，事为之防，曲为之制。故荀子以人性为恶，而待檃括之，传小康据乱之道，盖得孔子之粗末者也。以传学既殊，不能解蔽，故《非十二子篇》大攻孟子，所谓寡能见天地之容，而大道不能无裂也。

夫天下古今，远暨欧亚之学，得本者攻末，语粗者忘精。印度哲学之宗，欧土物质之极，盖寡能相兼、鲜能相下者。吾国朱陆之互攻，汉宋之争辨，亦其例也。夫本末精粗，平世、拨乱，小康、大同，皆大道所兼有，若其行之，惟其时宜。故曰：万物并育而不相背，四时错行，日月并明，惟溥博渊泉而时出之。此天地所以为大，而孔子所以为神圣也。苟非其时而妄行之，享钟鼓于爰居，被冕绣于猿猱，则悲忧眩视，亦未见其可也。故诚当乱世，而以大同平世之道行之，亦徒致乱而已。举佛法之精微以语凡众，亦必眩视茫然，不解所谓也。故佛乘有大小，根器有上下。孔子则曰："中人以上可以语上，中人以下不可以语上也。"夫制法之本、立义之原不能告众，故曰"民可使由之，不可使知之"也。然则精粗本末皆不可缺，而亦不能相轻也，如东西墙之相反而相须以成屋也，如水火、舟车、冰炭之相反而相资以成用也。故孟荀并尊已在战国时，而太史公并传，非谬论也。宋时心学大盛，于是独尊孟子，乃至以上配孔子，称孔孟焉。

夫孟子不传《易》，寡言天道之精微，于孔子天地之全，尚未几焉。虽然，孟子乎真得孔子大道之本者也。养气知言，故传孔子之道，霹雳而雷声者也。虽荀子非难之，亦齐之于圣孙子思，以为传仲尼、子游之道。今考之《中庸》而义合，本之《礼运》而道同，证之《春秋》《公》、《穀》而说符。然则孟子乎真传子游、子思之道者也。直指本来，条分脉缕，欲得孔子性道之原、平世大同之义，舍孟子乎莫之求矣。颜子之道不可得传，得见子游、子思之道，斯可矣。孟子乎，真孔门之龙树、保罗乎？若夫论者因孟子发民贵君轻之义，举子贡过于仲尼，则未知孟子所传道之本末也。孟子曰："乃所愿，则学孔子也。"孟子之义，由子游、子思而传自孔子，非孟子所创也。民贵君轻，乃孔子升平之说耳。孔子尚有"太平之道"，"群龙无首"，以为天下至治；并君而无之，岂止轻哉？大医王药笼中何药不具？其开方也，但求病瘳，非其全体也。病变则方又变矣，无其病又不能授以药也。岂有传独步单方，而可为圣医乎？未知孔子太平大同之道，天地之全，而以一言为轻重去取，是犹入眢井而遇灯，乃谓日月不明，不如灯也，其于观圣也，不亦远乎！

夫天地之大，测者难以骤明也。孔子之道之大，博深高远，当时弟子已难尽传。子贡已谓，得见宫庙之美、百官之富者寡矣。数千年之后学，而欲知孔子之道，其益难窥万一，不待言也。虽然，天不可知，欲知天者，莫若假器于浑仪；孔子不可知，欲知孔子者，莫若假途于孟子。盖孟子之言孔道，如导水之有支派脉络也，如伐树之有干枝叶卉也，其本末至明，条理至详。通乎孟子，其于孔子之道得门而入，可次第升堂而入室矣。虽未登天囿而入地隧乎，亦庶几见百官之车服礼器焉，至易至简，未有过之。吾以信孟子者知孔子，惜乎数千年注者虽多，未有以发明之，不揣愚谬，探原分条，引而伸之，表其微言大义。不能循七篇之旧，盖以便学者之求道也，非敢乱经也。若有得于此，则七篇具在。学者熟读精思焉，不尤居安而资深乎？

孔子二千四百五十二年，光绪二十七年冬至日，南海康有为序。

二

□□□曰：举中国之百亿万群书，莫如《孟子》矣。传孔子《春秋》之奥说，明太平大同之微言，发平等同民之公理，著隶天独立之伟义，以拯普天生民于卑下钳制之中，莫如孟子矣！探冥冥之本原于天生之性，许其为善而超擢之；著灵明之魂于万物皆备之身，信其诚有而自乐之；秩天爵于人人自有而贵显之，以普救生人神明于昏浊污蔽之中，莫如孟子矣！孟子哉，其道一于仁而已。孟子深造自得于孔子仁之至理，于是开阖操纵，浅深远近，抑扬进退，时有大声霹雳，以震动大地、苏援生人者，终于仁而已矣。通于仁者，本末精粗，六通四辟，无之而不可矣。吾中国之独存此微言也，早行之乎，岂惟四万万神明之胄赖之，其兹大地生民赖之，吾其扬翔于太平大同之世久矣！

□□□曰：嗟哉！吾中国幸有孟子言，吾何为犹遇兹浊乱世哉？吾民何为不能自立而遭兹压乱哉？孟子之义，其犹晦冥霾瘗哉？夫累千年之国教，立于学官，达于童儒，诵之服之，不为不尊；挟普通试士之力，举国百千万亿之衿缨，伏案咿唔，舐笔呻吟，思之沈沈，发之深深，不为不明。孟子之义，岂不殊尤显微哉？乃仅知其介介之义，而不知其肫肫之仁；仅知证其直指之心，而不知推其公同之理。不窥其门，不测其涯，士尽割地，国皆失日，冥沈黑暗，邈邈数千年。嗟哉！吾昔滋惧，窃不自量，发其微言，宣其大义；择其篇章，类而聚之，俾彰彻大明。庶几孔子大同之仁，太平之义，光明于大地，利泽于生民，其兹孟子之志欤！

孔子二千四百五十二年，即光绪二十七年冬至日，□□□序。

（作于1901年1月23日，原刊1902年《新民丛报》第10号）

《论语注》序

《论语》二十篇，记孔门师弟之言行，而曾子后学辑之；郑玄以为仲弓、子游、子夏等撰定，则不然。夷考其书，称诸弟子，或字或名，惟曾子称子，且特叙曾子启手足事，盖出于曾子门人弟子后学所纂辑也。夫仲弓、游、夏，皆年长于曾子，而曾子最长寿，年九十余，安有仲弓、游、夏所辑，而子曾子，且代曾门记其启手足耶？

夫孔子之后，七十弟子，各述所闻以为教，枝派繁多，以《荀子》、《韩非子》所记儒家大宗，有颜氏之儒，有子思氏之儒，有孟氏之儒，有孙氏之儒，有仲弓氏之儒，有乐正氏之儒，其他澹台率弟子三百人渡江，田子方、庄周传子贡之学，商瞿传《易》，公孙龙传坚白。而儒家尚有宓子、景子、世硕、公孙尼子及难墨子之董无心等，皆为孔门之大宗。自颜子为孔子具体，子贡传孔子性与天道，子木传孔子阴阳，子游传孔子大同，子思传孔子中庸，公孙龙传孔子坚白，子张则高才奇伟，《大戴礼·将军文子篇》，孔子以比颜子者，子弓则荀子以比仲尼者。自颜子学说无可考外，今以《庄子》考子贡之学，以《易》说考子木、商瞿之学，以《礼运》考子游之学，以《中庸》考子思之学，以《春秋》考孟子之学，以正名考公孙龙之学，以荀子考子弓之学，其精深瓌博，穷极人物，本末大小精粗，无乎不在，何其伟也。

《论语》既辑自曾门，而曾子之学，专主守约，观其临没郑重言君子之道，而乃仅在颜色容貌辞气之粗，及启手足之时，亦不过战兢于守身免毁之戒。所辑曾子之言，凡十八章，皆约身笃谨之言，与《戴记》曾子十篇相符合。宋叶水心以曾子未尝闻孔子之大道[①]，殆非过也。曾子之学术如此，则其门弟子之宗旨意识可推矣。故于子张学派攻之不遗，其为一家之学说，而非孔门之全，亦可识矣。

夫以孔子之道之大，孔门高第之学术之深博如此，曾门弟子之宗旨学识狭隘如彼，而乃操采择辑纂之权，是犹使僬侥量龙伯之体，令鄙人数朝庙之器也，其必谬陋粗略，不得其精尽，而遗其千万，不待言矣。假颜子、子贡、子木、子张、子思辑之，吾知其博大精深，必不止是也。又假仲弓、子游、子夏辑之，吾知其微言大义之亦不止此也。嗟夫！佛典有迦叶、阿难之总闻[②]，故精微尽显，而佛学大光；然龙树以前，只传小乘，而大乘犹隐。盖朝夕雅言，率为中人以下而发，可人人语之，故《易》传焉。若性与天道，非常异义，则非其人不语，故其难传，则诸教一也。曾学既为当时大宗，《论语》只为曾门后学辑纂，但传守约之绪言，少掩圣仁之大道，而孔教未宏矣。故夫《论语》之学，实曾学也，不足以尽孔子之学也。

盖当其时，六经之口说犹传，《论语》不过附传记之末，不足大彰孔道也。然而孔门之圣，师若弟之言论行事，借以考其大略，司马迁撰述《仲尼弟子列传》，其所据引，不能外《论语》。凡人道所以修身待人，天下家国之义，择精语详，他传记无能比焉。其流传自西汉，天下世讽之，甚久远，多孔子雅言，为六经附庸，亦相辅助焉。不幸而刘歆篡圣，作伪经以夺真经，公、穀《春秋》，焦、京《易》说既亡，而今学遂尽，诸家遂掩灭，太平大同阴阳之说皆没，于是孔子之大道扫地尽矣。宋贤复出求道，推求遗经，而大义微言无所得，仅获《论语》为孔子言行所在，遂以为孔学之全，乃

---

① 叶水心：即叶适（1150—1223），字宗时，学者称水心先生。宋代思想家、文学家，著有《习学记言》等。

② 迦叶、阿难：释迦牟尼十大弟子中的两个，大迦叶主持了佛祖入灭后的结集，阿难诵出了佛祖生前所说佛法，成为后来“三藏”中的经藏。

大发明之，翼以《大学》、《中庸》、《孟子》，号为“四子书”，拔在六经之上，立于学官，日以试士，盖千年来自学子束发诵读，至于天下，推施奉行，皆奉《论语》为孔教大宗正统，以代六经，而曾子守约之儒学于是极盛矣。

圣道不泯，天既诱予小子，发明《易》、《春秋》、阴阳、灵魂、太平大同之说。而《论语》本出今学，实多微言，所发大同神明之道有极精奥者，又于孔子行事甚详。想见肫肫之大仁，于人道之则，学道之门，中正无邪，甚周甚备，可为世世之法，自六经微绝，微而显，典而则，无有比者。于大道式微之后，得此遗书，别择而发明之，亦足为宗守焉。其或语上语下，因人施教，有所为言之。故问孝问仁，人人异告，深知其意，而勿泥其词，是在好学深思者矣。

曾子垂教于鲁，其传尝以《鲁论》为宗，凡二十篇。汉时常山都尉龚奋，长信少府夏侯胜，丞相韦贤及子玄成，鲁扶卿，太子太傅夏侯建，前将军萧望之并传之，各自名家。《齐论》者，齐人所传，多《问王》、《知道》二篇，凡二十二篇，异于《鲁论》，昌邑中尉王吉、少府宋畸、琅玡王卿、御史大夫贡禹、尚书令五鹿充宗、胶东庸生并传之，惟王吉名家。《汉·艺文志》有《鲁论》二十篇、《传》十九篇、《鲁夏侯说》二十一篇、《鲁安昌侯说》二十一篇、《鲁王骏说》二十一篇、《齐说》二十九篇，说《论语》者止此而已。安昌侯张禹受《鲁论》于夏侯建，又从庸生、王吉受《齐论》，择善而从，以教成帝，最后行于汉世。然鲁、齐之乱，自张禹始矣。刘歆伪古文《论语》，托称出孔子壁中，又为传托之孔安国，而马融传而注之云。多出两《子张篇》，分《尧曰》以下子张问政为《从政篇》，凡二十一篇，篇次不与齐、鲁同。桓谭《新论》谓文异者四百馀字，然则篇次文字多异，其伪托窜乱，当不止此矣。自郑玄以《鲁》、《齐论》与《古论》合而为书，择其善者而从之，则真伪混淆，至今已不可复识。于是曾门之真书，亦为刘歆之伪学所乱，而孔子之道，益杂羼矣。晋何晏并采九家，古今杂沓，益无取焉。有宋朱子，后千载而发明之，其为意至精勤，其诵于学官至久远，盖千年以来，实为曾、朱二圣之范围矣。惜口说既去，无所凭借，上蔽于守约之曾学，下蔽于杂伪之刘说，于大同神明仁命之微言大义，皆未有发焉。昔尝为注，经戊戌之难而微矣，避地多暇，不揣愚昧，谬复修之。僻陋在夷，无从博征，以包、周为今学，多采录之，以存其旧。朱子循文衍说，无须改作者，亦复录之。郑玄本有今学，其合者亦多节取焉。正伪古文之谬，发大同之渐，虽不敢谓尽得其真，然于孔学之大，人道之切，亦庶有小补云尔。

孔子生二千四百五十三年，即光绪二十八年癸卯春三月十七日，康有为序于哲孟雄国之大吉岭大吉山馆①。

（1902 年 4 月 24 日）

① 哲孟雄：即印度锡金邦，古称哲孟雄。原为世袭君主国，1975 年被印度吞并。

《大学注》序

善乎庄生之言孔子也，推孔子为神明圣王，曰明乎本数，系于末度，内外精粗，其运无乎不在，重明之而叹息曰：嗟乎！内圣外王之道，暗而不明，郁而不发，而道术遂为天下裂。夫内圣外王，条理毕具，言简而意赅者，求之孔氏之遗书，其惟《大学》乎？以明德为始，则灵魂不昧，先不欺以修身，以新民为终，而至善为止。推絜矩以平天下，精粹微远，深博切明，提大道之要，钩至德之元，群书传说，未有比焉，诚孔门之宝书、学者之阶准也。

是篇存于《戴记》，朱子以为曾子所作，误分经传。夫《诗》、《书》、《礼》《乐》、《易》、《春秋》，孔子圣作，乃名为经，馀虽《论语》，只为传，《礼记》则为记为义，况一篇中岂能自为经传乎？篇中仅一指曾子，亦无曾子所作之据，惟记皆孔门弟子后学传孔子之口说，孔子之微言大义实传焉。朱子特选《中庸》与此篇，诚为精要，惟朱子未明孔子三世之义。盖孔子太平之道，暗而未明，郁而不发，盖二千年矣。方今大地棣通，据乱之义，尤非所以推行也。不量愚薄，更为笺注，其旧文错简，亦窃正焉。戊戌之难，旧注尽失，逋亡多暇，补写旧义，僻在绝域，文献无征，聊复发明，庶几孔子内圣外王之道，太平之理，复得光于天下；学者持循，以有宗庙百官之美富，亦庶几门阶之未失云尔。

光绪二十八年七月，康有为序于印度大吉岭。

（1902 年 8 月）

《欧洲十一国游记》序

将尽大地万国之山川、国土、政教、艺俗、文物，而尽揽掬之、采别之、掇吸之，岂非凡人之所同愿哉？于大地之中，其尤文明之国土十数，凡其政教、艺俗、文物之都丽郁美，尽揽掬而采别、掇吸之，又淘其粗恶而荐其英华焉，岂非人之尤所同愿耶？然史弼之征爪哇也，误以为二十五万里；元卓术太子之入钦察也，马行三年乃至①；博望凿空②，玄奘西游，当道路未通、汽机未出之世，山海阻深，岁月澶漫。以大地之无涯而人力之短薄也，虽哥仑布、墨志领、岌顿曲之远志毅力③，而足迹所探游者亦有限矣。然则欲揽掬大地也，孰从而揽之？

故夫人之生也，视其遇也。芸芸众生，阅亿万年，遇野蛮种族部落交争之世，居僻乡穷山之地，足迹不出百数十里者，盖皆是矣。进而生万里文明之大国，而舟车不通，亦无由睹大九洲而游瀛海。吾华诸先哲，盖皆遗恨于是，则虽聪明卓绝，亦为区域所限。英帝印度之岁，南海康有为以生，在意王统一之前三年，德、法战之前十二年也，所遇何时哉？汽船也，汽车也，电线也，之三者，缩大地、促交通之神具也。汽船成于我生之前五十年，汽车成于我生之前三十年，电线成于我生之前十年。而万物变化之祖，为瓦特之机器，亦不过先我生八十年。凡欧美之新文明具，皆发于我生百

---

① 史弼：一名塔剌浑，元代人，官至平章政事。曾奉元世祖忽必烈之命远征爪哇。卓术：应为术赤，成吉思汗长子。钦察：即钦察汗国（又称金帐汗国）。

② 博望凿空：指张骞通西域。

③ 墨志领：今译麦哲伦。岌顿曲：今译达·伽马，葡萄牙航海家。

年内外耳。萃大地百年之英灵，竭哲巧万亿之心精，奔走荟萃，发扬飞鸣，滂礴浩瀚，积极光晶，汇百千万亿之泉流而成江河湖海，以注于康有为之生世，大陈设以供养之，俾康有为肆其雄心，纵其足迹，穷其目力，供其广长之舌，大饕餮而吸饮焉。

自四十年前，既揽掬华夏数千年之所有。七年以来，汗漫四海，东自日本、美洲，南自安南、暹罗、柔佛、吉德、霹雳、吉冷、爪哇、缅甸、哲孟雄、印度、锡兰①，西自阿剌伯、埃及、意大利、瑞士、奥地利、匈牙利、丹墨、瑞典、荷兰、比利时、德意志、法兰西、英吉利②，环周而复至美。嗟乎！康有为虽爱博好奇，探赜研精，而何能穷极大地之奇珍绝胜，置之眼底足下、揽之怀抱若此哉！缩地之神具，文明之新制，不自我先，不自我后，特制竭作以效劳贡媚于我，我幸不贵不贱，无所不入，无所不睹。俾我之耳目闻见，有以远轶于古之圣哲人，天之厚我乎，何其至也！

夫中国之圆首方足，以五万万计，才哲如林，而闭处内地，不能穷天地之大观，若我之游踪者，殆未有焉。而独生康有为于不先不后之时、不贵不贱之地，巧纵其足迹、目力、心思，使遍大地，岂有所私而得天幸哉？天其或哀中国之病，而思有以药而寿之耶？其将令其揽万国之华实，考其性质色味，别其良楛，察其宜否，制以为方，采以为药，使中国服食之而不误于医耶？则必择一耐苦不死之神农，使之遍尝百草，而后神方大药可成，而沉疴乃可起耶？则是天纵之远游者，乃天责之大任；则又既惶既恐，以忧以惧，虑其弱而不胜也。

虽然，天既强使之为先觉，以任斯民矣，虽不能胜，亦二十年来昼夜负而戴之矣。万木森森，百果具繁，左捋右撷，大嚼横吞，其安能不别良楛、察宜否，审方制药，以馈于我四万万同胞哉？方病之殷，当群医杂沓之时，我国民分甘而同味焉，其可以起死回

① 安南：今越南。暹罗：今泰国。柔佛、吉德（吉打）、霹雳、吉冷（吉兰丹）：马来西亚的四个州。

② 阿剌伯：今作阿拉伯。丹墨：今丹麦。

生、补精益气，以延年增寿乎？吾之谓然，人其不然耶？其果然耶？吾于欧也，尚有俄罗斯、突厥、波斯、西班牙、葡萄牙未至也；于美也，则中南美洲未窥，而非洲未入焉；其大岛，若澳洲、古巴、檀香山、小吕宋、苏禄、文莱未过。则吾于大地之药草尚未尽尝，而制方岂能谓其不谬耶？抑或恶劣之医书可以不读，或不龟手之药可以治宋国，而犹有待于遍游耶？康有为曰：吾犹待于后遍游，以毕吾医业。今欧洲十一国游既毕，不敢自私，先疏记其略，以请同胞分尝一脔焉。吾为厨人，而同胞坐食之；吾为画工，而同胞游览焉。其亦不弃诸？

孔子生二千四百五十六年，即光绪三十年冬至，康有为记于美洲北太平洋域多利之文岛故居寥天室①。

（1904 年 12 月 22 日）

① 域多利：今译维多利亚，加拿大城市。文岛：温哥华，加拿大西部港口城市。

《物质救国论》序

大昏也，博夜也，坠乎重渊，荡乎大漠，泛乎溟海，雺雾濛濛，飞沙重重，洪涛汹汹，昧目无见，魂荡魄惊，则有迷道而失所、妄行而无之者矣。中国者，数千年一统者也。自以为天下而非国，甚于罗马者也；以文物战胜其邻，而晏然自足者也。一旦飞船奇器排闼破门而入，有若诸星之怪物忽来吾地，所挟之具皆非吾地所有，空吾地之物而无以拒之，则必全地苍攘，沈沈而莫测，彷徨而无术，才人智士纷纭献策，而皆无当。盖未游诸星，未能深知其所挟之具，而以拟测度之，或得一端，而不见其全体，虽欲不迷行失步而不得也，中国今者犹是也。

乙未、戊戌以前，举国鼾睡，无可言也。至庚子以后，内外上下，非不知吾国之短，而思变法以自立矣，则举措茫然，不知欧美富强之由何道，而无所置足也。议者纷纭，各自以其测天之识而倡狂论之，谓天圆覆犹笠也，谓地平方犹块也。当同光之初，曾文正、李文忠、沈文肃诸公草昧初开[①]，得之太浅，则以为欧美之强者在军兵炮舰，吾当治军兵炮舰以拒之，而未知彼军兵炮舰之有其本也。至乙未东败之后，知之渐进，以为欧美之强在民智，而开民智在盛学校也，于是十年来，举国争事于开学矣。至戊戌之后，读东书者日盛，忽得欧美之政俗学说，多中国之所无者。震而惊之，则又求之太深，以为欧美致强之本，在其哲学精深，在其革命自由。乃不审中国病本之何如，乃尽弃数千年之教学而从之。于是辛

---

① 曾文正、李文忠、沈文肃：分别指曾国藩、李鸿章、沈葆桢。

丑以来，自由革命之潮弥漫卷拍，几及于负床之孙、三尺之童以为口头禅矣。医论日以多，药方日以杂，脉证日以乱，病势日以深。当此危命如丝、弥留喘息之时，言学之参术，既迟不及救；言自由革命之天雄大黄，则益以促其生。俄之破坏中立，既欲窥新疆，英伸手取藏，而德则忍俊不禁，明索山东矣。大势岌岌，瓜分可忧，而我举国上下，尚复瞽者论日，盲人骑马。危乎哀哉！其可畏也！

吾既遍游亚洲十一国、欧洲十一国，而至于美。自戊戌至今，出游于外者八年，寝卧寖灌于欧美政俗之中，较量于欧亚之得失，推求于中西之异同，本原于新世之所由，反覆于大变之所至，其本原浩大，因缘繁夥，诚不可以一说尽之。欧洲百年来最著之效，则有国民学、物质学二者。中国数年来亦知发明国民之义矣，但以一国之强弱论焉。以中国之地位，为救急之方药，则中国之病弱，非有他也，在不知讲物质之学而已。

中国数千年之文明实冠大地，然偏重于道德哲学，而于物质最缺然。即今之新物质学，亦皆一二百年间诞生之物，而非欧洲夙昔所有者。突起横飞，创始于我生数十年之前，盛大于我生数十年之后。因以前绝万古，桄被六合，洪流所掩，浩浩怀襄，巨浸稽天，无不滔溺。自英而被于全欧，自欧而流于美洲，馀波荡于东洋，触之者碎，当之者靡。于是中国畴昔全大之国力，自天而坠地；苟完之生计，自富而忽穷。夫四海困穷，则天禄永终；肢体茧缚，痿痹不起，则有宰割之者矣。夫势者，力也；力者，物质之为多。故方今竞新之世，有物质学者生，无物质学者死。小国若缅甸、安南、高丽，无物质学者立死；文明大国若突厥、波斯、西班牙，无物质学者，少辽缓者死，然削弱危殆，而终归于亡。吾既穷览而深验之，哀我国人之空谈天而迷大泽也。方草各国游记，而苦时日之难举也，先为《物质救国论》以发明之，冀吾国吏民上下知所鉴别，而不误所从事焉。

天之将暝，为时无多；夜之将旦，鸡鸣嘐嘐。迂道而行，将不及期；之楚北马，愈远愈非。及风雨之未烈，绸桑土以御之，勿迷大泽，冻死无归。嗟我兄弟，雾雪凄迷，遵道而行，我心伤悲，指南之针何欤？其在物质兮猗！

孔子二千四百五十六年，即光绪三十一年二月，南海康有为序于美国之罗生技利[1]。

（1905 年 3 月）

---

① 罗生技利：今通译洛杉矶。

《人境庐诗草》序[①]

嵚崎磊落，轮囷多节，英绝之士，吾见亦寡哉。苟有其人欤，虽生于穷乡，投于仕途，必能为才臣贤吏，而不能为庸宦；必能为文人通人，而不能为乡人。苟有其人欤，其为政风流，与其诗文之跌宕多姿，必卓荦绝俗，而有其可传者也。吾于并世贤豪多友之，我仪其人欤，则吾乡黄公度京卿，其不远之耶！

公度生于嘉应州之穷壤，游宦于新加坡、纽约、三藩息士高之领事官[②]，其与故国中原文献至不接也，而公度天授英多之才，少而不羁，然好学若性，不假师友，自能博群书，工诗文，善著述，且体裁严正古雅，何其异哉！嘉应先哲，多工词章者，风流所被，故诗尤妙绝。及参日使何公子峨幕[③]，读日本维新掌故书，考于中外之政变学艺，乃著《日本国志》，所得于政治尤深浩。及久游英、美，以其自有中国之学，采欧、美人之长，荟萃熔铸，而自得之，尤倜傥自负，横览举国，自以无比；而诗之精深华妙，异境日辟，如游海岛，仙山楼阁，瑶花缟鹤，无非珍奇矣。

公度长身鹤立，傲倪自喜。吾游上海，开强学会，公度以道员奏派办苏州通商事，挟吴明府德潚叩门来访。公度昂首加足于膝，纵谈天下事；吴双遣澹然旁坐，如枯木垂钓。之二人也，真人也，畸人也，今世寡有是也。自是朝夕过从，无所不语。闻公度以属员见总督张之洞，亦昂首足加膝，摇头而大语。吾言张督近于某事亦

---

① 《人境庐诗草》，清末诗人黄遵宪的诗集。

② 三藩息士高：今通译圣弗兰西斯科，即旧金山。

③ 何公子峨：何如璋，字子峨，任驻日公使时，请黄遵宪为参赞。

通，公度则言吾自教告之，其以才识自负而目中无权贵若此，岂惟不媚哉！公度安能作庸人，卒以此得罪张督，乃闲居京师。翁常熟览其《日本国志》①，爱其才，乃放湖南长宝道。时义宁陈公宝箴抚楚，大相得，赞变法，公度乃以其平日之学发纾之，中国变法自行省之湖南起。与吾门人梁启超共事久，交尤深。于是李公端棻奏荐之，上特拔之使日本。而党祸作，公度几被逮于上海，日故相伊藤博文救之乃免。

自是久废，无所用，益肆力于诗。上感国变，中伤种族，下哀生民，博以寰球之游历，浩渺肆恣，感激豪宕，情深而意远，益动于自然，而华严随现矣。公度岂诗人哉！而家父、凡伯、苏武、李陵及李、杜、韩、苏诸巨子，孰非以磊砢英绝之才，郁积勃发，而为诗人者耶！公度之诗乎，亦如磊砢千丈松，郁郁青葱，荫岩竦壑，千岁不死，上荫白云，下听流泉，而为人所瞻仰徘徊者也！

康有为序于那威北冰海七十二度观日不没处②，以为公度有诗，犹不没也。光绪三十四年夏至。

（1908年6月22日）

---

① 翁常熟：即翁同龢，江苏常熟人，时任户部尚书。

② 那威：今通译挪威。作者是年夏至时曾游挪威北冰洋中的那岌岛。

朱九江先生佚文序[①]

以躬行为宗，以无欲为尚，气节摩青苍，穷极问学，舍汉释宋，原本孔子，而以经世救民为归：古之学术有在于是者，则吾师朱九江先生以之。

先生令山西襄陵百九十日，政化大行。以巡抚某为某亲王嬖人，拂衣归，讲学于其九江乡礼山草堂，垂三十年。先生为先祖连州公（讳赞修，号述之）友，先君知县公（讳达初，号少农）与伯叔父两广文公（讳达棻，号彝仲；讳达节，号竹荪）皆捧杖受业，有为未冠，以回参之列[②]，辟咡受学，则先生年垂七十矣。望之凝凝如山岳，即之温温如醇酒，硕德高风，不言而化，兴起奋发于不自知焉，乃知以德化人之远也。

先生授学者以四行、五学。四行：一曰敦行孝弟，二曰崇尚名节，三曰变化气质，四曰检摄威仪。五学：一曰经，二曰史，三曰掌故，四曰义理，五曰词章。日一登堂讲学，诸生敬侍，威仪严肃。先生博闻强记，不挟一卷，而征引群书，贯穿讽诵，不遗只字。学者录之，即可成书一卷，今所传《礼山讲学》是也，然十不能得六七。至夫大义所关，名节所系，气盛頩赤，大声震堂壁，听者悚然。为才质无似，粗闻大道之传，决以圣人为可学而尽弃俗学，自此始也。

---

① 朱次琦（1808—1882），清末广东学者，康有为曾师从之，颇受其影响。

② 回参：颜回与曾参。他们的父亲都曾是孔子弟子，而他们又同为孔子弟子。康有为与父辈亦都在朱次琦门下受业，因以相比。

先生天才敏隽，少以神童闻于粤。方十三令，仪征阮文达公督粤[①]，而召之；试诗，而大惊。辟学海堂，授为都讲，沉浸经史掌故词章之学。凡吾粤长老，若曾勉士之经，侯君谟之史，谢兰生之词章[②]，皆翕受而自得之；旁及金石书画，罔不穷精极微。

当是时，汉学方盛，饾饤为工，猎琐文而忘大义，矜多闻而遗躬行。先生夐识高行，独不蔽于俗，厉节行于后汉，探义理于宋人。既则舍康成，释紫阳[③]，一一以孔子为归。其行如碧霄青云，悬崖峭壁；其德如粹玉馨兰，琴瑟彝鼎；其学如海，其文如山，高远深博，雄健正直。盖国朝二百年来大贤巨儒，未之有比也。梨洲精矣，而奇佚气多；船山深矣，而矫激太过[④]。先生之学行，或于亭林为近似，而平实敦大过之。

著书满家，以为所知，有《国朝学案》、《国朝名臣言行录》，凡百卷；《蒙古记》、《晋乘》，各数十卷；诗文数卷。晚岁皆自焚之，世多疑焉。意者先生疾世之哗嚣，多以文学衒宠，而以身为法邪？夫言之不足化人久矣，文人之无实多矣。天下无我是书，而教化遂以陵夷，人心遂以熄绝，则其书必当存也；天下无我是书，而教化无大损，人心未至灭，则先圣先哲之遗书具在，循而行之，大道可宏，生民可救，则何必以著作衒世乎？孔子曰："予欲无言。"子思述《中庸》之末曰："声色之以化民，末也。上天之载，无声无臭，至矣。"先生之德，于是至矣。后之人受不言之教，以躬行为归，何必遗书，何必遗书！否则著书等身，而中心薮慝，其书愈多，其名愈盛，其坏风俗、败国家愈甚，是毒吾民也，奚取焉！予小子稍有所述作，每念先生焚书之旨，未尝不反省而悚然曰："吾岂有名心欤？抑出不得已、不忍人之心欤？其昔人曾发之而无待己之喋喋欤？否则宜焚之也。"

---

① 阮文达：即阮元，字伯元，号芸台，谥"文达"，江苏仪征人。清代官吏、学者，任职两广总督时，罗致学者讲学编书，主编《经籍籑诂》。

② 曾勉士：曾钊，字敏修，一字勉士。侯君谟：侯康，字君谟。谢兰生：字佩士。

③ 康成：郑玄字康成，东汉经学家。紫阳：朱熹世称"紫阳先生"。

④ 梨洲：黄宗羲。船山：王夫之。下文亭林，指顾炎武。

先生卒于光绪壬午之春，年七十五。诗文既尽焚无一传，同门友营祠墓毕，议遗文。简广文竹居、胡茂才少恺，皆博学高行，以先生恶表襮哗嚣，绍述遗旨，相约勿刻。至于今又垂三十年矣。虽然，令先生无一字流于后世，于先生至人之德、不言之教则不背矣，于后人思慕先生之意则非也。先生嗣子之绂（字来卿，早殂），明敏克家，搜辑先生佚诗文于乡里中，得《是汝师斋诗》一卷，《大雅堂诗集》一卷，皆三十岁前作，及佚文数十篇，皆书札为多。盖皆流传于外，先生无从焚者。

先生之诗，精警雄奇，晚而澹雅，由杜、韩、陶、谢而上汉魏以溯风骚；先生之文，雄深雅健，深入秦汉之奥。为今所为文，皆受法于先生者。此率尔之文，少日之作，诚不足以见先生于万一；然丹凤一羽，夏鼎一足，得之亦为至宝。与其弃之，毋宁过而存之，且大义亦时见焉。后之学者，稍闻遗训而瞻文采，不犹愈于无耶？故敢违先生之旨，负同门之约，刻而布之；诚知罪戾，不遑避矣。

先生讳次琦，号稚圭，又字子襄，南海县人，道光丁未进士。行事详于《平阳水利碑》，用弁卷端。其《是汝师斋诗》，刻于粤之《学海堂集》。

光绪三十四年秋九月，弟子康有为记。

（1908 年 10 月）

诗集自序[①]

诗者，言之有节文者耶。凡人情志郁于中，境遇交于外，境遇之交压也瑰异，则情志之郁积也深厚。情者阴也，境者阳也；情幽幽而相袭，境嫮嫮而相发。阴阳愈交迫，则愈变化而旁薄，又有礼俗文例以节奏之，故积极而发，泻如江河，舒如行云，奔如卷潮，怒如惊雷，咽如溜滩，折如引泉，飞如骤雨。其或因境而移情，乐喜不同，哀怒异时，则又玉磬铿铿，和管锵锵，铁笛裂裂，琴丝愔愔，皆自然而不可以已者哉。

夫有元气，则蒸而为热，轧而成响，磨而生光，合沓变化而成山川，跃裂而为火山流金，汇聚而为大海回波。块轧有芒，大块文章，岂故为之哉？亦不得已也。

故志深厚而气雄直者，莽天地而独立，妙万物而为言。悱恻其情，明白其灵，正则其形，玲珑其声，芬芳烈馨，秾华远清，中和永平；澹泊而不厌，亭立而不矜，迤灦而渊渟，月明而山行，石破而天惊。时或风雨怒号，金铁飞鸣；山水妙丽，天日晶晴；或万马战酣，旌旗飞萦；或广殿排仗，冕旒严凝；或岩藤落叶，面壁老僧；或万花放晓，士女春盈；或深山大河，巨海积沙，崇峰攒天，洪波叠岭；飞雪蔽地，潮海极目，烟岫郁攸，蜿蜒漫空；乾端坤倪，神怪暴发，人经物理，龙象蹴踏。斯其为情深而文明、气盛而化神者耶！

吾童好讽诗，而学在撢理，既不离人性，又好事，不能雕肝呕

---

① 康有为的诗集有两种，此为梁启超手写影印本《南海先生诗集》四卷，1911 年刊行，文题又名《梁启超写南海先生诗集序》。

肺以为诗人。然性好游，嗜山水，爱风竹。船唇马背，野店驿亭，不暇为学，则馀事为诗，天人之感多矣。及戊戌遘祸，遁迹海外，五洲万国，靡所不到，风俗名胜，托为咏歌。莫拔抑塞磊落之怀，日行连犿奇伟之境。临睨旧乡，遭回故国，阅劫已夥，世变日非。灵均之行吟泽畔，骚些多哀；子卿之啮雪海上，平生已矣[①]。河梁陇首，游子何之；落月屋梁，水波深阔。嗟我行迈，皆寓于诗。情在于斯，噫气难已。奔亡无定，散佚弥多。

门人梁启超请收拾丛残，发愿手写。搜箧与之，尚存千馀篇。亡人何求，又非有千秋之名心也；抑以写身世，发幽怀，哀乐无端，咏叹淫佚，穷者达情，劳者歌事，《小雅》、《国风》之所不弃也。后之诵其诗、论其世者，其亦无罪邪！

孔子二千四百五十九年，即光绪三十四年十月九日，南海康有为更生自序。

（1908 年 11 月 2 日）

---

① 灵均：战国时期楚国诗人屈原的字。子卿：汉武帝时人苏武的字，他出使匈奴被囚，并被流放北海牧羊，茹毛饮血。

孔教会序一[①]

中国数千年来奉为国教者，孔子也。大哉孔子之道，配天地，本神明，育万物，四通六辟，其道无乎不在。故在中古，改制立法而为教主，其所为经传立于学官，国民诵之以为率由，朝廷奉之以为宪法；省刑罚，薄税敛，废封建，罢世及，国人免奴而可仕宦，贵贱同罪而法平等；集会、言论、出版皆自由，及好释、道之说者，皆听其信教自由。凡法国革命所争之大者，吾中国皆以孔子之经说先得之二千年矣。学校遍都邑，教化入妇孺，人识孝弟忠信之风，家知礼义廉耻之化。故不立辩护士，法律虚设而不下逮，但道以德、齐以礼，而中国能晏然一统、致治二千年者，何哉？诚以半部《论语》治之也。

盖孔子之道，本乎天命，明乎鬼神，而实以人道为教。《中庸》曰："道不远人，人之为道而远人，不可以为道。"故凡在饮食男女、别声被色而为人者，皆在孔教之中也。尚虑滞于时用，若冬裘之不宜于夏，水舟之不宜于陆，又预陈三统三世、小康大同、据乱升平之道，而与时推迁，穷变通久，使民不倦，盖如大医王，无方不备也。如使人能去饮食男女、别声被色，则孔子之道诚可离也。无如人人皆必须饮食男女、别声被色，故无论何人，孔子之道不可须臾离也。故范围不过，曲成不遗，人人皆在孔教中，故不须立会也。

惟今者共和政体大变，政府未定为国教，经传不立于学官，庙

---

① 1912年10月7日，康有为弟子陈焕章、麦孟华发起组织孔教会，刊行《孔教会杂志》。康有为曾为该志撰序文两篇，此篇刊第二号。

祀不奉于有司。向来民间崇祀孔子，自学政吴培过尊孔子，停禁民间之祀，于是自郡县文庙外，民间无祀孔子者。夫民既不敢奉，而国又废之，于是经传道息，俎豆礼废，拜跪不行，衿缨并绝，则孔子之大道一旦扫地，耗矣哀哉！

夫国所与立，民生所依，必有大教为之桢干，化于民俗，入于人心，奉以行止，死生以之，民乃可治，此非政事所能也；否则皮之不存，毛将焉傅？中国立国数千年，礼义纲纪，云为得失，皆奉孔子之经。若一弃之，则人皆无主，是非不知所定，进退不知所守，身无以为身，家无以为家，是大乱之道也。即国大安宁，已大乱于内，况复国乱靡定乎？恐教亡而国从之。夫耶路撒冷虽亡，而犹太人流离异国，犹保其教，至今二千年，教存而人种得以特存；印度虽亡，而婆罗门能坚守其教，以待后兴焉。若墨西哥之亡也[①]，教化文字并灭，今人种虽存，而所诵皆班文，所行皆班化，所慕皆班人之豪杰，则墨人种面目虽有存乎，然心魂已非，实则全灭也。今中国人所自以为中国者，岂徒谓禹域之山川，羲、轩之遗胄哉[②]？岂非以中国有数千年之文明教化，有无量数之圣哲精英，融之化之，孕之育之，可歌可泣，可乐可观，此乃中国之魂，而令人缠绵爱慕于中国者哉？有此缠绵爱慕之心，而后与中国结不解之缘，而后与中国死生存亡焉。故犹太人之流离去国二千年，而天下尚号之曰犹太人，为有此犹太魂，而爱慕缠绵其犹太故也。若徒以其人种与地域也，则今之巴比仑、雅典之遗黎，殆无存者，而山川易主，万国多有。过西贡之市[③]，昔之孔庙皆毁，昔之诵四书五经者，今后生皆诵法文，而无识华文者矣。鉴于墨、秘，能无恫乎？

且夫虽为野蛮，岂有无教之国者，况欲立于天下者哉？昔者吾国人人皆在孔教之中，鱼相忘于江湖，人相忘于道术，则勿言孔教

---

① 墨西哥之亡：指 1519 年西班牙人征服墨西哥地区的印第安人，使该地区印第安人、阿兹特克人创造的玛雅文化、阿兹特克文化灭绝，当地人改用西班牙语，改奉天主教。下文的“秘”，指秘鲁，也是印第安人文明的发祥地。

② 羲、轩：伏羲、轩辕黄帝。

③ 西贡：越南城市，即胡志明市。

而教自在也。今则各国皆有教而我独为无教之国，各教皆有信教奉教传教之人，坚持其门户而日光大之。惟孔教昔者以范围宽大，不强人为仪式之信从，今当大变，人人虽皆孔教，而反无信教奉教传教之人。夫人能宏道，非道宏人，无人任之，不殖将落。况今者废教停祀毁庙之议日有闻，甚至躬长教育之司，而专以废孔教为职志者，若无人保守奉传，则数千年之大教将坠于地，而中国于以永灭，岂不大哀哉！印度为佛生之地，自回教行后，佛教遂灭尽，于今千年矣，乃至五印度反无一寺一僧，过舍卫而问佛迹[1]，答之曰：佛乃中国者，印度无之。嗟乎，不可畏耶？或谓教者非以强力取，优胜劣败，教果优者，不患不传。则佛义岂不精深于回教，何以印度故国，荡灭堙夷，至于若是？则信乎在人之宏道也。嗟我同志，为兹忧恐，爰开大会，用宏斯道，以演孔为宗，以翼教为事，其亦仁人志士所不弃也耶？其亦仁人志士所不弃也耶！

（1912 年 10 月前）

---

① 舍卫：即舍卫城，古印度佛教圣地，城南有释迦牟尼说法的祇园精舍。

《不忍》杂志序[①]

于元之中而有诸天，于诸天之中而有无量数不可思议之星云星团星气，于无量数不可思议之星团星云星气而有日，于绕日众游星之中而有我地。渺乎小哉之诸天也，诸星也，大块也；成住坏空，一一不可免也！康子夕卧林庭，仰视流星，爆裂飞鸣，过于我前，一昔不知其数，是亦一地之分裂死亡者也。吾乃寂然无所感朕于吾心，况于划地八十之一而为中国，其为蕞益甚，其为得丧益不足计矣。

吾生逢多难，身经大劫，死灰枯木，若非人久矣。即使大炮裂地，不以为惊；黄金铺地，不以为喜。虽然，吾何以识元天星日哉？以吾之有知；吾何以有知？以吾有身；而吾之身，仆于大地，生于中国也。于是爱大地而亲中国焉。吾无奈吾识性何，凡与吾交亲之大地中国，乐者吾乐之，忧者吾忧之。吾不能禁绝吾乐忧，而躬际中国之危难，于是不忍之心旁薄而相袭，触处而怒发，不能自恝焉。

于是吾遂靡靡喋喋，不能已于言：睹民生之多艰，吾不能忍也；哀国土之沦丧，吾不能忍也；痛人心之堕落，吾不能忍也；嗟纪纲之亡绝，吾不能忍也；视政治之窳败，吾不能忍也；伤教化之陵夷，吾不能忍也；见法律之蹂躏，吾不能忍也；睹政党之争乱，吾不能忍也；慨国粹之丧失，吾不能忍也；惧国命之分亡，吾不能忍也。怵焉心厉也，怒焉陨涕也，凄凄焉悲掩袂也。逝将去之，莫能忘斯世也；愿言拯之，恻恻沉详予意也。此所以为《不忍》杂志耶？

孔子二千四百六十三年壬子十一月冬至日，南海康有为。

---

① 《不忍》杂志 1913 年 2 月出刊，康氏自任主编。该志发表了其大量旧作和新作。

《万木草堂藏画目》序①

中国近世之画衰败极矣，盖由画论之谬也。请正其本，探其始，明其训。《尔雅》云："画，形也。"《广雅》："画，类也。"《说文》："画，珍也。"《释名》："画，挂也。"《书》称："彰施五采作绘。"《论语》："绘事后素。"然则画以象形类物。界画，着色为主，无能少议之。故陆士衡曰②："宣物莫大于言，存形莫善于画。"张彦远曰③："留乎形容，式昭盛德之事；具其成败，以传既往之踪。记传所以叙其事，不能载其形；赋颂所以咏其美，不能备其象。图画之制，所以兼之。"今见善足以劝、见恶足以戒也，吉夫传神、阿堵象形之迫肖亦云尔，非取神即可弃形，更非写意可忘形也。

遍览百国，作画皆同，故今欧美之画与六朝、唐宋之法同。惟中国近世以禅入画，自王维作《雪里芭蕉》始，后人误尊之。苏、米拨弃形似、倡为士气④，元明大攻界画为匠笔而摈弃之。夫士大夫作画，安能专精体物，势必自写逸气以鸣高。故只写山川，或间写花竹，率皆简率荒略，而以气韵自矜。此为别派则可，若专精体物，非匠人毕生专诣为之，必不能精。中国既摈画匠，此中国近世画所以衰败也。昔人诮黄筌写虫鸟鸣引颈伸足为谬⑤，谓鸣时引颈则不伸足，伸足则不引颈。夫以黄筌之精工专诣犹误谬，而谓士夫

---

① 《万木草堂藏画目》是康有为自藏中国画的目录，1917 年编成，1918 年由上海长兴书局刊行石印本。

② 陆士衡：即陆机（261—303），字士衡，晋代文学家，著有《文赋》。

③ 张彦远：(815—?)：唐代书画理论家、书画家。著有《历代名画记》。

④ 苏、米：苏轼、米芾，均为宋代文人书画家。

⑤ 黄筌（？—965）：五代后蜀画家，擅花鸟，存世作品有《写生珍禽图》。

游艺之馀，能尽万物之性，必不可得矣。然则专贵士气为写画正宗，岂不谬哉？今特矫正之：以形神为主而不取写意，以着色界画为正，而以墨笔粗简者为别派；士气固可贵，而以院作为画正法。庶救五百年来偏谬之画论，而中国之画乃可医而有进取也。今工商百器皆藉于画，画不改进，工商无可言。此则鄙人藏画、论画之意，"以复古为更新"。海内识者，当不河汉斯言耶？

画至于五代，有唐之朴厚，而新开精深华妙之作。至宋人出而集其成，无体不备，无美不臻；且其时院体争其竞新，甚至以之试士，此则令欧、美之重物质尚未之及。吾遍游欧美各国，频观于其画院，考其十五纪前之画，皆为神画，无少变化。若印度、突厥、波斯之画，尤板滞无味，自桧以下矣。故论大地万国之画，当西十五纪前，无有我中国。若即吾中国，动尊张、陆、王、吴①，大概亦出于尊古过甚。鄙意以为中国之画，亦至宋而后变化至极，非六朝后所能及。如周之又监二代，而郁郁非夏殷所能比也。故敢谓宋人画为西十五纪前大地万国之最，后有知者当能证明之。吾之搜宋画，为考其源流，以令吾国人士知所从事焉。

中国自宋前，画皆象形，虽贵气韵生动，而未尝不极尚逼真。院画称界画，实为必然，无可议者。今欧人尤尚之。自东坡谬发高论，以禅品画，谓作画必须"似见与儿童邻"，则画马必须在牝牡骊黄之外。于是，元四家大痴、云林、叔明、仲圭出②，以其高士逸笔，大发写意之论，而攻院体，尤攻界画；远祖荆、关、董、巨，近取营邱、华原③，尽扫汉晋六朝唐宋之画，而以写胸中丘壑为尚。于是明清从之。尔来论画之书，皆为写意之说，摈呵写形，界画斥为匠体。群盲同室，呶呶论日，后书摊书论画，皆为所蔽，奉为金科玉律，不敢稍背绳墨，不则若犯大不讳，见屏识者。高天

---

① 张、陆、王、吴：当指张僧繇、陆探微、王维、吴道子。

② 元四家：指黄公望（号大痴道人）、倪瓒（号云林）、王蒙（字叔明）、吴镇（字仲圭）。

③ 荆、关、董、巨：指荆浩、关仝、董源、巨然，均为五代画家。营邱、华原：指李成和范宽，均为宋代画家。

厚地，自作画囚。后生既不能人人为高士，岂能自出丘壑？只有涂墨忘偷古人粉本，谬写枯淡之山水及不类之人物花鸟而已。若欲之图建章宫千门百户，或长杨、羽猎之千乘万骑，或清明上河之水陆舟车风俗，则瞠乎搁笔，不知所措。试问近数百年画人名家，能作此画不？以举中国画人数百年不能作此画，而推模山范水、梅兰竹菊萧条之数笔，则大号曰名家，以此而与欧美画人竞，不有若持抬枪以与五十三升的大炮战乎？盖中国画学之衰，至今为极矣，则不能不追源作俑，以归罪于元四家也。夫元四家皆高士，其画超逸淡远，与禅之大鉴同[①]。即欧人，亦自有水粉画、墨画，亦以逸淡开宗，特不尊为正宗，则于画法无害。吾于四家，未尝不好之甚，则但以为逸品，不夺唐宋之正宗云尔。惟国人陷溺甚深，则不得不大呼以救正之。

中国画学，至国朝而衰弊极矣；岂止衰弊，至今郡邑无闻画人者。其遗馀二三名宿，摹写四王、二石之糟粕[②]，枯笔数笔，味同嚼蜡，岂复能传后，以与今欧美、日本竞胜哉？盖即四王、二石，稍存元人逸笔，已非唐宋正宗，比之宋人，已同郐下，无非无议矣。唯恽、蒋二南[③]，妙丽有古人意，自馀则一丘之貉，无可取焉。墨井寡传，郎世宁乃出西法[④]，他日当有合中西而成大家者。日本已力讲之，当以郎世宁为太祖矣。如仍守旧不变，则中国画学应遂灭绝。国人岂无英绝之士应运而兴，合中西而为画学新纪元者，其在今乎？吾斯望之。

（1917 年）

---

① 大鉴：禅宗六祖慧能圆寂后，唐中宗赐谥“大鉴”。

② 四王：指清初画坛名家王时敏、王鉴、王翚、王原祁。二石：即石涛、石奚（本姓刘，名髡残，号石奚）。

③ 恽、蒋二南：指恽恪（恽寿平号南田）、蒋和（自号江南小拙），均为清代画家。

④ 郎世宁（1688—1766），意大利传教士，康熙晚期来到中国，以画供奉清廷，善写人物、花鸟等，描绘入微。

《诸天讲》自序[①]

吾人生而终身居之、践之、立之者，岂非地耶？岂可终身不知地所自耶？地者何耶？乃日所生，而与水、金、火、木、土、天王、地王同绕日之游星也[②]。吾人在吾地，昔昔矫首引镜仰望土、木、火诸星，非光华炯炯、行于天上耶？若夫或昏见启明，熠耀宵行于天上，尤人人举目所共睹。然自金、水、火、木、土诸星中，夜望吾地，其光华烂烂，运行于天上，亦一星也。夫星必在天上者也，吾人既生于星中，即生于天上。然则吾地上人，皆天上人也，吾人真天上人也！人不知天，故不自知为天人。故人人皆当知天，然后能为天人；人人皆当知地为天上一星，然后知吾为天上人。

庄子曰："人之生也，与忧俱来。"[③] 吾则以为人之生也，与乐俱来。生而为天人，诸天之物，咸备于我，天下之乐，孰大于是？自至愚者不知天，只知有家庭，则可谓为家人；或只知有里闾族党而不知天，则可谓为乡人；进而知有郡邑而不知天，则可谓为邑人；又进而知有国土而不知天，则可谓为国人。近者大地交通，能游寰球者，数五洲如家珍而不知天，则可谓为地人。蔽于一家者，其知识神思行动，以一家之法则为忧乐，若灶下婢然，终身蓬首垢面于灶下，一食为饱，快然自足，馀皆忧苦，为地最隘最小，则最苦矣；蔽于一乡一邑者，其知识神思行动，以一乡一邑之风俗为忧

---

① 《诸天讲》是康有为1926年在上海天游书院的讲稿，吸收了一些欧美天文学新成果，反映了他依违于科学与宗教间的心态。

② 游星：即行星。

③ 语出《庄子·至乐》。"来"原文作"生"。

乐，多谷翁之十斛麦，乘障吏之自尊，其为地亦最隘小而苦亦甚矣；蔽于一国者，其神思知识行动，以一国之政教为忧乐，或以舞刀笔效官职，或以能杀人称功名，或以文学登高科至高位，或以生帝王家为亲贵、为王为帝，上有数千年之教俗，下有万数千里之政例，自贵而相贱，自是而相非，以多为证，以同为正，用以相形而相逼相倾相织也，其为地亦隘小矣，其为人亦苦而不乐矣。

夫大地棣通，游学诸国，足遍五洲，全球百国之政、艺、俗日输于脑中耳目中。其神思知识行动，以欧美为进退，或更兼搜埃及、印度、波斯、阿拉伯各哲学，与其旧政旧俗为得失比较而进退焉。斯为地人，其庶几至矣乎？其亦乐矣乎？然彼欧美之论说风俗，溺于一偏，易有流弊；其更起互落，骤兴乍废，不可据依者皆是也。当时则荣，没则已矣，奚足乐哉？其去至人也，抑何远矣！然则欲至人道之极乐，其为天人乎？庄子曰：“人之生也，与忧俱来。”况其寿至短，其知有涯。以至短之寿、有限之知，穷愁苦悲，日夕之劳困不释，或苦寒饥家累国争，憧憧尔思，雷风水火，震撼骇疑；或日月遇食，彗星流飞，火山喷火，地裂海啸，洪水泛滥，神鬼精魅，幻诡离奇；不辨其物质，不得其是非，哀恐畏慑，忧患伤之，痛心莫解，惊魂若痴，此亦人间世之最可悯悲者也。且爱恶相攻而吉凶生，情伪相感而利害生。惟天生人有欲，不能无求；求之不给，不能无争，争则不能无乱。一战之惨，死人百万。生存竞争，弱肉强食。故诸教主哀而拯救之，矫托上天神道设教，怵以末日地狱，引以极乐天国，导以六道轮回，诱以净土天堂，皆以抚慰众生之心，振拔群萌之魂；显密并用，权实双行，皆所以去其烦恼，除其苦患，以至极乐而已。然裹饭以待饿夫，施药以救病者，终未得当焉。以诸教主未知吾地为天上之星、吾人为天上之人，则所发之药，未必对症也。

康有为生于绕日之地星，赤道之北、亚洲之东、昆仑之西南、中华之国土，发现海王星之岁以生。二十八岁时，居吾粤西樵山北银河之澹如楼，因读《历象考成》，而昔昔观天文焉；因得远镜，见火星之火山冰海，而悟他星之有人物焉；因推诸天之无量，即亦有无量之人物、政教、风俗、礼乐、文章焉。乃作《诸天书》，于今四十二年矣。历劫无恙，日为天游，吾身在此地星之人间，吾心游诸天之无量，陶陶然，浩浩然，俯视吾地星也，不及沧海之一滴也；俯视此人间世也，何止南柯之蚁国也！

吾国自唐、虞之世，羲和历象[①]，日月星辰，授时成岁，立闰正朔，其在三代。巫咸、甘、石测天[②]，其略存于《史记·天官书》。其后浑、盖、宣夜三说并驰，平、昕、安、穹四天腾沸[③]。然古无精器，汉张衡地动仪，今存型于日本；元郭守敬浑天仪，吾摩挲于德国，今归于京师观象台。然在今日，皆废而无用矣。中国天文书，以《隋志》为详[④]。隋时尚以星只一千五百六十，若张衡谓微星一万一千五百五十，则《隋志》言衡图湮灭，星名不存。

欧土古先谓日为神，所乘火轮车，每日过天空。希腊之安邦瑞美谓天空运行[⑤]，皆绕极星，地浮天心，如平滑之圆墙而深无底。达各拉斯拉只言地自为球[⑥]，绕天心山之点，如宇宙火，似绳端之小石。其说盛行，至第四纪乃灭。然日实如宇宙火不谬也，但彼未识即为日耳。亚里斯加斯谓月大于地[⑦]，则大谬矣。自哥白尼出，乃知地之绕日；奈端乃发重力之吸拒，天文乃有所入。今测银河之星已二万万，况银河仅得涡云天十六万之一乎？其他占验，尤巨

---

① 羲和：传说中黄帝时掌管天文的官。

② 巫咸：商代天文学家，所作《巫咸星经》为世界上最古的星表。甘、石：战国时楚国人甘德、魏国人石申，后人将他们分别所作《天文星占》、《天文》合编成《甘石星经》。

③ 浑、盖、宣夜：指浑天说、盖天说、宣夜说，我国古代的三种宇宙学说。平、昕、安、穹：指《平天论》、《昕天论》、《安天论》、《穹天论》，我国古代四种天论著述。

④ 《隋志》：这里指《隋史·天文志》。

⑤ 安邦瑞美：即托勒密（约 90—168），意大利古代天文学家，主张日心说，著有《大综合论》。

⑥ 达各拉斯拉：即毕达哥拉斯（约前 580—约前 500）：古希腊学者，认为地球像一块石头绕空间固定的一点转动。

⑦ 亚里斯加斯：即亚里士多德。下文的奈端，即牛顿。

谬，不足辩。

《诗》曰："克广德心。"周子曰："见其大则心泰。"吾之谈天也，欲为吾同胞天人发聋振聩，俾人人自知为天上人，知诸天之无量人，可乘为以太而天游，则天人之电道与天上之极乐自有在矣。夫谈天岂有尽乎？故久而未布。丙寅讲学于天游学院，诸门人咸请刻布此书，以便学者。虽惭简陋，亦足为见大心泰之助，以除人间之苦，则所获多矣。春编于西湖一天园开天天室，夏五避暑焦山大观台听涛书屋，日俯长江听奔涛，校成序之。天游化人康有为。

（1926 年）

编者后记

康有为是与中国近代史有绝大关系之人，他的言行乃至学问，也大多是有感而发、有事而为，而他的思想又经历了一个波澜曲折的转变过程，因而大略条理其生平脉络，对知人论文不为无益。

康有为早年从同邑朱次琦学，后屡试不售，但其间著《康子内外篇》，结交京师名流，申说政治主张，声名鹊起。返粤后会晤经学大师廖平，服膺其学，遂专意《春秋》公羊学的"非常异义可怪之论"，并在广州万木草堂讲学，从学日众。随后《新学伪经考》问世，风行海内，奠定今文经学家之基。一八九五年偕梁启超入京会试，值《马关条约》签订，有"公车上书"之举，并得湖广总督张之洞支持，强学会及《强学报》等相继而出，鼓吹维新变法，《春秋董氏学》、《孔子改制考》也在这一时期问世。一八九八（戊戌）年，上书清帝变法得到回应，维新变法如火如荼，但遭守旧势力阻挠，百日后即宣告失败，六君子被杀，康梁逃亡海外。流亡期间，著成《大同书》、《中庸注》等。辛亥后结束流亡生活回国，主张尊孔，抨击共和，后又曾拥戴宣统复辟，但最终接受了清亡民兴的现实。

康有为的著作，诗之外，以学术著作为主。因此，本集的编选，除单篇文章外，相当部分以选录序（叙）或节录的形式出现。

本集的第一部分，选录康氏通贯一生的文著，由此可以清晰见出作者的思想发展历程，尤其是早年和晚年的思想、心态以及文风等。可以说，康有为早年和晚年，因境遇不同，能够较为远离切近的事功，发言为文较多思考性或反思性，所以所说也就更多中肯，更能给人以启发。人过不惑之年，缺少了活泼泼的朝气，固是其弱点，但多了冷眼观察与沉静思考，亦未始不可谓为优长。一个社会，冷热、活泼沉静皆具，才应该说是健全也健康的。

第二部分的文字有两个特点，一是集中于戊戌维新阶段，一是对象均为皇帝。其中，一部分是给光绪帝的上书，原共七书，此选三书，包括第二书即“公车上书”；一部分是在“总理衙门章京上行走”前后的奏折，多为维新变法的建议，也包括谢恩折；一部分是进呈相关著作的序文。这些文字，比较全面地体现了康有为的变法思想和对策。

最后一个部分是各种序文，有自己著作的序文，有别人著作的序文，有几篇学会的序文，还包括两篇学记。这些序文的写作时间跨度也较长，不仅反映了康有为的政治主张、变法思想，也反映了他的学术生涯和思想；不仅反映了他自己的情况，也反映了他的从学、交游等；不仅反映了他的文字或曰文学成就，也反映了他在其他领域如书画等方面的观点。其中一些文字纯粹是为所谓“文人余事”而作，相对倒是更具文学性，使我们得以领略凌厉激越之外的优游雅致风格。

康有为的时代已经过去，但作为变革时代的政治思想家，在一个同样是变革的时代，他的文字也许应该回顾，甚或有反思的必要。本集的选编者，应该说是不无此想。

编　者

图书在版编目（CIP）数据

康有为散文/乔继堂选编．—上海：上海科学技术文献出版社，2013.1

ISBN 978-7-5439-5716-9

Ⅰ.①康… Ⅱ.①乔… Ⅲ.①散文集—中国—近代 Ⅳ.①I265

中国版本图书馆 CIP 数据核字(2012)第 317021 号

责任编辑： 张　树

封面设计： 戴东明

康有为散文

康有为／著　乔继堂／选编

*

上海科学技术文献出版社出版发行

（上海市长乐路 746 号　邮政编码 200040）

全国新华书店经销

北京建泰印刷有限公司印刷

开本 150×230　1/16　印张 16　插页 2　字数 210 千字

2013 年 1 月第 1 版　2013 年 1 月第 1 次印刷

ISBN 978-7-5439-5716-9

定价：25.00 元

http://www.sstlp.com